AF523580

ro
ro
ro

ro ro ro

Hans Rath, geboren 1965, studierte Philosophie, Germanistik und Psychologie in Bonn. Er lebt mit seiner Familie in Berlin, wo er unter anderem als Drehbuchautor tätig ist. Zwei Bände seiner Romantrilogie um den Mittvierziger Paul Schubert wurden fürs Kino adaptiert. Seine aktuellen Bücher aus der Reihe «Und Gott sprach» sind ebenfalls Bestseller.

Edgar Rai, geboren 1967, wurde mehrerer Schulen verwiesen, ging ein Jahr nach Amerika und studierte Musikwissenschaften und Anglistik in Marburg und Berlin. Er arbeitete unter anderem als Drehbuchautor, Basketballtrainer, Chorleiter, Handwerker und Onlineredakteur. Seit 2001 ist er freier Schriftsteller und hat neben weiteren die Romane «Nächsten Sommer» und «Etwas bleibt immer» veröffentlicht. Edgar Rai hat drei Kinder und lebt in Berlin.

«Wer die Erdmännchen mochte, wird diese Bullen lieben.» (Christoph Maria Herbst)

RATH & RAI

BULLENBRÜDER

TOTE HABEN KEINE FERIEN

KRIMINALROMAN

ROWOHLT TASCHENBUCH VERLAG

Veröffentlicht im Rowohlt Taschenbuch Verlag,
Hamburg, Mai 2020
Copyright © 2019 by Rowohlt Verlag GmbH,
Hamburg bei Reinbek
Covergestaltung Hafen Werbeagentur, Hamburg
Coverabbildung Peter Bartels
Satz aus der Thesis Antiqua
Gesamtherstellung CPI books GmbH, Leck, Germany
ISBN 978-3-499-27612-5

Aus Verantwortung für die Umwelt haben sich die Rowohlt Verlage zu einer nachhaltigen Buchproduktion verpflichtet. Der bewusste Umgang mit unseren Ressourcen, der Schutz unseres Klimas und der Natur gehören zu unseren obersten Unternehmenszielen. Gemeinsam mit unseren Partnern und Lieferanten setzen wir uns für eine klimaneutrale Buchproduktion ein, die den Erwerb von Klimazertifikaten zur Kompensation des CO_2-Ausstoßes einschließt. Weitere Informationen finden Sie unter: www.klimaneutralerverlag.de

1

Lucas steht in der Terrassentür. «Euch ist schon klar, oder – dass da 'ne Leiche im Garten liegt?»

Sandra und Holger blicken zu ihm auf. «Sicher», erwidert Holger lapidar. «War gar nicht so leicht, die da rauszuschaffen. Die andere liegt noch im Flur. Pass auf, dass du nicht drüber stolperst, wenn du nach oben gehst.»

Damit, findet Holger, hat er den Prank seines Sohnes ziemlich gut pariert. So heißt das heute. Früher Streich, später Verarsche, heute Prank. Heimlich erlaubt er sich sogar, ein bisschen stolz auf sich zu sein. Ironie ist nämlich nicht gerade seine Paradedisziplin. Bei anderen, wie bei seinem Bruder Charlie beispielsweise, funktioniert die wie ein Reflex. Der muss da gar nicht drüber nachdenken. Bei Holger hingegen ... nicht. Und Lucas macht seit einiger Zeit das, was Teenager eben so machen: deine Schwachstelle suchen und den Finger reinbohren. Ist wie Armdrücken. Wer prankt wen, voll der Prank, Alter, wie kann man sich nur so pranken lassen? Da heißt es: auf der Hut sein. Lucas ist siebzehn, der weiß nicht, wie es sich anfühlt, geprankt zu werden – mit siebenundvierzig. Da fühlst du dich schnell zehn bis fünfzehn Jahre älter, wie aus dem Spiel genommen. Wenn es dir aber gelingt, einen Prank frühzeitig als solchen zu erkennen und den Spieß umzudrehen – um an dieser Stelle mal eine Redewendung aus dem 20. Jahrhundert zu bemühen –, dann fühlst du dich schnell zehn Jahre jünger. Voll im Spiel. So wie jetzt. Bäm!

Holger legt einen Arm um Sandra, und gemeinsam wenden sie sich wieder dem Fernseher zu. Netflix. Irgendeine Serie, in der in drei Minuten mehr Tote vom Himmel fallen, als Holger in 25 Dienstjahren zu Gesicht bekommen hat. Er versteht selbst nicht genau, warum, aber es entspannt ihn. Vielleicht entspannt ihn auch nur, dass Sonntagabend ist, Charlie nicht da ist, Anita nicht da ist und bis eben Lucas nicht da war. Zweisamkeit. Bis vor einer Minute wie gesagt. Aber so ist das im Hause Brinks: Ruhe ist hier immer nur die Ruhe vor dem Sturm.

Lucas lässt die Terrassentür offen stehen, geht an seinen Eltern vorbei, zieht die Tür zum Flur auf und späht durch den Spalt. «Da liegt niemand», stellt er fest.

Prank, Alter.

«Nein?», erwidert Holger.

«Du glaubst, ich verarsch dich?»

Korrekt.

Lucas streckt die Arme vor. «Alter, da draußen liegt ...» Er lässt die Arme sinken. «Wisst ihr, was: Denkt doch, was ihr wollt. Ist schließlich Mamas Blumenbeet. Und einer wie du will Kriminalkommissar sein!»

«Hauptkommissar», berichtigt Holger.

«Kranker Scheiß, Mann.»

Mit diesen Worten zieht Lucas die Tür hinter sich zu und stampft die Stufen in den ersten Stock hinauf.

Bam, denkt Holger.

Aber da ist was.

Zweifel.

Ein kleiner nur, aber eben doch: ein Zweifel. Hat mit dem Blumenbeet zu tun.

Sandra und das Thema Gartengestaltung stehen bereits seit vielen Jahren ziemlich auf Kriegsfuß miteinander. Es ist eines jener Themen, die sie fortwährend frustrieren, weil sie sich jedes Jahr vornimmt, sich darum zu kümmern, es dann aber doch wieder nicht macht, oder eben nur halbherzig, und dann ärgert sie sich den ganzen Sommer darüber, es wieder nicht geschafft zu haben. Bescheuertes Spiel. Umso größer ist die Befriedigung, wenn man diesen Unzufriedenheitskreislauf durchbricht. Und das ist Sandra in diesem Jahr zum ersten Mal gelungen. Sie hat sich zu Weihnachten selbst mit einem Gartengestaltungsbuch beschenkt – «Inseln der Inspiration» – und sich vier Monate lang allabendlich derart inspirieren lassen, dass Holger sich schon fragte, was sie wohl damit kompensierte und wann das nach oben kochen würde, aber so, wie sich die Sache bis jetzt darstellt, hat sie einfach nur die Gartengestaltung für sich entdeckt. Neulich hat sie von einem Schilfparavent gesprochen. Was es alles gibt, dachte Holger nur. Und bevor Lucas – so Gott will – sein Abi in der Tasche hat, will sie jemanden kommen lassen, der die ollen Terrassenfliesen abtransportiert und ihnen stattdessen ein 30 Quadratmeter großes Holzdeck in den Garten zimmert. Teak. Bekommt man auch zertifiziert aus nachhaltiger Forstwirtschaft. Sie werden sich fühlen wie auf einem Kreuzfahrtschiff, meint Sandra.

Jedenfalls hat sie den gesamten Samstag und den halben Sonntag auf den Knien verbracht, ihre Hände bis zu den

Ellenbogen in der Erde, und jahreszeitentechnisch gerade noch rechtzeitig Oleander und Bougainvillea eingepflanzt. Danach sah sie so erschöpft und glücklich aus wie lange nicht mehr.

Und jetzt soll ein Toter drinliegen, in ihrem Blumenbeet. Ist schließlich Mamas Blumenbeet, hat Lucas gesagt. Das mit dem Toten wäre natürlich ... unschön. In ihrem Blumenbeet allerdings, das wäre ... eine Katastrophe.

«Ich mach mal die Tür zu», sagt Sandra, löst sich aus der Umarmung ihres Mannes und geht zur Terrassentür.

Reingefallen, denkt Holger.

Als Nächstes hört er seine Frau ausstoßen:

«Heilige Scheiße.»

Der Tote ist nicht tot. Das ist die gute Nachricht. Die schlechte ist: Der Oleander ist im Arsch. Wortwörtlich. Also beinahe. Der Typ jedenfalls liegt mit heruntergelassener Hose kopfüber in den frisch gepflanzten Sträuchern, seitlich ragen abgeknickte Zweige hervor. Offenbar hat er versucht, ins Beet zu pinkeln, und dabei nicht nur das Gleichgewicht, sondern auch das Bewusstsein verloren. Was Holger nicht wundert – bei der Fahne. Der Typ hat mindestens zwei Promille auf dem Kessel. Immerhin handelt es sich nicht um Charlie, darüber kann man ja schon froh sein.

Holger hat den Betrunkenen an den Füßen aus dem Beet und auf den Rasen gezogen und in eine stabile Seitenlage gebracht – eine Position, in der er sich ausgesprochen wohlzufühlen scheint, jedenfalls schnarcht er gleichmäßig.

«Und jetzt?», fragt Sandra.

«Die Polizei rufen», schlägt Holger vor. «Was denn sonst?»

In diesem Moment hört er, wie sich vom Tempelhofer

Damm her ein vertrautes Geräusch nähert. Das Geräusch eines V8-Motors, eines Benzinschluckers der übelsten Sorte. Die Karosserie, die sie um diesen Motor herumgebaut haben, kennt Holger ebenfalls. Es ist ein Gran Torino. Sogar das Baujahr kennt Holger und auch die Farbe: 1975, grün metallic. Er gehört Charlie. Seinem kleinen Bruder. Und gerade war es noch so gemütlich.

Sandra, die das Motorengeräusch ebenfalls vernommen hat, legt ihrem Mann eine Hand auf den Arm: «Wir schauen die Folge einfach ein andermal zu Ende.»

Was das heißt, weiß Holger. Und Sandra weiß es auch. Aber es ist nett von ihr, dass sie wenigstens die Absicht formuliert. Vor dem Haus angekommen, erstirbt das Motorengeräusch, eine Autotür wird geöffnet und wieder zugeschlagen. Dann steht Charlie im Garten, bester Laune. Vermutlich hat er beim Poker gewonnen. Oder verloren. Pokern macht ihm sogar dann gute Laune, wenn er verliert. Er stellt sich neben Sandra und Holger, die Hände in den Taschen seiner Lederjacke, und wippt auf den Fußballen. Alle drei blicken auf den Mann mit der heruntergelassenen Hose, der vor ihnen auf dem Rasen liegt und friedlich schnarcht.

Irgendwann sagt Charlie: «Besuch?»

Sandra erwidert: «Ja. Er meinte, er sei ein Freund von dir. Wir haben ihm gesagt, er kann sich die Luftmatratze mit dir teilen. Hast du doch nichts dagegen, oder?»

Charlie schmunzelt: «Männer, die als Erstes ihre Hose runterlassen, kommen mir nicht ins Haus.»

Holger reicht es mit der Ironie für heute. «Ich ruf jetzt die Polizei», erklärt er. «Sollen die sich um den Typen kümmern.»

Charlie legt den Kopf schief, besieht sich den Mann. Um

die fünfzig, weißes Hemd, semiteure Klamotten, eine Maurice Lacroix am Handgelenk. Er geht neben ihm in die Hocke und ertastet mit zwei Fingern die Schlagader am Hals. «Puls normal, Atmung stabil ... Willst du echt die Bullen rufen?»

«Was schlägst du denn vor?»

«Gibt doch nur Ärger. Und am Ende musst du noch Formulare ausfüllen oder so einen Quatsch. Der ist einfach nur besoffen in den falschen Garten gestolpert. Ist mir auch schon passiert.»

Sandra und Holger erinnern sich. Letzten September. Da entdeckte ein Dreijähriger im Kleineweg Charlie morgens schlafend im Sandkasten. Charlie hielt einen Kipplaster im Arm, auf der Ladefläche eine halb leere Scotch-Flasche. Zum Glück kannte die Mutter des Jungen Charlie und wusste, wo Sandra und Holger wohnten. Woher sie Charlie kannte, ist allerdings bis heute ungeklärt, und Charlie wollte sich dazu auch nicht äußern.

«Lasst ihn einfach liegen», schlägt er vor. «Der wacht irgendwann auf, merkt, dass er falsch abgebogen ist, und verdrückt sich. Bis dahin leg ich ihm die alte Fleecedecke aus dem Gartenhaus über, damit er sich seinen kleinen Racker nicht verkühlt.» Beiläufig wirft Charlie einen Blick in die Leistengegend des Mannes. «Pardon: ich meinte großen Racker.»

«Allerdings», bestätigt Sandra, worauf Holgers Laune die letzten Stufen ins Kellergeschoss hinabsteigt und endgültig unten ankommt.

Auch er hat bemerkt, dass das Genital des schnarchenden Mannes ... überdurchschnittlich dimensioniert ist. Aber muss man das auch noch kommentieren, als Frau, wenn dein Mann neben dir steht?

«Macht, was ihr wollt.» Er wendet sich ab. «Ich geh ins Bett.»

Die Gruppe ist im Begriff, sich zu zerstreuen, als von hinter der Hecke eine Frauenstimme ruft: «Jean-Pierre? Jean-Pierre, bist du hier?»

An dieser Stelle könnte sich die ganze Situation in Wohlgefallen auflösen. Eine Frau läuft durch die Straße auf der Suche nach einem gewissen Jean-Pierre, und in Holgers Garten liegt ein Betrunkener und schnarcht. Da muss man kein Genie sein, um eine Verbindung herzustellen, und in der Tat handelt es sich bei dem Mann auf dem Rasen um den gesuchten Jean-Pierre. Das Problem hängt, um es bildlich zu sagen, am anderen Ende der Leine. Mit der Frauenstimme verhält es sich nämlich wie mit Charlies Gran Torino: Holger würde sie unter Tausenden heraushören.

Das Gartentor wird geöffnet. «Jean-Pierre!?»

In diesem Moment hat Holger eine Vision: Flucht. Nicht einfach nur ins Haus rennen und so tun, als hätte man nichts mitbekommen, nein, eine richtige Flucht, wie im Film. Mit Sandra ins Auto steigen, nach Süden fahren und bei Sonnenaufgang auf der Europabrücke die Hausschlüssel über Bord werfen, diese Art von Flucht.

Die Vision ist aber nur von kurzer Dauer. Natürlich ergreift Holger nicht die Flucht. Zum einen weil er ein verantwortungsvoller, verlässlicher und gewissenhafter Familienvater und Kriminalkommissar ist, zum anderen weil man als erwachsener Mann nicht vor seiner Mutter flieht, das ist entwürdigend und unmännlich. Sie ist diejenige, die gehen sollte. Also wird er sich der Konfrontation stellen und ...

«Ist das etwa Jean-Pierre?!»

In manchen Momenten erinnert Holger seine Mutter an

seine Kollegin Melanie Bökh. Auch die spricht immer acht bis zehn Dezibel lauter als notwendig. Inzwischen steht Anita neben Holger, den Blick auf den schnarchenden Jean-Pierre gerichtet. Als wollten sie ihm ein A-cappella-Ständchen bringen.

«Wir hatten noch keine Gelegenheit, uns einander vorzustellen», erwidert Holger. «Und schrei bitte nicht so, ich stehe direkt neben dir. Du weckst nur die Nachbarn auf.»

Tatsächlich ist drüben bei den Messerschmidts gerade das Licht im Bad angegangen, was allerdings nicht bedeuten muss, dass Anita sie geweckt hat. Der alte Messerschmidt muss inzwischen dreimal die Nacht raus.

«Ach, Puffelchen!», ruft Anita. «Du immer mit deinen Nachbarn. Die sterben doch sowieso demnächst. Oh, mein armer Jean-Pierre!»

Sandra muss schmunzeln, Oleander hin oder her. Mit ihrem «Puffelchen» bringt Anita es jedes Mal fertig, ihren Sohn zugleich zu umarmen und zu demütigen. Und Holger schwillt die Halsschlagader. Muss er durch. Ist seine Baustelle.

Anita und ihr weißes Trägerkleid sinken einem sterbenden Schwan gleich neben Jean-Pierre ins Gras. Sie dreht ihn auf den Rücken und streicht ihm mit einer zärtlichen Geste die Haare aus der Stirn. Jean-Pierre macht sich nicht die Mühe aufzuwachen, sondern schnarcht Anita stattdessen ins Gesicht, worauf die unauffällig seinen alkoholisierten Atem wegfächelt. Erst dann fällt ihr auf, dass Jean-Pierre mit heruntergelassener Hose im Gras liegt.

«Ui», sagt sie nur, als sie sein bestes Teil im Licht der Straßenlaterne schimmern sieht. Dann hat sie einen Gedankenblitz: «Habt *ihr* ihm die Hose runtergezogen?»

Jetzt muss auch Charlie schmunzeln. Als hätten sie nichts Besseres zu tun, als Jean-Pierre die Hose herunterzuziehen, sobald sie ihn bewusstlos im Garten liegen sehen.

«Er ist uns zuvorgekommen», sagt er.

Holger, dem überhaupt nicht nach Schmunzeln zumute ist, erklärt: «Ich nehme an, er wollte ins Beet pinkeln. Dabei ist er dann offenbar in die Blumen gekippt.»

«Den Oleander», präzisiert Sandra.

«Den Oleander», bestätigt Holger.

Anita, die ganz in ihrer Rolle als sterbender Schwan aufgeht, ruft: «Und dann lasst ihr ihn einfach so hier ... Was ist *das* denn?» Sie beugt sich über Jean-Pierre und besieht sich die rötlichen Striemen auf seinen Oberschenkeln. Charlie wendet den Kopf ab.

Holger erklärt: «Da er nicht ansprechbar war, habe ich mir erlaubt, deinen Jean-Pierre aus den Blumen zu ziehen.»

«Dem Oleander.»

«Dem Oleander.»

«Einfach so?», fragt Anita.

«Einfach so», sagt Holger.

«Aber dabei hätte er sich doch ... sonst was verletzen können!»

Sonst was, schon klar. Holger tut es nicht gerne, aber er kann nicht anders, als zu denken: Leck mich. Und dann noch: Dieses Haus ist zu klein für uns beide. Seit seiner Vision von der Flucht in den Süden hat er ein anschwellendes Western-Feeling.

Sandra fällt schließlich die naheliegende Frage ein: «Wer ist das überhaupt?»

«Na, Jean-Pierre!» Dankenswerterweise hat sich Anita wieder von Jean-Pierres unteren Körperregionen ab- und seinem Kopf zugewandt, den sie jetzt auf ihren Oberschenkel bettet. «Mein armer Schatz», seufzt sie.

Da niemand etwas sagt, blickt Anita auf und begreift, dass ihre Erklärung etwas zu kurz greift. «Wir haben uns auf meinem letzten Flug nach Ibiza kennengelernt. Hab ich euch das nicht erzählt?»

«Ich glaube nicht», sagt Sandra.

«Er ist Steward!» Anita lässt theatralisch die Schultern sinken und knetet liebevoll Jean-Pierres linkes Ohr, worauf der zwar nicht aufwacht, aber zumindest für den Moment zu schnarchen aufhört. «*War*, besser gesagt. Er hat für diese Fluglinie gearbeitet, ihr wisst schon ...»

«Du meinst Air Brandenburg?», fragt Sandra.

«Genau. Und jetzt sitzt der Ärmste auf der Straße. Deshalb hat er sich ja auch so betrinken müssen.»

Charlie legt erneut den Kopf schief und betrachtet den schlafenden Jean-Pierre. Fünfzig. Er bleibt bei seiner Schätzung: Jean-Pierre ist fünfzig, plus/minus drei Jahre.

«Ist der nicht ein bisschen alt für dich?», fragt er.

Dazu muss man wissen, dass Anita standhaft behauptet, seit dem Tod ihres ersten Gatten – dem Vater von Charlie und Holger – jedes Jahr ein Jahr jünger geworden zu sein. Mit anderen Worten: Ihr Reisepass mag behaupten, ihr Siebzigster stehe bevor, in ihrer Eigenwahrnehmung aber geht sie stramm auf die zwanzig zu.

Anita hält inne: «Findest du?»

«Der hat ja schon graue Schläfen», bemerkt Charlie.

«Ach, das stört mich nicht. Man soll ja auch nicht immer nur nach dem Alter gehen. Ansonsten ist er ja noch tadellos in Schuss, aber davon konntet ihr euch ja bereits überzeugen.»

Holger sieht, wie Sandra kaum merklich den Kopf schüttelt. Zwischen dem, wie Anita sich sieht, und dem, wie der Rest der Welt sie wahrnimmt, klafft eine Lücke, so groß wie der Grand Canyon. Beeindruckend, da ist er sich mit seiner Frau einig. Man steht davor und staunt.

«Kommt, helft mir mal», fordert Anita.

Holger rührt sich keinen Zentimeter. «Womit?»

«Na, ihn ins Haus zu bringen.»

Sandra und Charlie sagen beide nichts. Ist Holgers Baustelle. Muss er durch.

«Nein.»

«Wie, nein?», fragt Anita.

«Es ist kein Platz mehr für deine Eskapaden in unserem Haus.»

«Aber Puffelchen, wie du schon wieder redest! Du wirst ihn doch wohl kaum hier im Garten liegen lassen wollen.»

Auf der Suche nach einem Verbündeten fixiert Anita Charlie. Der sagt sofort: «Das Gartenhaus ist besetzt. Und ich tausche auch nicht. Ich habe im November mühevoll das Dach gedämmt und erst neulich aus dem Keller den Strom rübergelegt.»

«Du hast was?», fragt Holger.

«Das Dach gedämmt.»

«Nein, ich meine das mit dem Strom.»

«Hab ich dir das nicht erzählt?»

«Nein.»

«Jedenfalls tausche ich nicht. Eher ziehe ich aus.»

Sandra kann mit dem Schmunzeln gar nicht mehr aufhören. Da wird der niedergewalzte Oleander offenbar zur Nebensache.

«Mach keine Versprechungen, die du nicht hältst, Charlie», warnt sie.

Holger und sein neu erwachtes Western-Feeling sind wild entschlossen, den Mutter-Sohn-Konflikt auszutragen, ein für alle Mal. Mit unversöhnlicher Stimme sagt er: «Wir haben dich vor*über*gehend in Helens Zimmer wohnen lassen, weil du nach der geplatzten Hochzeit mit Rodrigo so niedergeschlagen warst. Offenbar geht es dir jetzt wieder besser – das ist schön. Mach mit deinem Jean-Pierre, was du willst, aber ins Haus kommt er mir nicht.»

Was Charlie betrifft, muss man wissen, dass irgendwo im Universum jemand sitzen muss, der es echt gut mit ihm meint. Anders ist nicht zu erklären, wie er 43 Jahre lang durchs Leben gehen konnte, ohne größeren Schaden zu nehmen. Im Grunde müsste er spätestens alle sechs Wochen einen Abhang hinabstürzen, von einem eifersüchtigen Ehemann erschossen oder von einem Geldeintreiber drangsaliert werden.

Holger hat sich bereits unzählige Male gewünscht, sein Bruder möge mal mit 120 gegen die Wand klatschen, ungebremst, eine Lektion lernen, Verantwortung für sein Handeln übernehmen. Doch so, wie es aussieht, wird Charlie bis ins hohe Alter weiterleben und irgendwann sterben und gegen die erstbeste Pforte klopfen, die seinen Weg kreuzt, einen Gin Tonic in der einen, ein Pokerdeck in der anderen Hand, und irgendein Engel mit einer Schwäche für Loser-Typen wird seinen Kopf durch die Tür strecken und sagen: «Hey Charlie, wir warten schon auf dich!»

Und so kommt es, dass exakt in dem Moment, da Anita entrüstet «Puffelchen!» ruft, der Mutter-Sohn-Konflikt zu eskalieren droht und sich bei Messerschmidts das Badezimmerfenster einen Spaltbreit öffnet, irgendwo in Charlies Jacke sein Handy zu vibrieren anfängt und ihm, nachdem er es endlich lokalisiert und aus der Innentasche gezogen hat, auf dem Display der Name «Kutschi» entgegenleuchtet. Charlies Kumpel aus früheren Tagen. Von dem hat Charlie nichts gehört seit der Geschichte mit ... Nicoletta Szabatzki!

Charlie wendet sich ab, überlässt Holger und Anita ihrem Schicksal, geht Richtung Gartenhaus, gönnt sich ein oder zwei romantische Erinnerungen an Nicoletta Szabatzki – mehr gibt es da, um ehrlich zu sein, auch nicht zu erinnern – und nimmt den Anruf entgegen.

«Kutschi», sagt Charlie und setzt sich auf die Stufen des Gartenhäuschens.

«Was geht, Alter!», ruft Kutschi. Im Hintergrund klirren Gläser, und Menschen müssen sich anschreien, um einander zu verstehen. Charlie kann es zwar nicht sehen, aber er vermutet, dass sein Kumpel aus alten Tagen seinen freien Arm um eine aufgebrezelte Blondine gelegt hat und sie gerade breit angrinst. Kutschi, alias Achmed Kutscher, steht auf aufgebrezelte Blondinen, die können ihm gar nicht aufgebrezelt und blond genug sein.

«Alles bestens», antwortet Charlie. «Bei dir?»

«Voll im Saft!», gluckst Kutschi.

Charlie hat keine Ahnung, wo sein Kumpel sich herumtreibt, aber es muss irgendwo in der Nähe von Champagner & Koks sein.

«Hör zu», sagt Kutschi jetzt, und wie immer, wenn er «hör zu» sagt, kommt sofort der Ghetto-Türke in ihm durch. «Ich brauch dich, Mann.»

«Soll heißen?»

«Hab einen Job für dich.»

Charlie hat inzwischen die Zigaretten aus der Jacke gefischt und schüttelt sich eine aus der Packung. Im Hintergrund hört er Holger und Anita diskutieren. Offenbar soll Holger Jean-Pierre an den Füßen packen, während Anita und Sandra es mit den Armen versuchen.

Charlie gibt sich Feuer, inhaliert. «Ich will ihn nicht», erwidert er.

«Doch, willst du.»

Kutschi hat vor ein paar Jahren eine Sicherheitsfirma aufgezogen: ESS, Exclusive Security Service. Und eigentlich telefonieren sie nie miteinander, ohne dass Kutschi ihn irgendwann fragt, ob er nicht für ihn arbeiten wolle. Charlie sieht sich im Pförtnerhäuschen eines Parkplatzes sitzen oder als breitbeiniger Türsteher in einem Penny-Markt.

«Danke, nein», sagt er.

«Wieso, Mann? *Hast* du gerade 'n Job?»

«Das nicht, aber i...»

«Dann halt einfach mal die Luft an, bis ich dir gesagt habe, worum es geht.»

«Muss ich nicht, Kutschi. Ich weiß auch so, dass ich keine Lust h...»

«Ich zahl dir 800.»

Ganze 800 Euro, um arme Schweine zu filzen, die bei Aldi ein Glas Spreewaldgurken eingesteckt haben.

«Weißt du, Kutschi, für 800 die Woche hab ich sch...»

«Am Tag, Alter, 800 am Tag!»

Während Charlie an seiner Zigarette zieht, denkt er an zwei Dinge: Zum einen denkt er an seine Spielschulden. Die halten sich zwar seit einigen Wochen auf einem überraschend niedrigen Niveau, aber der Pegel steigt auch wieder. Isso. War nie anders. Wird immer so sein. Dann wäre es gut, ein kleines Polster zu haben. Zweitens denkt er an Kutschi.

Wenn Kutschi ihm 800 Euro als Tagessatz bietet, bedeutet das, dass sein Auftraggeber ihm mindestens 1600 zahlt.

«Tausend», sagt Charlie.

«Von mir aus auch tausend!»

Das ging zu schnell. Also zahlt Kutschis Auftraggeber ihm mehr als 1600. Mist. «Okay, und was soll ich dafür machen?»

«Komm her, dann erklär ich's dir.»

«Wo steckst du denn?»

«Im ‹Western›, VIP-Lounge. Der Doorman weiß Bescheid, dass du kommst.»

Nachdem Charlie sein Handy wieder eingesteckt hat, blickt er zu den Sternen hinauf, stellt fest, dass die Stimmen von Sandra, Holger und Anita verstummt sind, sieht, wie das Licht in Messerschmidts Bad erlischt, zieht noch zweimal an seiner Zigarette, bläst den Rauch in die Luft und bestaunt die verschlungenen Pfade des Lebens. Die Menschen versuchen ja immer, da einen tieferen Sinn hineinzuinterpretieren, einfach weil sie sonst mit ihrem Leben nicht klarkämen. Am Ende aber bleibt es unergründlich, da kannst du drauf herumkauen, soviel du willst.

Er drückt die Zigarette aus und steht auf. Sandra, Jean-Pierre, Anita und Holger sind verschwunden. Arme Sau. Jetzt hat Holger nicht nur seinen Bruder im Gartenhaus und die Mutter im Zimmer seiner Tochter sitzen, nein, die schleppt ihm auch noch einen besoffenen Franzosen an. Der reinste Kindergarten. Vielleicht sollte Charlie wirklich langsam weiterziehen.

Oder auch nicht.

2

Die VIP-Lounge des «Western» besteht im Wesentlichen aus sechs plüschigen Sofarondellen, die in der Mitte des Raumes zu einer Blume angeordnet sind. In jedem der Rondelle ist Platz für ungefähr zehn Menschen. Wenn alle ausreichend verstrahlt und betankt sind, auch mal zwanzig. An den Wänden reihen sich Séparées aneinander, die mit roten Samtvorhängen abgeteilt sind, im hinteren Bereich flimmert eine von unten beleuchtete Glastanzfläche, auf der, wie immer um diese Zeit, in Zeitlupe drei tragische Frauen tanzen, die von irgendetwas zu viel eingeworfen haben. Entlang der linken Wand zieht sich die Bar, an der, ebenfalls wie immer um diese Zeit, ein paar Professionelle sitzen, die auch an einem Sonntagabend nicht lange darauf warten müssen, von potenziellen Freiern angequatscht zu werden. Der Laden ist etwa zur Hälfte gefüllt.

Kutschi sitzt in keinem der Séparées, sondern in einem der Rondelle in der Mitte. Darf jeder sehen, wie er sein Geld verballert. Steht er drauf. Ist sogar ehrlich verdient, was hier die wenigsten von sich behaupten können. Seine Goldkette ist noch dicker als die vom letzten Mal. Wie eine Ankerkette.

Außer ihm lümmeln drei Männer sowie fünf Frauen im Rondell. Auf dem runden Tisch in der Mitte steht eine Schale mit Eiswasser, in der drei Flaschen Veuve Clicquot ein Tauchbad nehmen. Langsam werde ich zu alt für so was, denkt Charlie. Aber das denkt er schon seit Jahren. Kein Grund zur Besorgnis.

«Charlie!» Kutschis Lachen ist breit wie immer. Freundschaftlich hebt er das nylonbestrumpfte Frauenbein an, das bis eben über seinem lag, und stellt es neben sich ab. «Mach mal 'n bisschen Platz.»

Die zum Bein gehörende Frau ruckelt zur Seite, wodurch ihr Rock ein Stück nach oben geschoben wird. Würde man nicht glauben, dass da noch etwas nach oben zu schieben ist, geht aber. Charlie grüßt in die Runde, zwängt sich an den anderen vorbei und setzt sich neben Kutschi. Irgendwer drückt ihm ein Glas Champagner in die Hand. Kutschi und er stoßen an.

Bevor er sein Glas abstellt, studiert Charlie seinen Kumpel von früher. Noch immer trägt Kutschi Pferdeschwanz und Goldkette, dazu die mehrfach gebrochene Nase, Lachfalten. Weißes Hemd und maßgeschneiderte Weste. Seine Armbanduhr erinnert an einen römischen Streitwagen.

«Du siehst aus wie ein Zuhälter aus den Neunzigern!», ruft Charlie gegen die Musik an, irgendeine Trance-Techno-Mucke ohne Anfang und Ende.

«Damals war ich auch noch einer!», freut sich Kutschi. Er stellt Charlie seine Freunde vor. Die Namen der drei Männer hat er auf dem Schirm, die der fünf Frauen nicht. Sind neu.

Eine Hand greift nach Charlies. Als er sich umdreht, blickt er in ein Gesicht, das so makellos und symmetrisch ist, dass es schon wieder unnatürlich wirkt.

«Tanzen?»

Wieder denkt Charlie: Ich werde zu alt für so etwas. «Ich bin arm wie eine Kirchenmaus und wohne im Gartenhaus meines Bruders», ruft er.

«Oh», sagt die Frau, und ihre Finger lösen sich von seinen.

Charlie wendet sich Kutschi zu. «Was ist jetzt mit dem Job?»

«Was für 'n Job?»

«Na, wegen dem ich hier bin.»

«Genau», erwidert Kutschi, «der Job!»

Die Geschichte ist im Grunde schnell erzählt. Also: Da ist doch diese Fluglinie, Air Brandenburg.

«Der Pleitegeier?», fragt Charlie.

Und damit ist das Wichtigste auch schon gesagt. Vor zwölf Jahren startete die Airline mit 40 Maschinen als Arbeitsplatz-Hoffnungsträger und «Innovationsmotor» für die Region, ein Teil auf Pump finanziert, der andere von Land und Bund gefördert. «Wir starten durch» war der Slogan. So richtig abgehoben ist die Fluglinie allerdings nie, was zugegebenermaßen auch damit zu tun hat, dass der BER nie an den Start gegangen ist. Ein Vorstand wurde durch den nächsten ersetzt, inzwischen ist CEO Nummer vier am Ruder, Doktor Doktor Hundt, der die Airline mit Schallgeschwindigkeit in den Sand gesetzt hat.

«Ohne Witz.» Kutschi muss sich selbst davon überzeugen, bevor er es glauben kann. «Doktor Doktor!» Er schüttelt ungläubig den Kopf. «Was soll'n das für eine Berufsbezeichnung sein? Hast du etwa schon mal von Zuhälter Zuhälter Maik gehört, oder von Dealer Dealer Mirko? Oder Bäcker Bäcker Aische!»

«Bäcker*in*», korrigiert Charlie.

«Genau!» Kutschi lacht sein lautes Lachen. «Bäckerin

Bäckerin Aische! Oder warte, noch besser: Fachverkäuferin Fachverkäuferin Denise!» Vor Freude über Fachverkäuferin Fachverkäuferin Denise bekommt Kutschi einen Hustenanfall, trinkt ein Glas Champagner auf ex und steckt sich eine Zigarette an.

Zurück zu dieser Jobsache: Vor zwei Wochen hat die Geschäftsleitung von Air Brandenburg Insolvenz angemeldet. Sieht nicht gut aus. Doktor Doktor Hundt und seine Crew haben die Sache ordentlich verkackt. Da gehen gerade knapp tausend Arbeitsplätze flöten. Die Bosse haben sich natürlich abgesichert, die sind ja nicht blöd. Die drei Frackträger, die außer Hundt im Aufsichtsrat sitzen, bekommen jeweils 6,4 Millionen, Hundt selbst 11,3.

«Leuchtet ein, oder?», ruft Kutschi.

«Klar», erwidert Charlie, «der hat ja auch *zwei* Doktortitel.»

«Genau, Alter! Du hast's geschnallt! Also: Jahrelang quatschen die von ‹wir›, die ‹Brandenburger›, ‹Familie› und so weiter, und dann heißt es: ‹Nach mir die Springflut›.»

Charlie überlegt, ob er Kutschi sagen soll, dass es die Sintflut war, nicht die Springflut, aber dann wird er womöglich nie erfahren, was Kutschi ihm für einen Job aufdrücken will. Aus dem Augenwinkel sieht er, wie eine der fünf Damen im Rondell aus den Kissen rutscht, sich auf den Boden kniet und eine Line Koks von der Tischplatte zieht. Kurz gerät er in Versuchung, aber wenn er der nachgibt, versackt er unter Garantie in diesem Schuppen, ist die ganze Nacht auf den Beinen und morgen total im Eimer. Vielleicht wird er wirklich zu alt für diesen Quatsch.

«Ey!»

Kutschi schlägt ihm freudig auf den Oberarm, weiter im

Text: Der Familiensinn bei Air Brandenburg hat also schon bessere Tage gesehen, um es mal vorsichtig auszudrücken. Die Aufsichtsratsmitglieder werden bedroht, ihre Autos mit Farbbeuteln beworfen. Alles Kinderkram, trotzdem haben die Herrschaften aus der Chefetage jetzt private Personenschützer angefordert.

«Bei dir», stellt Charlie fest.

«Logisch.»

«Und wo ist das Problem?», will Charlie wissen. «Bei dir stehen die Leute doch Schlange, um als Personenschützer zu arbeiten.»

«Diesen Aufsichtsratsfuzzis kann ich nicht einfach irgendwelche von meinen Jungs aufdrücken, verstehst du? Damit geben diese Schnösel sich nicht zufrieden. Stallgeruch und so. Für die brauchst du jemanden, der nicht nur einen Waffenschein und einen schwarzen Gürtel hat, die wollen außerdem, dass er smart aussieht, den Chauffeur macht, den Hund ausführt, drei Fremdsprachen im Köcher hat und die Kinder zur Reitstunde bringt.»

«Und da hast du an *mich* gedacht?»

«Ich versteh es ja auch nicht, Charlie, aber die Leute stehen einfach auf dich. Die sehen dich und sagen als Erstes: ‹Hier, können Sie mal zwei Wochen auf meinen Geldkoffer aufpassen? Ich muss dringend auf die Malediven.›»

«Soso.»

«Außerdem hast du beste Referenzen.»

Charlie wirft Kutschi einen fragenden Blick zu.

«Du hast vier Jahre exklusiv als Bodyguard für Bruce Willis gearbeitet.»

Der fragende Blick von Charlie wandelt sich in einen, der sagen soll: Du hast echt einen an der Waffel, Kutschi.

Inzwischen hat sich die nächste Frau auf den Boden gekniet und zieht eine Line vom Tisch. Ein Champagnerkorken knallt. Charlie gibt sich noch eine Viertelstunde. Wenn er es bis dahin nicht auf die Straße geschafft hat, hängt er mit drin.

«Die Menschen *wollen* belogen werden», erklärt Kutschi. «Ist nicht meine Schuld. Die fühlen sich dann einfach sicherer. Ich sag ihnen nur, was sie hören wollen.»

«Du belügst sie, damit du einen höheren Tagessatz verlangen kannst.»

«Du musst es mal so sehen ...» Kutschi gießt so viel Champagner nach, dass Charlies Glas anschließend in einer Pfütze steht. «Je höher der Kurs, desto sicherer fühlt sich der Kunde. Ist 'ne Win-win-Situation.»

Charlie trinkt. Dabei sammeln sich zwei Tropfen am Fuß des Glases und fallen zu Boden. Der Champagner perlt verführerisch auf der Zunge. Nichts wie raus hier. «Noch irgendetwas, das ich über meine Vergangenheit wissen muss, bevor ich anfange, einem der Aufsichtsräte von Air Brandenburg den Hintern zu wischen?»

«Nicht irgendeinem, Charlie. Du übernimmst Doktor Doktor persönlich.» Kutschi schlägt ihm auf die Schulter. «Ab morgen bist du Personenschützer Personenschützer Charlie!»

Charlie bekommt eine Ahnung davon, *wie* wichtig der Doktor Doktor für Kutschi sein muss, als er pünktlich um 7:30 Uhr seinen Gran Torino vor der Villa Hundt in der Wangenheimstraße abstellt und gleichzeitig ein Mann aus dem vor ihm parkenden SUV aussteigt. Einem schwarzen SUV übrigens, einem Jaguar, mit Sportfelgen, die so sehr glänzen, dass man die Augen abschirmen muss. Kutschi lässt nach Möglichkeit kein Klischee aus. Er trägt seinen üblichen Pferdeschwanz, alles andere hat Charlie an seinem Kumpel hingegen noch nie gesehen. In einem Anzug fühle er sich wie in Zwangsjacke, hat Kutschi ihm mal gestanden, und genau so sieht es auch aus. Ein Prolet, der zu Geld gekommen ist. Und der Anzug unterstreicht das nur. Charlie muss schmunzeln. Sie hatten echt eine gute Zeit damals.

Kutschi sieht aus wie das blühende Leben – blühender jedenfalls als Charlie. Nach einer durchgemachten Nacht bekommst du das in ihrem Alter nur noch hin, wenn du dir zum Frühstück eine Line neben der Kaffeetasse auslegst.

«Keine Sorge», begrüßt er Charlie. «Sobald ich hier fertig bin, penn ich noch 'ne Runde.»

«Wieso bist du überhaupt hier?», will Charlie wissen. «Brauch ich neuerdings ein Kindermädchen?»

«Will nur sichergehen, dass nichts verrutscht», flüstert Kutschi. «Hab keine Lust, dass er Nachforschungen anstellt und herausfindet, dass du gar nicht fünf Jahre lang Bruce Willis' Bodyguard warst. Mit deinem Nachnamen wäre ich auch sparsam. Dass dein Bruder bei der Kripo ist, added nicht gerade zu deiner Credibility.»

Charlie wirft einen Blick an Kutschi vorbei auf dessen SUV und fragt sich, zu welcher Sorte Credibility der wohl added. Wie gesagt: Wenn möglich, lässt Kutschi kein Klischee aus.

«Meine Herren, Sie sind spät!», donnert eine feste Stimme plötzlich über den Rasen, und Charlie und Kutschi drehen simultan die Köpfe.

Charlie hat sich von seinem Bruder extra ein weißes Hemd geliehen. Jedenfalls dachte er bis eben, dass es weiß wäre. Verglichen mit der Fassade von Hundts Villa allerdings wirkt es einigermaßen angestaubt. In der Tür steht Hundt persönlich, und dessen Hemd verleiht dem Wort «weiß» noch einmal eine ganz neue Dimension.

Die elektronische Verriegelung des Gartentors summt. Kutschi drückt es auf, während Charlie einen Blick auf seine Uhr riskiert: 7:32 Uhr. Spät nennt Herr Hundt das. Manchen Menschen ist so was eingeschrieben. Die sitzen im Urlaub irgendwo an der Côte d'Azur auf der Promenade, und um Punkt siebzehn dreißig wird der Campari bestellt, keine Minute früher und keine später. Das Verrückte daran ist: Die wollen das genau so haben. Dabei hat seine Firma bereits Insolvenz angemeldet.

Wie selbstverständlich ist Charlie davon ausgegangen, dass es sich bei Hundts bescheidenem Heim um eine dieser schicken Gründerzeitvillen handeln müsse, die sich in dieser Gegend zusammengerottet haben, als wären sie in Kreuzberg oder Neukölln willkürlicher Verfolgung ausgesetzt. Ist aber keine Gründerzeitvilla, sondern ein Neubau. Quadratischer Grundriss, zwei Stockwerke, acht Fenster pro Stockwerk, achsensymmetrisch. Auch sonst wird auf dem Grundstück wenig dem Zufall überlassen. Die Zierbüsche zu beiden Seiten der Eingangstreppe haben ängstlich die Köpfe eingezogen und enden auf einer Linie mit den bodentiefen Fenstern im Erdgeschoss. Selbst die Zweige der in unverbrauchtem Grün erstrahlenden Linde, die der Fassade um die Mittagszeit etwas Schatten spenden dürfte, halten exakt eine Armlänge Sicherheitsabstand zum Haus ein. Hier wächst nicht einmal ein Grashalm in die falsche Richtung.

Der CEO von Air Brandenburg überragt Charlie um einen halben Kopf. Raspelkurze Haare, energische Wangenknochen, eisgraue Augen, klarer Blick, ein Händedruck, der sagt: Hier. Jetzt.

«Herr Kutscher hat mir versichert, Sie seien sein bestes Pferd im Stall», begrüßt er Charlie. Sein Blick wandert einmal an ihm runter und wieder rauf. «Wie James Bond, hat er gesagt, nur schneller.»

«Isser», bekräftigt Kutschi.

Kutschi. Reiht die Klischees aneinander wie Bruno Mars goldene Schallplatten. Hundt sieht Charlie an, als erwarte er als Nächstes einen Rückwärtssalto aus dem Stand.

«Wenn Herr Kutscher das sagt …», erwidert Charlie nur.

«Sie sind also Charlie. Und weiter?»

«Charlie Personenschützer», geht Kutschi dazwischen.

«Einfach nur Charlie», versichert Charlie.

Hundt lässt seinen Blick zwischen den beiden hindurch in die Ferne gleiten. Für einen Moment sehen seine Augen so aus, als spiegelte sich das Meer darin.

«Der Gran Torino», sagt Hundt, «ist das Ihrer?»

«Ja», sagt Charlie, «hab ihn aus Amerika mitgebracht.» *War ein Geschenk von Bruce Willis.* Nein, das wäre eine Spur zu dick aufgetragen.

«Ein 75iger?», fragt Hundt.

«Sie scheinen sich auszukennen», antwortet Charlie.

«Ist lange her.» Hundts Blick kehrt zurück. Hier. Jetzt. Und weg ist das Meer in seinen Augen. «Kommen Sie rein.»

So viele glatte Flächen wie im Foyer der Hundt'schen Villa hat Charlie das letzte Mal gesehen, als er beim Zahnarzt war. Marmor und Granit, wo man hinblickt. Es ist kühl, wird allerdings noch kühler, als eine Frau in Laufdress die Treppe aus dem Obergeschoss herabsteigt. Sie hat sehr lange Beine und sehr kurze blonde Haare. Ihre Leggings sitzen wie aufgesprüht, streng genommen sitzt alles an ihr wie aufgesprüht.

Sie wirkt auf tragische Weise fit.

«Das ist Kim, meine Frau», stellt Hundt sie vor. Und zu seiner Frau sagt er: «Das ist Charlie, Liebes. Er wird mir bis auf weiteres als Personenschützer zur Seite stehen.»

«Ah», sagt Kim.

Ihre Augen sind von derselben Farbe wie die ihres Mannes, wie gefotoshopt. Sie reicht Charlie die Hand, schnürt ihre Laufschuhe, zieht die Tür hinter sich ins Schloss und hat Charlies Gesicht vermutlich vergessen, noch bevor sie losgelaufen ist. Und das an einem Montagmorgen um zehn nach halb acht. Mann, haben die hier einen Druck. Charlie würde jede Wette eingehen, dass Herr und Frau Hundt wenigstens getrennte Schlafzimmer, wenn nicht getrennte Gebäudeflügel bewohnen.

«Kaffee?», fragt Hundt.

«Gerne.»

Hundt geht voraus in die Küche.

Noch mehr glatte Flächen. Ein Herd mit sechs Feldern, auf denen bestimmt noch nie gekocht wurde, eine Dunstabzugshaube mit Fernbedienung. Hundt stellt Charlie seine vollautomatische Kaffeemaschine vor. Charlie hat sich neulich, nachdem er sein Gartenhaus per Kabeltrommel mit Strom aus Holgers Keller versorgt hat, einen kleinen Kühlschrank gegönnt, damit er sein Bier nicht immer warm trinken muss. Die Kaffeemaschine der Hundts ist etwa doppelt so groß. Angsteinflößend. In die breite Brust ist ein Touch-Display eingelassen, mit dessen Hilfe man sich seinen Wunschkaffee designen kann. Fehlt nur noch, dass man den aufgesetzten Trichter mit seinen Belegen füttert, und unten kommt die Steuererklärung heraus.

«Sie kommen zurecht», entscheidet Hundt. «Tassen sind

hier drüben. Ich gehe mich fertig machen. Um acht Uhr fünfundvierzig werde ich in Schönefeld erwartet – Treffen mit dem Insolvenzverwalter.»

3

Charlie genießt die Fahrt durch die Stadt hinter dem Steuer von Hundts Dienstwagen. Er liebt seinen Gran Torino, ehrlich. So, wie man das Paar Schuhe liebt, in dem man eine Weltreise gemacht hat. Gemeinsam haben sie viel erlebt, sein Gran Torino und er. Das Sitzleder ist weichgeritten wie ein guter Sattel. Die beiden Stellen, an denen die Füllung durchkommt, hat Charlie mit Gaffa Tape geklebt. Die vordere Sitzbank ist durchgehend, so etwas gibt es ja schon seit Jahrzehnten nicht mehr. Der TÜV akzeptiert es nur, weil der Gran Torino ein Oldtimer ist. Charlie hatte schon Sex auf dieser Sitzbank, guten Sex, bei offenem Fenster und Meeresrauschen. Die Küste in Kalifornien ist lang. Diese Art von Gefühlen hegt und pflegt Charlie für seinen Wagen.

Aber: Ein nagelneuer S400 hybrid hat auch seine Vorzüge. Zunächst einmal ist er bequem. Gut, an Sex ist in diesem Fahrersitz nicht zu denken, aber man könnte die gesamte kalifornische Küste darin abfahren, ohne ein einziges Mal Rückenschmerzen zu bekommen. Und dann ist da dieser Motor. Also wahrscheinlich ist er da. Mit Gewissheit lässt sich das allerdings nicht sagen, denn man hört ihn nicht.

Charlie weiß nicht einmal, ob die Start-Stopp-Automatik aktiviert ist, so leise ist der. Wenn Charlie bei seinem Gran Torino aufs Gas tritt, brüllt der Motor wie ein Löwe, der sich auf dich stürzt. Hundts Mercedes gleitet einfach davon. Beeindruckend.

Charlie bekommt eine erste Ahnung davon, dass sein neuer Job ihm möglicherweise mehr abverlangen könnte, als pünktlich zur Arbeit zu erscheinen und sich mit den Touch-Displays von Hundts Kaffeemaschine und seinem Auto vertraut zu machen, als in dichter Abfolge eine Tomate, eine Aubergine, eine Avocado und zwei Eier auf der Windschutzscheibe zerplatzen. Dabei sind sie eben erst von der Autobahn abgefahren, und die Firmenzentrale von Air Brandenburg – ein fünfgeschossiger Riegel aus Stahlbeton mit der Schwanzflosse eines A320 auf dem Dach – ist noch einen halben Kilometer entfernt.

Das ist der Nachteil bei einem S400 mit getönten Scheiben. Man kann zwar von außen nicht erkennen, wer du bist, aber ganz sicher bist du keins von den armen Schweinen, die gerade ihren Job verloren haben. Da gibst du in jedem Fall eine gute Zielscheibe ab.

«Romantiker», murrt Hundt.

Charlie schaltet den Scheibenwischer ein und drosselt das Tempo, denn vor dem Tor des Firmengeländes hat sich die halbe Belegschaft von Air Brandenburg versammelt. Die Presse ist da, ein Ü-Wagen von Radio 1. Eine falsche Bewegung, ein gestreifter Arm, und zwei Stunden später hast du auf Instagram die halbe Nation am Hals.

«Fahren Sie einfach vorbei und dann zweimal links um den Block», sagt Hundt. «Auf der Rückseite ist die Tiefgarageneinfahrt. Die Fernbedienung für das Rolltor liegt in der Konsole.»

Charlie tut wie geheißen, schiebt sich langsam durch die Menge, fährt heimlich von hinten an das Grundstück heran und lässt das Rolltor zur Seite gleiten. Wenige Sekunden später tauchen sie in die Tiefgarage ab.

Neben dem Aufzug gibt es einen Parkplatz mit Wandbeschriftung: CEO Dr. Dr. Hundt. Charlie parkt den Mercedes schräg gegenüber in einer unbeschrifteten Parkbucht. Muss ja nicht jeder gleich sehen, dass der Chef im Haus ist.

«Warten Sie», sagt Charlie.

Er steigt aus, checkt sein Holster, Blick rechts, Blick links – ein bisschen die Bond-Nummer, damit Hundt sich sicher fühlt –, dann geht er hinüber zur Beifahrerseite und öffnet die Tür.

Auf halbem Weg zum Aufzug hört Charlie jemanden rufen: «Herr Hundt?!»

Augenblicklich schießt Charlie das Adrenalin in den Nacken. Er schiebt seine Hand unter die Jacke, macht auf dem Absatz kehrt, stellt sich vor Hundt und taxiert den Herannahenden, woraufhin sich sein Adrenalinpegel wieder zu normalisieren beginnt. Der Typ sieht so gefährlich aus wie ein Playmobil-Bauarbeiter: kleinkariertes Hemd mit zu engem Kragen, rechteckige Brille mit schmalem Rand, die Haare nach hinten geföhnt wie zum Bewerbungsgespräch, abgekaute Fingernägel. Aber er ist sauer, hat die Kiefer aufeinandergepresst, strafft sich wie ein Fünftklässler, der sich ungerecht behandelt fühlt. Wie alle, die draußen vor dem Tor gegen den Verlust ihres Arbeitsplatzes protestieren. Zwei Armlängen vor Charlie bleibt er stehen, empört bis in die Haarspitzen.

«Sie schon wieder», hört Charlie seinen Boss sagen.

«Ja, ich schon wieder», bringt der Mann hervor.

Hundt tippt Charlie auf die Schulter. «Ist schon in Ordnung.» Als Charlie sich umdreht, baumelt ihm Hundts Schlüsselbund vor der Nase. Hundt hält ihn an einem der kleineren Schlüssel zwischen Daumen und Zeigefinger. «Das hier ist der Schlüssel für den Fahrstuhl. Fordern Sie den doch schon mal an, ja? Ich komme sofort.»

Während Charlie zum Fahrstuhl geht, hört er den Mann mit gedämpfter Stimme zischen: «Ich will nur, was uns zusteht.»

Beide versuchen, so leise zu sprechen, dass das Gesagte an Ort und Stelle bleibt, aber die Tiefgarage besteht aus lauter glatten Betonwänden, da findet das kleinste Geräusch den Weg an fremde Ohren.

«Ich weiß, was Sie wollen», flüstert Hundt, «und ich habe Ihnen mehrfach versichert, dass sich eine Lösung finden wird. Dazu stehe ich. Und jetzt verschwinden Sie und lassen Sie mich meine Arbeit machen.»

Charlie hat den Aufzug erreicht, schiebt den Schlüssel ins Schloss, dreht ihn. Hinter der Metalltür beginnt es zu brummen. Als er über die Schulter blickt, wirkt der Mann weniger harmlos als aus der Nähe.

Drohend fährt er einen Zeigefinger aus. «Vergessen Sie's nicht.»

«Tue ich nicht», sagt Hundt, dem man deutlich anhört, wie sehr er darauf steht, mit ausgestreckten Zeigefingern traktiert zu werden.

«Sonst gehen wir an die Öffentlichkeit», verleiht der Mann seiner Forderung Nachdruck und wiederholt: «Ich will nur, was uns zusteht.»

Charlie kennt Hundt noch keine anderthalb Stunden, aber schon jetzt kennt er ihn gut genug, um zu wissen, dass ihn die Frage, ob dir etwas zusteht oder nicht, so sehr interessiert wie die Vereinsmeisterschaft im Synchronschwimmen.

«Ich kümmere mich darum», sagt er. «Und jetzt verlassen Sie das Firmengelände!»

Als sich der Fahrstuhl in Bewegung setzt und Charlie seinem Boss den Schlüssel zurückgibt, erklärt Hundt ungefragt: «Noch ein Romantiker – falls es Sie interessiert.»

«Eher nicht so Ihrs, oder – Romantik?»

Statt zu antworten, wartet Hundt, bis sie im fünften Stock angelangt sind und sich die Fahrstuhltüren öffnen. Man gelangt direkt in den Empfangsbereich, wo drei wie Stewardessen gekleidete Sekretärinnen hinter einer weißen, dynamisch geformten Kunststoffkonstruktion sitzen und simultan und mit identischem Lächeln Herrn Hundt zunicken, als dieser das helle Ahornparkett betritt.

«Kommen Sie», sagt Hundt, «ich zeig Ihnen was.»

Er geht voran, einen langen Gang entlang, an dessen Ende ein bodentiefes Fenster den Blick nach Osten freigibt – auf die aufsteigende Sonne, den BER, diese «riesige Missgeburt», wie Hundt sie nennt, und, wenn man nach unten sieht, auf das Firmengelände von Air Brandenburg, den Parkplatz und die vielen Menschen, die die Zufahrt blockieren. Als Hundt sich am Fenster zeigt, gerät Bewegung in die Menge, und Transparente werden wütend in seine Richtung geschwenkt.

«Alles Romantiker», erklärt Hundt. «Glauben, sie könnten die Insolvenz abwenden, indem sie dagegen protestieren.» Er rückt seinen Hosenbund zurecht und blickt auf die Uhr. «Ebenso gut könnten sie gegen die Erderwärmung protestieren oder gegen eine schlechte Weinernte. Romantiker sehen die Welt nicht, wie sie ist, sondern wie sie sie gerne hätten. Im günstigsten Fall sind solche Menschen lästig. So viel zum Thema.»

«Herr Hundt?»

Hinter ihnen im Flur steht eine der drei Sekretärinnen aus dem Empfangsbereich, in ihren Armen zwei dicke Leitz-Ordner.

«Sie werden erwartet», erklärt sie.

«Sind das die Zahlen?», fragt Hundt.

Sie nickt und zeigt ihm dasselbe Lächeln wie zur Begrüßung. Als gäbe es noch irgendetwas zu gewinnen.

«Gut. Bringen Sie sie rein. Ich komme.»

Die Sekretärin dreht ab, geht sehr aufrecht den Gang hinunter und verschwindet in einem der Konferenzräume zu ihrer Rechten.

«Hören Sie, Charlie ...» Die Morgensonne spiegelt sich in Hundts polierten Schuhen. «Ich werde Sie hier vorerst nicht mehr benötigen. Die Besprechung kann Stunden dauern – wenn nicht den ganzen Tag. Fahren Sie zurück und stehen Sie in der Zwischenzeit meiner Frau zur Verfügung. Sie hat heute Vormittag einige Erledigungen zu machen und fühlt sich nicht mehr sicher, seit ich ständig diese Drohungen erhalte. Und machen Sie unterwegs den Wagen sauber.»

«Kein Problem», sagt Charlie.

«Und bleiben Sie auf Stand-by. Ich rufe Sie an, sobald sich abzeichnet, dass das hier vorbei ist.»

Am Morgen hat Charlie Hundts Frau nur kurz an sich vorbeiflitzen sehen, jetzt steht sie in der Küche, Standbein, Spielbein, bewegt sich nicht und drückt mit zwei perfekt manikürten Fingern den Deckel eines Mixers herunter, der in Überschallgeschwindigkeit und mit mächtig Getöse Babyspinat, Broccoli, eine Avocado, eine Banane, einen Apfel und zwei Esslöffel irgendwelcher Samen zu einer grünlichem Pampe verquirlt. Vielleicht sollte Charlie, wenn das Auto seines Arbeitgebers das nächste Mal mit Obst und Gemüse beworfen wird, das Zeug einsammeln. Upcycling.

Kim sieht gut aus – sofern man die Maßstäbe eines Modemagazins anlegt. Und das tun ja die meisten. Schlank, langbeinig, gazellenhaft. Sie hat blaue Katzenaugen und möglicherweise einen winzigen Silberblick, aber das wird Charlie erst sagen können, wenn sie ihm mal direkt in die Augen schaut. Alles an ihr ist teuer, weshalb man sich unweigerlich fragt, was davon echt ist und was nicht. Ihre Zähne, ihre Nase, die Haare. Wenn sie den Kopf wendet, zeichnen sich an ihrem Hals mehr Falten ab, als ihre Augenpartie vermuten lassen würde. Was Charlie jedoch am meisten irritiert, ist, dass sie ihm vage bekannt vorkommt. Als wären sie mal auf dieselbe Schule gegangen und hätten sich seither nicht gesehen.

«Auch einen?»

Der Mixer hat sich wieder beruhigt. Kim lässt die zähflüssige Pampe in ein riesiges Glas laufen. «Frühstück und Mittagessen in einem», erklärt sie, und ein Teil des Inhalts verschwindet in ihrem Mund.

«Wie praktisch», antwortet Charlie und deutet auf die neben dem Mixer stehende Kaffeemaschine. «Ich würde mir lieber da noch einen rauslassen, wenn das okay ist.»

«Männer und ihr Spielzeug», antwortet Kim nur, was Charlie einfach mal als «mach doch» interpretiert und bei Mister Coffee noch einen Cappuccino in Auftrag gibt.

Dann stehen sie einander gegenüber, zum ersten Mal

sieht Kim Charlie in die Augen – sie hat tatsächlich einen klitzekleinen Silberblick –, und er fragt sich noch immer, weshalb sie ihm bekannt vorkommt. Sprecherin der Tagesschau? Aber die guckt er nie.

«Wie, sagten Sie, war Ihr Name?»

«Ich hab noch gar nichts gesagt, aber wo Sie danach fragen: Ich bin Charlie.»

«Und Sie sind ... *was*?»

Ich bin das, als das man mich anheuert, denkt Charlie. «Personenschützer.»

«Charlie, der Personenschützer.»

«Genau der.»

«Und, Charlie, der Personenschützer: Gefällt Ihnen Ihr Job?»

Charlie denkt an die tausend Euro Tagesgage. «Kann nicht klagen.»

Ein weiterer Teil ihres Frühstückmittagessens verschwindet in ihrem Mund. «Er kann nicht klagen», wiederholt sie und senkt den Blick.

Charlie könnte jetzt noch einmal versichern, dass es okay für ihn ist, aber dann stünden sie am Ende morgen noch hier.

«Wie alt sind Sie, Charlie?»

«Dreiundvierzig.»

«Und? Hätten Sie das mal gedacht – vor zwanzig Jahren –, dass Sie heute Personenschützer sein würden?»

Charlie trinkt von seinem Cappuccino. «Ehrlich gesagt, hab ich nie viel darüber nachgedacht, was ich mal machen oder wer ich mal sein würde.»

«Und jetzt sind Sie Personenschützer Charlie.»

«Personenschützer Personenschützer», murmelt Charlie.

«Wie bitte?»

«Ach, nichts», winkt Charlie ab. «War nur ein Scherz – von dem Typen, der mich engagiert hat. Wir kennen uns von früher. Er meinte, ich bin jetzt Personenschützer Personenschützer, weil ...»

«Doktor Doktor», führt Kim den Gedanken zu Ende.

Kluge Frau.

«Genau», bestätigt Charlie.

«Personenschützer Personenschützer Charlie.»

Charlie zieht nur die Schultern hoch. So gut ist der auch wieder nicht. Der letzte Rest des Smoothies verschwindet in Kims Mund, und Charlie hat die Assoziation einer Baugrube, die mit grünem Beton ausgegossen wird.

Sie stellt das Glas in die Spüle. «Warum machen Sie sich nicht ein bisschen mit unserem Haus vertraut? Ich gehe solange nach oben und mach mich fertig.»

Charlie fragt sich, wo an ihrem Körper sie etwas finden will, das noch fertig zu machen wäre. «In Ordnung.» Er stellt seine Tasse zu ihrem Glas in die Spüle. «Und danke für den Kaffee.»

Charlie checkt die Fenster im Erdgeschoss und im Keller, die Türen, betrachtet den Rasen hinter dem Haus, die Baumreihe entlang der Grundstücksgrenze, die Fugen zwischen den Terrassenfliesen. Müsste er die Sicherheitsarchitektur des Hauses benoten, würde er eine Zwei minus vergeben. Alles ganz solide, aber der neueste Stand ist es nicht, und auf Kameras wurde gänzlich verzichtet.

Als Charlie die letzte Flügeltür im Erdgeschoss öffnet und sich dahinter das private Arbeitszimmer von Doktor Doktor Hundt auftut, weiß er endlich, wo er Kim schon einmal gesehen hat. Hinter dem Glasschreibtisch und dem dazugehörigen Chefsessel hängen zwei Fotografien an der Wand, hochkant, ungefähr eins zwanzig auf zwei Meter. Beide zeigen Kim, lebensgroß. Das linke ist eine Schwarz-Weiß-Aufnahme, auf der sie an einer rissigen Wand lehnt und einen schwarzen Slip und Lederjacke trägt, sonst nichts. Mit geöffneten Lippen schaut sie in die Kamera, die rechte Hand über Kopf, weshalb die Jackenflügel auseinanderklappen und den Blick freigeben auf ihren Bauchnabel und gerade so nicht die Brustwarzen. Unter dem Foto hängt, wie im Museum oder einer Galerie, ein Schildchen von der Größe einer Visitenkarte: Windsor, 1996. Das rechte Foto ist in Farbe, da sitzt Kim in einem Mini-Strickkleid auf der Kante einer quietschgelben Kinderrutsche, halb von unten fotografiert. Praktisch zwei Drittel des Fotos bestehen aus ihren nylonbestrumpften Beinen. Falke, 1993, steht auf dem Schildchen. Charlie bekommt eine Ahnung davon, dass Kim sich vor zwanzig Jahren möglicherweise nicht da gesehen hat, wo sie heute ist. Oder vielleicht genau da, nur dass es sich damals, als es noch ein Traum war, anders angefühlt hat? Wenn alle deine Träume in Erfüllung gehen – was machst du dann noch?

«Tja», hört er Kims Stimme hinter sich, «so sieht er mich am liebsten – halbnackt mit Anfang zwanzig.»

Sie steht im Türrahmen und sieht exakt so aus, wie sie aussah, bevor sie sich fertig machen ging. Charlie überlegt, ob er ihr sagen soll, dass sie immer noch eine sehr attraktive Frau ist, aber erstens wäre das banal, zweitens weiß sie das, und drittens geht es hier um etwas anderes.

«Ich weiß», sagt sie, als könne sie seine Gedanken lesen. «Neunundzwanzig, lebenslänglich.»

Klingt wie eine Strafe, überlegt Charlie. Lebenslänglich.

Die erste Fahrt mit Kim im Fond des S400 dauert exakt fünf Minuten und führt sie die Hubertusallee hinunter zum Roseneck, wo Kim eine Verabredung mit Udo Walz persönlich hat, in einem seiner Frisiersalons. Charlie hält alibimäßig nach Gefahren Ausschau, aber die einzige, die er entdecken kann, besteht darin, sich in der Wiener Konditorei nebenan einen verfrühten Altersdiabetes einzufangen. Er macht sich sogleich an die Arbeit, sucht sich zwischen den in die Vormittagssonne blinzelnden Damen einen freien Korbstuhl, bestellt einen Apfelstreusel mit Sahne und den dritten Cappuccino des Tages. Sobald der getrunken und der Kuchen gegessen ist, Charlie eine Art symbiotische Beziehung mit seinem Korbstuhl eingegangen ist und er sich auch sonst kaum noch von den blinzelnden Omis um ihn herum unterscheidet, verdunkelt sich plötzlich die Sonne.

Kim steht vor ihm. «Können wir?»

Ihre Haare sehen für Charlie im Vergleich zu vorher absolut unverändert aus. Gut, er hat da nicht so das Auge für, aber im Ernst: Was hat der gute Udo vierzig Minuten lang mit ihren Haaren gemacht – sie für 80 Euro besprochen? Sie gezählt? Andererseits hat Charlie gerade ungefähr 80 Euro fürs Kaffeetrinken verdient, also: Was geht's ihn an?

«Klar», sagt er.

Die zweite Tour dauert eine Dreiviertelstunde – weitere 80 Euro für Charlie – und führt sie durch Wilmersdorf, Schöneberg und Mitte bis nach Friedrichshain in die Karl-Marx-Allee. Hier scheint sich das einzige vernünftige «Happy Brazilian Waxing Studio» Berlins zu befinden. Charlie parkt in Sichtweite, bleibt im Wagen und macht sich einen Spaß daraus, sich bei jeder Frau, die aus dem Studio kommt, vorzustellen, wie die jetzt wohl zwischen den Beinen aussieht.

Was immer in dem Studio mit Kim passiert, es geht schneller als bei Udo. Nach einer knappen halben Stunde kommt sie zurück, Charlie hält ihr die Tür auf. Ob sich im Vergleich zu vorher irgendetwas verändert hat?

«Sie können die Tür jetzt schließen», reißt sie ihn aus den Gedanken.

«Oh, ja.»

Die nächste Station führt sie zurück ins gute alte Westberlin. Zum Ku'damm, um genau zu sein. Dort ist Kim mit einer Freundin zum Lunch im Grosz verabredet – das sie nicht essen wird, denn sie hat ja ihr Mittagessen schon mit dem Frühstück eingenommen. Charlie setzt sich drei Tische weiter, sodass er Kim gut im Blick hat, sie aber nicht befürchten muss, dass er etwas von ihrem Gespräch mitbekommt.

Vom Grosz hat er schon gehört, er war aber noch nie drin. Alles ist neu und groß und hoch und geschwungen und riecht gut, sieht aber exakt so aus wie vor hundert Jahren. Er trinkt Cappuccino Nummer vier und gönnt sich ein Croissant mit Marmelade für sieben Euro fünfzig. Nebenbei hört er sein Taxameter ticken, hundert Euro die Stunde.

Als Kims Freundin eintrifft, erschrickt Charlie. Noch eine, die ein «Lebenslänglich» gebucht hat. Charlie schätzt sie auf sechzig, oder sogar schon drüber, nichtsdestotrotz trägt sie High Heels zum Minirock und hat aufgespritzte Lippen. Die sind auch tatsächlich das Dickste an ihr. Gegen sie wirkt Kim direkt übergewichtig. Was für ein Leben, denkt Charlie und beißt von seinem Croissant ab.

Es ist halb drei, als Charlie Kim bei ihrem Personal Trainer in Kreuzberg absetzt. Der Altbau ist ziemlich heruntergekommen, von den Balkonen blättert der Putz, die Fassade ist bis auf eine Höhe von eins achtzig durchgehend mit Tags verziert; da, wo mal eine beleuchtete Hausnummer über dem Torbogen angebracht war, hängen zwei Drähte aus der Wand.

Als Kim Charlies Blick bemerkt, sagt sie: «Ist eine Privatstunde.»

Klar doch. Erst zum Friseur, dann zum Brazilian Waxing und anschließend zu einer «Privatstunde» beim «Personal Trainer». Ohne Sportzeug.

Im Rückspiegel treffen sich ihre Blicke. Ist eine Art stumme Übereinkunft: Wir wissen beide, dass «Personal Trainer» das Synonym für «Affäre» ist, aber wir tun beide so, als wüssten wir es nicht.

«Seien Sie um halb vier wieder hier», sagt Kim, während sie aussteigt.

Und wieder hat Charlie hundert Euro mehr auf dem Taxameter. Die verdient er sich, indem er den Wagen stehen lässt, zum Görlitzer Park läuft und eine Runde dreht. Von dem Hügel über dem ewig kaputten Brunnen aus hat er den ganzen Park im Blick: spielende Kinder, Dealer, zwei Hunde, die sich um einen Taubenkadaver streiten. Sonne im Gesicht. Seine Stadt. Ist nicht für jedermann, aber Charlie mag sie, wie sie ist.

Als sich um Punkt 15 Uhr 30 die Tür des Altbaus in der Lübbener Straße öffnet und Kim auf die Straße tritt, lehnt Charlie am Kotflügel des Mercedes und raucht eine. Die Privatstunde hat ihr gutgetan, die Augen glänzen, und ihre Wangen glühen noch nach. Wieder hält Charlie ihr die Tür auf. Beim Einsteigen wirft sie ihm einen kurzen Blick zu: Wir haben eine Übereinkunft, also stellen Sie keine überflüssigen Fragen.

Das war's, weitere Termine scheint die Frau seines Auftraggebers nicht zu haben. Auch eine Art, den Tag rumzukriegen. Auf dem Weg zurück nach Halensee klingelt Charlies Handy – Hundt ist dran: «Für siebzehn Uhr ist eine Pressekonferenz angesetzt, da hätte ich Sie gerne in der Nähe. Wird nicht erfreulich. Parken Sie den Wagen in der Tiefgarage. Im Anschluss an die PK werde ich möglichst geräuschlos das Gelände verlassen wollen.»

4

Anita spinnt. *Meine Mutter hat endgültig nicht mehr alle Latten am Zaun.* Gut, ist jetzt kein neuer Gedanke, aber heute drängt er sich mal wieder mit Vehemenz auf. Holger sitzt auf der Terrasse, die demnächst zu einem Schiffsdeck umgebaut werden soll, und genießt die Ruhe vor dem, was nach seiner Erfahrung nur der nächste Sturm sein kann. Überhaupt hat sich in letzter Zeit der Eindruck verfestigt, dass Holgers freier Tag einzig dazu da ist, damit sich anderswo in Ruhe etwas zusammenbrauen kann, das dann über ihn hereinbricht. Umso wichtiger, die wenigen Stunden zu genießen, die man für sich hat. Die Sonne scheint, Sandra ist in der Redaktion, Lucas hängt mit seinen Kumpels auf dem Freiplatz ab, und Helen räumt begeistert ihren WG-Schrank in Jena ein, wo sie ab kommender Woche Molekularbiologie studieren wird. Jean-Pierre und Anita sind demonstrieren gegangen. Keine Ahnung, wofür oder wogegen. Holger hat sich Nachfragen gespart. Er war erleichtert, als die Tür ins Schloss fiel.

Vorhin hat er sich einen Teller Nudeln vom Vorabend aufgewärmt und wollte sich damit an den Esstisch setzen, doch auf dem lag bereits Jean-Pierre, bäuchlings, nackt, unter sich Sandras Yogamatte. Anita stand über ihn gebeugt und schwenkte zwei orangefarbene Tücher, was, wie sie anschließend erklärte, Jean-Pierres Energiebahnen positiv stimulieren sollte.

«Wenn du willst, mach ich das gerne mal bei dir, Puffelchen. Könntest du gut gebrauchen. Da sind lauter», sie tippte ihrem Sohn mit einem ausgestreckten Zeigefinger gegen die Stirn, «Verknotungen drin, die gelöst werden wollen.»

Zieh aus, dachte Holger nur, und nimm Charlie mit, dann lösen sich sämtliche Verknotungen in Wohlgefallen auf.

Er richtet seinen Stuhl nach der Sonne aus, setzt die getönte Lesebrille auf, nimmt sich die Zeitung und denkt über ein Glas Nachmittagswein nach, etwas Leichtes – einen Vinho Verde etwa –, als sein Smartphone unheilvoll über die Tischplatte surrt.

Bökh Büro.

«Chef?!»

Die Bökh. Seit zwei Jahren sind sie jetzt im selben Ermittlerteam, und noch immer konnte Holger ihr nicht angewöhnen, in Zimmerlautstärke zu sprechen.

«Ich höre Sie, Frau Bökh, klar und deutlich. Und ich hab eine Information für Sie: Ich hab heute frei.»

«Hatten, Herr Brinks. Hatten!»

Wieso nur ist ihm die Idee mit dem Vinho Verde nicht früher gekommen? Aus irgendeinem Grund kommen ihm die guten Ideen immer zu spät. Ein Leben als Aneinanderreihung verpasster Chancen. Vielleicht ist es auch Einstellungssache, und er sollte versuchen, die verpassten Chancen nicht länger als verpasste Chancen, sondern als etwas anderes zu sehen. Aber als was?

«Herr Brinks!?»

«Frau Bökh?»

«Haben Sie gehört, was ich gesagt habe?»

«War nicht zu überhören.»

«Wir haben eine Leiche reinbekommen, ganz frisch. Wurde vor zwanzig Minuten von einem Jogger entdeckt. Männlich, Kopfschuss, sitzt im Grunewald hinter dem Steuer eines Wagens.»

«Der Jogger?»

«Die Leiche.»

«Selbstmord», schließt Holger.

«Vermutlich. Aber mein Chef warnt mich immer vor voreiligen Schlussfolgerungen ...»

Holger faltet mit der freien Hand die Zeitung zusammen. Er hört, wie ein Auto von der Paradestraße kommend dynamisch in den Leonhardyweg einbiegt. «Na dann», fügt er sich in sein Schicksal und nimmt die Lesebrille wieder ab. «Können Sie mir Niclas vorbeischicken?»

«Nicht nötig!», ruft Frau Bökh freudig.

Der Wagen, der eben in den Leonhardyweg eingebogen ist, kommt hinter Holgers Hecke zum Stehen. Plötzlich dröhnt eine Hupe durch die Straße, anhaltend und durchdringend. Eine Schiffssirene ist dagegen ein zartes Flöten.

«Haben Sie das gehört?», fragt die Bökh.

«Selbstverständlich hab ich das gehört», erwidert Holger.

Frau Bökh freut sich: «Das war ich!»

Frau Bökh ist vor zwei Monaten eine Gehaltsklasse nach oben gerutscht. Was sich dadurch in ihrem Leben geändert hat, ist: Sie fährt jetzt ein neues Auto. Für die 14,7 Kilometer bis zum Parkplatz an der Avus-Ausfahrt Hüttenweg gibt ihr Navi als Fahrtzeit 24 Minuten an. Frau Bökh braucht 17. Ihr neues Auto ist ein roter Mini mit schwarzem Dach und Rallyestreifen. Sie scheint zu glauben, es handele sich um einen Ferrari. Oder einen Eurofighter. Was kein Wunder ist, denn das Cockpit-Design legt nahe, dass man mit dem Gefährt problemlos ferne Galaxien durchschweifen kann.

Holger würde in aller Ruhe nach dem Hyperdrive-Knopf suchen, ist aber zu sehr damit beschäftigt, etwas zum Festhalten zu finden. Wann immer er seiner Kollegin kurz den Kopf zuwendet, sieht er nur deren handtellergroße Kreolen vor- und zurückschwingen, was seinen Magen zusätzlich belastet. Bis sie den Wagen mit blockierten Reifen und einer Vierteldrehung des Hecks parallel zum Absperrband auf dem hinteren Teil des Parkplatzes zum Stehen bringt, hat Holger Schweißflecken unter den Achseln und ist kurz davor, sich zu übergeben. Frau Bökh dagegen sieht aus, als wäre sie gerade einer erfrischenden Dusche entstiegen. Holger wartet, bis sich der Staub verzogen hat, bevor er die Tür öffnet.

Das Dröhnen der auf der Avus vorbeifahrenden Lkw mischt sich mit Vogelgesang. Der vordere Teil des Parkplatzes beginnt gerade, sich mit Feierabendsportlern zu füllen. Durch die Bäume sieht Holger zwei durchtrainierte Frauen, die sich vor dem offenen Kofferraum neonfarbene Laufschuhe anziehen. Blader, Fahrradfahrer, Jogger ... Sämtliche Arten von Freizeitsportlern sind hier anzutreffen. Der Ort ist schnell zu erreichen, durch die Autobahnausfahrt gut angebunden, und sobald man losläuft, ist man nur noch von Wald umgeben. Ein Streifenwagen ist vor Ort, Holger grüßt im Vorbeigehen die Kollegen.

KK Jensen wartet vor dem abgesperrten Bereich. Wie üblich wirkt der Kriminalkommissar wie aus einem alten Film geschnitten und ins Bild montiert: Sein Hemd ist bis oben hin zugeknöpft, der Scheitel beschreibt die mathematisch kürzeste Verbindung zwischen einem Punkt an der Stirn und einem am Hinterkopf, und seine Brille reflektiert die Nachmittagssonne, wie nur eine keimfreie Oberfläche das zustande bringt. Nicht einmal der von Frau Bökh aufgewirbelte Staub bleibt an ihm haften. Mit auf dem Rücken verschränkten Händen steuert er auf Holger zu. Als hätte er sich selbst Handschellen angelegt.

«Tag, Herr Brinks.» Zu Bökh sagt Jensen «Hallo, Melanie» und schlägt dabei die Augen nieder. Ihr ins Gesicht zu sehen kostet ihn auch nach zwei Jahren noch Überwindung. Er fürchtet, sein Blick könne sich auf dem Weg dorthin in ihrem Dekolleté verfangen, und tatsächlich ist es schwer für einen Blick, das zu vermeiden. Hat mit Gravitation zu tun. Bökhs Dekolleté *nicht* anzusehen ist, wie gegen den Strom zu schwimmen.

Mit sehr spitzen Fingern lupft Jensen für Holger das Band an. «Hier entlang, bitte. Der Wagen steht ganz hinten.»

Sie steuern einen roten Wagen an, der an der entlegensten Stelle des Parkplatzes abgestellt wurde. Direkt dahinter beginnt der Wald. Der sandige Boden ist uneben und von Wurzeln durchzogen, weshalb sich der Wagen leicht nach links neigt. Unwillkürlich zieht Holger die extra starken Kaugummis aus der Tasche, die er immer bei sich hat, und drückt zwei davon aus der Packung. Ein Ritual. Es ist ihm nicht klar, warum sie helfen, aber das weiß man bei Ritualen ja nie so genau.

«Mazda 3, zweite Generation», sagt Bökh, «Zwei-Liter-Motor, 150 PS. Der geht ganz schön ab.»

Holger sieht sie fragend an. Er hätte nicht einmal die Marke erkannt.

Bökh schenkt ihm ein Lächeln. «Nicht so wie meiner allerdings.»

«Landkreis Dahme-Spreewald», ergänzt Jensen. Gemeint ist das Nummernschild, das mit den Buchstaben LDS beginnt und auch Holger schon aufgefallen ist.

«Nicht gerade um die Ecke», stellt er fest.

Bevor sie an den Wagen herantreten, nimmt Holger die umliegenden Parkplätze in Augenschein. Reifenspuren finden sich hier überall. Auf der Fahrerseite sind nach Turnschuhen aussehende Fußabdrücke im sandigen Untergrund zu erkennen. Vermutlich stammen die von dem Jogger, der die Leiche gefunden hat. Ohnehin alles nicht sehr aussagekräftig. Bevor die Polizei eingetroffen ist, kann sich wer weiß wer dem Wagen genähert haben, und die Mulden im Sand sind so unspezifisch, dass es auch die Hufabdrücke eines Wildschweins sein könnten.

«Wieso hat der Jogger die Leiche überhaupt bemerkt?», fragt Holger.

«Er meinte, er habe den Wagen schon da stehen sehen, als er losgelaufen sei», erklärt Jensen. «Als er dann zurückkam, musste er Wasser lassen und ist ein paar Schritte in den Wald gegangen. Da hat er bemerkt, dass jemand im Wagen sitzt, und ist stutzig geworden ...»

Der Wagen ist unverschlossen. In der Seitenscheibe auf der Fahrerseite ist ein kleines Loch auszumachen. Von hinten sah es so aus, als sitze gar niemand im Wagen, jetzt wird Holger klar, warum: Der Tote ist nach vorne gekippt, sein Kopf ruht auf dem Lenkrad. Auf den ersten Blick wirkt alles ganz friedlich, als schliefe er – wäre da nicht das Loch über dem Ohr und das Blut, das ihm die Wange hinabgelaufen ist und von innen an der Scheibe klebt. Holger richtet sich auf, atmet durch. Jensen reicht ihm Handschuhe, es schnalzt, dann öffnet Holger die Tür, und ein stechender Geruch wie auf dem Schießstand schlägt ihm entgegen.

Drei Minuten später gibt es am Tathergang kaum noch Zweifel: Der Mann fuhr auf den Parkplatz, suchte sich den ungestörtesten Platz, stellte den Motor aus, ließ den Schlüssel stecken, setzte sich eine 9 Millimeter an die Schläfe und drückte ab. Kopfdurchschuss. Anschließend ging das Projektil durch die Seitenscheibe. Over and out.

Holger besieht sich die Pistole, die er zwischen Daumen und Zeigefinger an der Mündung hält und die zwischen den Schuhen des Toten im Fußraum gelegen hat. Eine Markarov PM, eine alte russische, mit Stern auf dem Griff, beide Nummern herausgefräst. In Armenien oder Aserbaidschan bekommst du so etwas auf jedem Straßenmarkt. In Berlin allerdings sind die eher selten. Womit die Leute sich so umbringen. Und noch was – ist nur ein Detail und hat wahrscheinlich nichts zu bedeuten, Holger bemerkt es dennoch: Der Tote hat seine Brille noch auf. Als er abgedrückt hat, ist sie ihm verrutscht, jetzt klemmt sie zwischen seiner Stirn und dem Lenkrad.

Holger spricht es aus: «Der hat seine Brille noch auf.»

«Brauchen Sie eine?» Die Bökh, wer sonst.

Holger betrachtet das, was der Tote als Letztes gesehen hat: den Wald. Der kommt extra hierher, stellt sein Auto auf dem entlegensten Platz ab, macht den Motor aus, schnallt sich ab, blickt in den Wald, setzt sich die Markarov an die Schläfe ...

«Ich glaube, ich hätte die vorher abgenommen», überlegt Holger.

Vorsichtig legt er dem Toten eine Hand auf die Brust und

schiebt den Oberkörper zurück in Sitzposition. Dabei kippt der Kopf des Mannes nach links. Holger hält ihn in Sitzposition und befühlt mit einem Finger die Augenlider – dort setzt die Totenstarre als Erstes ein.

«Noch keinerlei Anzeichen», stellt er fest.

Anschließend vergleicht er die Eintritts- mit der Austrittsöffnung. Der Schuss war aufgesetzt, beide Öffnungen befinden sich praktisch auf gleicher Höhe, was bedeutet, dass der Tote, als er abgedrückt hat, seinen Ellenbogen auf Kopfhöhe gehabt haben muss. Sonst hätte die Kugel keine waagerechte Linie beschrieben.

In der Innentasche seines Blousons findet Holger das Portemonnaie des Toten: Ausweis, Führerschein, Geld. Sollte etwas fehlen, dann nichts, was Männer für gewöhnlich bei sich tragen. Außerdem ein Smartphone.

Jensen hat inzwischen den Halter des Wagens ermitteln lassen. «Maik Schuster», sagt er, «geboren 19. April 1983. Wohnhaft in Königs Wusterhausen.»

Holger gleicht es mit dem Ausweis ab, den er in Händen hält, und nickt. Er studiert das Gesicht des Toten. Energisches Kinn, verschmitzte Augen, Knubbelnase. Holger stellt sich vor, dass Maik Schuster einer war, der gerne gelacht hat, ein Spaßmacher. Und doch hat er sich eine Kugel durch den Kopf gejagt.

«Widder», sagt Frau Bökh.

«Wenn Sie uns etwas zu sagen haben, Frau Bökh», erwidert Holger, «immer raus damit.»

«Draufgängerisch, durchsetzungsstark, dynamisch, ehrlich. Widder. Normalerweise haben die zwei Hörner auf der Stirn. Der hier hat zwei Löcher drin.» Sie macht ein Unschuldsgesicht. «Nur so ein Gedanke.»

Holger fragt sich, ob Frau Bökh weiß, dass er selbst ebenfalls Widder ist. Draufgängerisch, dynamisch, durchsetzungsstark ... Nicht gerade die Eigenschaften, die Holger als Erstes in den Sinn kämen, wenn er sich selbst beschreiben sollte.

Er wirft einen Blick auf die Rückbank: kein Kindersitz, kein Spielzeug, keine Krümel in den Polstern. Könnte bedeuten, dass Maik keine Kinder hatte. Das wäre gut. Das Schlimmste ist, es den Kindern zu sagen. «Wissen wir schon, ob er Familie hatte? Eine Freundin?»

Frau Bökh, die mit ihrem Smartphone beschäftigt ist, ruft: «Sieht nicht so aus. Er ist auf Facebook. Keine Selfies mit Kindern, Status: Single. Gehört offenbar zur Belegschaft von Air Brandenburg.»

Alle drei sehen einander an. Air Brandenburg. Holger denkt an den aktuellen Lover seiner Mutter, den er letzte Nacht besoffen und mit heruntergelassener Hose aus dem Beet gezogen hat. Konkursmasse. Verlust des Arbeitsplatzes – könnte ein Motiv gewesen sein.

Holger trennt den Autoschlüssel vom Schlüsselbund ab, was mit den Handschuhen nicht ganz einfach ist – als Schlüsselanhänger dient übrigens ein streichholzschachtelgroßes Flugzeug mit Air-Brandenburg-Schriftzug auf dem Rumpf –, überreicht Jensen den Wagenschlüssel und steckt den Bund ein. Schließlich stellt er sich neben das Auto, Blick in Fahrtrichtung: Bäume, Wald, Vogelgezwitscher. Und bläst sich mit einer Gangsterknarre den Schädel weg.

«Okay», sagt er. «Frau Bökh, wir beide fahren nach Königs Wusterhausen und sehen uns seine Wohnung an. Ich lasse derweil die Angehörigen ermitteln. Jensen, Sie bleiben bitte hier und überwachen den Abtransport der Leiche. Und danach reichen Sie bitte das Smartphone des Toten bei den Kollegen von der Technik rein.»

CEO Doktor Doktor Heiner Hundt sitzt im Fond seines Wagens und wirkt, als sei eine Grippe im Anmarsch. Er hat sein Bestes gegeben, um für die Dauer der Pressekonferenz den Eindruck zu vermitteln, das Schicksal der 934 Angestellten von Air Brandenburg würde ihm, wenn schon nicht zu Herzen gehen, so doch wenigstens persönlich berühren, also quasi irgendwie emotional streifen. Schließlich sei die Entwicklung «in der Tat sehr zu bedauern» und insgesamt auch «suboptimal verlaufen». Von «Optionen» war die Rede, einer «möglichen Übernahme», man wolle «nichts unversucht lassen». Mehrfach fiel das Wort «ausloten». Jedem im Raum war klar, dass Hundt nur leere Worthülsen verschoss. Es gibt kein Übernahmeangebot und auch sonst keine Alternativen. Bereits an Tag eins nach Anmeldung der Insolvenz stellte sich der Lufthansa-Chef der neugierigen Presse und beantwortete die Frage, ob die insolvente Air Brandenburg für seine Firma ein möglicher Übernahmekandidat sei, mit «auf keinen Fall». Auf die Nachfrage «warum nicht?» erwiderte er nur, dass er vorhabe, seinen Job noch eine Weile zu behalten. Aus den Chefetagen anderer Fluggesellschaften war Ähnliches zu vernehmen. An Air Brandenburg will sich niemand die Finger verbrennen.

So schleppten sich alle Beteiligten schlecht gelaunt durch die Pressekonferenz, bis ein Journalist von der B.Z. die Frage in den Raum warf, wie er, Hundt, sich denn persönlich fühle, wenn er bedenke, dass er als «Schmerzensgeld» für die selbst herbeigeführte Pleite 11,3 Millionen einstreiche, während die Belegschaft in die Arbeitslosigkeit entlassen werde. Hundt, der abgelenkt wirkte, wiederholt auf die Uhr gesehen hatte und dessen Zündschnur zu diesem Zeitpunkt bereits entsprechend kurz war, bäumte sich auf. Wenn einer wie er etwas gar nicht vertrug, dann, sich rechtfertigen zu müssen. «Vertrag ist Vertrag», bellte er, sein Anwalt biss sich unauffällig auf die Unterlippe, die Journalisten hatten endlich einen Aufmacher und fingen dankbar an zu tippen.

Der Konkursverwalter hatte die PK noch nicht beendet, da ließ sich Doktor Doktor Hundt von Personenschützer Personenschützer Charlie aus dem Raum geleiten und in den Fahrstuhl bugsieren. Auf dem Weg nach unten stieß er deutlich hörbar Luft aus. Morgen würde die Presse über ihn herfallen. Er wusste es selbst: Das war nicht professionell gewesen. Nicht mehr zu ändern. Als sich, in der Tiefgarage angekommen, die Türen öffneten, lockerte er minimal den Krawattenknoten und sagte nur: «Weiter geht's.»

Jetzt, keine anderthalb Stunden später, folgt die Strafe für Hundts Unvorsichtigkeit bei der PK. Er und Charlie befinden sich gerade im Landeanflug auf seine Villa – um an dieser Stelle im Bild zu bleiben –, da stehen vor Hundts Gartenzaun etwa drei Dutzend erzürnte Menschen, die ihrem Unmut freien Lauf lassen, indem sie mit Hundekot gefüllte Air-Brandenburg-Kotztüten auf das Grundstück werfen und Beleidigungen ausstoßen. Kaum biegt Charlie in die Wangenheimstraße ein, stürmt die Gruppe auf den Wagen zu, umringt ihn. Der Abstandswarner fängt hysterisch an zu piepen, Fäuste trommeln auf das Dach, Füße treten gegen die Beifahrertür.

Plötzlich kleben auf Augenhöhe zwei nackte Brüste am Seitenfenster, die, Entschuldigung, schon straffere Zeiten gesehen haben und über die, wie bei einer Femen-Aktivistin, in schwarzen Lettern etwas geschrieben steht. Charlie muss zurückweichen, um den wabbelnden Schriftzug entziffern zu können. «Vertrag ist Vertrag» steht da, und erst als er den Rückwärtsgang einlegt und den Wagen aus dem Pulk steuert, erkennt er die Frau, die zu den Brüsten gehört, und er sagt: «Jeder, wie er's braucht.»

5

Charlie hat es fertiggebracht, niemanden zu überfahren, sämtliche Demonstranten unverletzt an der Einfahrt abzustreifen und Hundt heil ins Haus zu manövrieren. Jetzt stehen Kim, Herr Hundt und er an einem der Fenster im ersten Stock und blicken auf das wütende Grüppchen vor dem Gartentor hinab. Immerhin fliegen keine Kotztüten mehr. Das Pulver ist verschossen, der Frust ist geblieben.

«Wir werden belagert», sagt Kim. «Und mit Hundekot beworfen.»

Herr Hundt, die Hände in den Taschen seiner Hose, sagt nichts.

«Wo sind wir hier?», fährt Kim fort. «Im Wilden Westen? Die Meissens haben schon angerufen und gefragt, wann wir diesen Aufruhr aufzulösen gedenken.»

Hundt sagt immer noch nichts.

«Wenn du uns diese Meute nicht vom Hals schaffst, ziehe ich heute Abend bis auf weiteres ins Hotel.»

Wie bereits bei der Pressekonferenz scheint Hundt mit den Gedanken woanders zu sein. «Das ist nur der Anfang», sagt er.

«Na wunderbar», erwidert Kim. «Ich geh dann mal packen.»

Sie wendet sich ab. Hundt macht keine Anstalten, sie aufzuhalten, bewegt sich nicht einmal. Eric Sandler, einer der Sandlers von Sandler & Sandler, für die Charlie eine Zeitlang in L. A. jobbte, sagte gerne: *You've got to stand tall, when the shit hits the fan.* Sich der Scheiße entgegenstellen. So muss Hundt sich gerade fühlen.

Zum ersten Mal empfindet Charlie so etwas wie Mitleid für seinen Arbeitgeber. Den sicheren Freund erkennt man in unsicherer Lage, hat einer von den alten Griechen mal geschrieben. Oder war es einer von den Römern? Wo hat Charlie das überhaupt her, aus Asterix? Wie auch immer – wenn deine eigene Frau dir den Rücken kehrt, sobald sich vor dem Gartentor ein bisschen Ärger zusammenbraut – da fragst du dich doch: Weshalb hat die mich überhaupt geheiratet?

Vermutlich ist das der Grund, weshalb Charlie plötzlich sagt: «Ich geh mal runter und rede mit denen.»

Und dann geht er zwischen Hundt und seiner Frau hindurch und überlässt die beiden einander. Vielleicht erinnern sie sich ja doch noch daran, weshalb sie mal geheiratet haben.

Als Charlie aus dem Haus tritt, geht ein Ruck durch die Menge, doch bevor dieser Ruck eine Welle auslösen kann, ist die schon wieder abgeebbt. Charlie ist der Falsche.

Zielstrebig geht er vor zum Gartenzaun und steuert direkt auf die Frau mit den entblößten Brüsten zu, über die «Vertrag ist Vertrag» geschrieben steht.

Die begrüßt ihn mit den Worten: «Schätzchen, das bist ja *du*!»

Charlie beugt sich vor. Was er Anita zu sagen hat, muss

sonst niemand hören. «Hör zu, Mutter. Von mir aus kannst du nackt auf der Straße tanzen, hab ich kein Problem mit. Aber kannst du das nicht bitte woanders tun?»

«Was machst du hier überhaupt?», entgegnet Anita.

«Ich bin Hundts Bodyguard.»

Anita weiß gar nicht, was sie zuerst fragen soll. Schließlich entscheidet sie sich für: «Du hast einen Job?»

«Ja, Mutter, hab ich.»

«Das ist ja fabelh... Moment mal: Du arbeitest für dieses Kapitalistenschwein?»

«Man könnte sagen, ich verteidige sein Grundrecht auf seelische und körperliche Unversehrtheit.»

«Weißt du überhaupt, was dieser Mann getan hat?»

«Ja, weiß ich, so ungefähr jedenfalls, aber darum geht es jetzt nicht. Sieh mal: Wenn ihr nicht von alleine abzieht, rückt hier demnächst die Polizei an und bringt garantiert auch gleich das Fernsehen mit, und dann siehst du dich heute Abend oben ohne in den Nachrichten.» Er blickt auf ihre Brüste. «Willst du das?»

«Von mir aus – bitte sehr!» Anita drückt ihren Rücken durch. «Ich mache auch nur von meinen Grundrechten Gebrauch!»

Der Mann, der neben Anita steht, blickt stolz auf seine Kämpferin. Charlie ist sich nicht sicher, es war sehr dunkel, aber es würde ihn nicht wundern, wenn der Herr mit den grauen Schläfen ein paar Striemen an den Oberschenkeln hätte, weil Holger ihn letzte Nacht mit heruntergelassener Hose aus einem frisch gepflanzten Oleanderbusch gezogen hat. Oder war es ein Rhododendron? Solche Dinge kann Charlie sich einfach nicht merken. Ist wie mit den Römern und den Griechen.

In jedem Fall muss Charlie einsehen, dass er die falsche Taktik gewählt hat. Die Aussicht, ihre Brüste samt Schriftzug in eine Fernsehkamera halten zu können, befeuert Anita eher, als dass es sie abschreckt. Er muss umdenken.

«Kannst du es nicht für mich tun?», appelliert er an ihr Mutterherz. Mitleid. Da geht immer was.

«Wieso für dich? Du solltest über den Zaun steigen und auf unsere Seite wechseln!»

Gib mir einen Tausender pro Tag, und ich mach's sofort, denkt Charlie. Er sagt: «Sieh mal, ich hab so lange keinen Job mehr gehabt, und jetzt verdien ich endlich ein bisschen Geld und kann vielleicht bald ausziehen! Das wünscht sich Holger doch schon so lange, und dann könnten du und dein ...» Er blickt den neben ihr stehenden Mann an.

«... mein Jean-Pierre!» Anita schmiegt sich und ihre nackten Brüste an ihren tragischen Helden. Der grinst wie ein Honigkuchenpferd.

«... Jean-Pierre, genau», sagt Charlie. «Ihr könntet dann ins Gartenhaus ziehen. Das wäre doch ...»

«... Romantik pur!»

Im Geiste entschuldigt sich Charlie bei seinem älteren Bruder. Holger derart in den Rücken zu fallen ist nicht unbedingt loyal, andererseits sind Anita und Jean-Pierre im Gartenhaus immer noch besser als Anita und Jean-Pierre in Helens Zimmer.

«Genau», sagt Charlie. «Romantik pur.»

Während Charlie unten im Garten mit den Aktivisten verhandelt, stehen Herr Hundt und seine Frau im ersten Stock am Fenster und beobachten ungläubig, wie die Gruppe weiterzieht. Miteinander reden tun sie nicht, aber wirklich *mit*einander reden war eh noch nie so ihr Ding, und sich daran zu erinnern, weshalb sie mal geheiratet haben, würde sie auch nicht wesentlich weiterbringen, denn schon damals war der emotionale Anteil an dieser Entscheidung relativ überschaubar.

«Wie haben Sie *das* denn fertiggebracht?», fragt Herr Hundt, als Charlie wieder im Haus ist, sie beide in der Küche stehen und Herr Hundt bei seinem Kaffeeroboter zwei Cappuccino in Auftrag gibt.

«Ich habe ihnen ein neues Ziel empfohlen.»

«Und das wäre?»

«Das Rote Rathaus.»

«Chapeau», sagt Kim, die plötzlich in der Tür steht.

Sie hat schon wieder ein neues Outfit an: Ihre Hose sieht ungemein kuschelig aus, Charlie würde sie als Kreuzung aus Jogginghose und Ultraflauschpulli beschreiben, und damit läge er vermutlich gar nicht so falsch, denn der Hersteller nennt seine Kreation *Drawstring-waist cashmere track pants*. Lassen Sie Ihrer Phantasie freien Lauf, Charlie tut es auch.

So entspannt ihre Hose aussieht, so unentspannt wirkt Kim. «Charlie», setzt sie an, «ich möchte, dass Sie – solange dieser Irrsinn hier andauert – in eines der Gästezimmer ziehen. Ich fühle mich bedeutend sicherer, wenn Sie im Haus sind.»

Bevor Charlie etwas erwidern kann, entscheidet Doktor Doktor Hundt: «Ich halte das für eine gute Idee. Das Finanzielle regele ich mit Herrn Kutscher.»

Damit ist die Entscheidung offenbar gefallen. Nicht, dass Charlie etwas dagegen hätte. Er denkt an die Boxspring-Betten, die er oben gesehen hat, an den Cappuccino, den er in der Hand hält. Diese Maschine macht so viele davon, wie du willst, das hört nie auf! Das Ding ist: Er wäre gerne gefragt worden. Und dann hätte er gerne eingewilligt. Aber das muss er offenbar nicht. Sie bezahlen dich, dann gehörst du ihnen. Das ist der Deal.

Charlie ist jetzt schon gespannt darauf, wie lange er das mitmachen wird. Einerseits ist er käuflich, klar, wie alle. Andererseits ist ihm Geld nicht wirklich wichtig, nie gewesen. Sonst würde er nicht so viel davon verspielen. Soll heißen: Wenn es ihm zu blöd wird, steigt er aus. Das lässt sich dann auch, um Hundts Formulierung zu gebrauchen, nicht mehr finanziell regeln. Oder vielleicht doch. Aber dann wird's richtig teuer.

Unter Maik Schusters Adresse in Königs Wusterhausen befindet sich ein schmaler Altbau in der Berliner Straße. Das Schloss – Schlösschen, besser gesagt – liegt gleich um die Ecke. Die Straße ist praktisch menschenleer. Ein zermatschtes AfD-Wahlplakat hängt im Rinnstein und zuckt müde hin und her. Die Sonne scheint, dennoch sieht Holger nur unterschiedliche Schattierungen von Grau. In diesem Setting wirkt Frau Bökhs roter Rallyeflitzer wie die letzte Glut in der Asche. Auch diesmal hat sie die ursprüngliche Fahrzeitprognose ihres Navis unterboten, um sieben Minuten sogar, was ihr sichtlich gute Laune bereitet. So ist sie: fährt mit ihrem Navi um die Wette und freut sich drüber.

Im Erdgeschoss des Hauses residiert das Service-Center des Versicherungsmaklers Thomas Gosetzky. Als Bökh die Tür aufzieht, wirft ihr ein Mann mit blutleerem Gesicht, längs gestreiftem Hemd und über die Stuhllehne gehängtem Jackett einen erstaunten Blick zu. Kundschaft, ach du Schreck! Im selben Moment hört seine Tastatur auf zu klappern. Staub tanzt in der Luft. So eine wie Melanie Bökh ist hier bestimmt noch nie reingekommen.

«Tach!», sagt die Bökh, um ihm die Suche nach angemessenen Worten zu vereinfachen

«Tach», erwidert Thomas Gosetzky.

Na bitte, geht doch.

Sie steuert direkt seinen Tisch an. Holger bleibt in der Tür stehen. «Wir sind von der Kriminalpolizei.» Sie zieht ihren Ausweis aus der Tasche, beugt sich über den Tisch und zeigt ihn vor. Und noch so manches andere. «Dahinten, das ist übrigens mein Chef, Hauptkommissar Brinks. Wirkt manchmal ein bisschen muffelig, ist aber eigentlich ein Netter.»

Gosetzky würdigt Holger keines Blickes, sondern starrt am Ausweis vorbei in Frau Bökhs Dekolleté. Wir erinnern uns: Gravitation.

Holger erwartet als Nächstes den Satz: «Verhaften Sie mich jetzt?» Es ist aber Frau Bökh, die wieder das Wort ergreift.

«Sie kennen doch sicher den Maik Schuster, oder? Der wohnt doch hier im Haus.»

Gosetzky nickt ergeben. «Und der Manu.»

Damit bringt er Frau Bökh tatsächlich vom Weg ab, aber nur für ungefähr eine halbe Sekunde. «Der Manu?»

Wieder nickt Gosetzky. Bitte, sagt sein Blick, bitte verhaften Sie mich! Holger fragt sich, wie er auf diese Weise Versicherungen verkauft. Frau Bökh macht eine auffordernde Geste.

«Der Bruder», erklärt Gosetzky.

«Der Bruder von Maik», stellt Frau Bökh klar.

Nicken.

Die Bökh will es genau wissen: «Maik hat einen Bruder – Manu –, und der wohnt auch hier im Haus?»

«Der wohnt bei Maik. Also, wenn er da ist. Der Manuel. Dann wohnt er bei seinem Bruder.»

«Dem Maik.»

Nicken.

«Was meinen Sie mit: ‹Wenn er da ist›?»

«Manchmal ist er nicht da, also für länger. Wenn er Arbeit hat. Dann ist er auf Montage.»

«Und ist er jetzt da?»

«Der Maik?»

«Der Manu.»

«Ach so.»

«Und – isser?»

«Was?»

Die Bökh beginnt zu schnaufen: «Der Manu!»

Wieder ein Nicken. Aber es kommt noch etwas hinterher, Gott sei Dank: «Ja, aber in der Wohnung isser nich.»

Frau Bökh weiß nicht, ob sie lachen oder weinen soll: «Wo isser denn dann?»

«Höchstwahrscheinlich in der ‹Krone›.» Und nach einem weiteren aufmunternden Blick von Frau Bökh: «In der ‹Schaumkrone›. Da drüben.» Er zeigt mit letzter Kraft und einem ausgestreckten Finger auf sein vom Straßendreck beschlagenes Schaufenster.

Auf Gosetzkys Schreibtisch steht ein herzförmiges Plastikkästchen, in dem wiederum herzförmige, in goldenes Stanniolpapier eingewickelte Schokoladen liegen, mit denen hier offenbar um die Gunst der Kunden geworben wird.

Frau Bökh rüttelt ihr Dekolleté zurecht und deutet in das Kästchen. «Ob ich mir eins von Ihren Herzen klauen darf?»

«Gerne auch zwei oder drei», erwidert Gosetzky und schiebt das Kästchen in ihre Richtung.

Sie nimmt sich zwei und hält sie vor ihre linke Brust, als schlage ihr Herz nur für ihn.

Die «Schaumkrone» ist so etwas wie die Blaupause für sämtliche Eckkneipen dieser Welt. In diesem speziellen Fall wird die Idee «Eckkneipe» sogar noch überhöht durch ein real erlebbares Echo aus der Vergangenheit, einen DDR-typischen Geruch, Getränke, die anderswo bereits als ausgestorben gelten, Tür- und Thekenbeschichtungen in Holzoptik, die keinen Hehl daraus machen, dass sie in Wirklichkeit aus allerfiesestem Kunststoff bestehen, was dazu geführt hat, dass sie die vergangenen dreißig Jahre äußerlich wie innerlich unverändert überdauert haben und auch dem kommenden, sagen wir, Jahrhundert gelassen entgegensehen. Denen kann nicht einmal ein Atomkrieg etwas anhaben. An der Wand hinter der Bar werben vergilbte Leuchtreklamen für Kirsch-Whiskey und Pfefferminz-Likör.

Generationen von Männern haben sich hier flüchtige Auszeiten von ihren Frauen genommen oder sich gewünscht, sie hätten eine. Ein Ort, zu dem man sich hin- und zugleich von ihm weggezogen fühlen kann, in dem man sich aber auch häuslich einrichten kann, weshalb es überall auf der Welt Kneipen wie die «Schaumkrone» gibt und sich in jeder von ihnen ein paar gestrandete Seelen an der Theke einfinden, die aufgehört haben, das rettende Floß zu ersehnen, und die, würde es jetzt noch angespült werden, es lieber nicht besteigen. Eine Insel wie die «Schaumkrone» geht nicht einfach so unter, die ist solide, auf die ist Verlass. Bei einem Floß weiß man nie, wie weit man damit kommt.

Holger hat eine Schwäche für solche Kneipen. Im Grunde seines Herzens war er nie ein Abenteurer. Er ist froh, einen

Beruf gefunden zu haben, der ihm entspricht, dass er Karriere gemacht und Erfolge vorzuweisen hat, dass er Sandra geheiratet und gemeinsam mit ihr eine Familie gegründet hat. Aber er *versteht* Orte wie die «Schaumkrone», wo du niemals alleine bist und dennoch niemand jemals Erwartungen an dich stellt, außer dass du verlässlich deinen Deckel zahlst.

«Der Dicke», flüstert er beim Betreten des Lokals seiner Kollegin zu, «das ist Manu.»

«Woher wissen Sie das?»

«Erfahrung.»

An der Theke sitzen drei Männer auf Barhockern, jeweils mit zwei Stühlen Abstand zwischen sich und dem nächsten, weiter hinten gibt es einen Tisch, an dem drei junge Typen, wahrscheinlich noch Schüler, auf ihre Smartphones glotzen und alle drei die Köpfe drehen, als hätte Frau Bökhs Dekolleté sie beim Namen gerufen. Holger konzentriert sich und geht auf den stark übergewichtigen Mann an der Bar zu.

Wenn es eine Todesnachricht zu überbringen gibt, fällt die Wahl in aller Regel auf Holger. Was den Sachverhalt nicht korrekt wiedergibt. Seit ungefähr fünfzehn Jahren wird nicht mehr gewählt, sondern Holger nimmt sich der Aufgabe ungefragt an. Es gibt einfach niemanden, der es besser kann als er, und inzwischen hat er sich nicht nur mit dieser Aufgabe abgefunden, sondern sie gibt ihm tatsächlich etwas. Ist nicht einfach zu greifen. Dankbarkeit natürlich, von den Kollegen wie von den Betroffenen, aber da ist noch etwas: Wenn Holger mit Hinterbliebenen zusammensitzt, die gerade den Schock einer Todesnachricht verdauen müssen, erlebt er sich selbst als jemanden, der große Ruhe und Sicherheit ausstrahlt, der stark ist und das Leid von anderen schultern kann, ohne dabei in die Knie zu gehen. Eine Situation, die ihn größer macht, als er im Alltag ist. Und genau das ist der Grund, weshalb keiner im Präsidium – nicht einmal die Psychologin – für diese Aufgabe besser geeignet ist als er. Holger hat Gravitation. Er hat keine Worte, die andere nicht hätten, sagt nichts, was nicht jeder sagen könnte. Er ist da. Klingt banal, ist es aber nicht. Einfach da sein kann er wie sonst kaum einer. Ist eine seiner größten Stärken.

«Manuel Schuster?»

Manuel ist jung, wirkt aber vorzeitig gealtert. Der hat keine großen Erwartungen mehr. Und er trägt wirklich sehr viel Fleisch mit sich herum. Seine aufgedunsenen Wangen ziehen sein Gesicht nach unten, sodass seine Augen aussehen, als wären sie nach oben gerutscht. Überhaupt: Bei dem Typen ist insgesamt einiges verrutscht.

Manu blickt unsicher zwischen Holger und Frau Bökh hin und her. «Ja?»

Holger fragt sich, ob Manu bereits weiß, was jetzt kommt. Wahrscheinlicher ist, dass Bökhs Dekolleté ihn verunsichert.

Holger zieht seinen Dienstausweis hervor. «Mein Name ist Brinks. Ich bin von der Kriminalpolizei.»

Manuel erwidert nichts. Ist auch nichts gefragt worden. Er hat das Gesicht eines Kindes, nur aufgeblasen wie durch eine dieser lustigen Funktionen auf Instagram oder wo man das macht.

«Ich habe leider eine traurige Nachricht für Sie.»

Manuel weiß, dass er nicht hören will, was jetzt kommt. Er sieht die Bökh an, als hoffe er auf Hilfe.

«Sollen wir vielleicht lieber nach draußen gehen?», schlägt Holger vor.

«Nee», erwidert Manuel, «is schon okay. Was gibt's denn?»

Nachdem die an beiden Armen bis hinab zum Handgelenk tätowierte Bedienung mitbekommen hat, das am Ende ihres Tresens gerade ein Meteorit eingeschlagen ist, hat sie Manuel kommentarlos einen doppelten Fernet-Branca hingeschoben. Und dann noch einen. Manuel hat sie brav getrunken, wie bittere Medizin. Inzwischen ist er einigermaßen ansprechbar, aber noch immer völlig fassungslos. Er versteht es nicht, im Wortsinn.

«Aber wieso denn?», fragt er zum wiederholten Mal.

Holger und Frau Bökh haben sich die beiden freien Barhocker zwischen Manu und dem nächsten Tresensitzer herangezogen und sich neben Manuel postiert, als wollten sie ihn abschirmen. Der Nachbar ist unterdessen ans andere Ende der Bar umgezogen. Maiks Todesnachricht hat Wellen ausgesandt, denen man sich nicht ungeschützt aussetzen will.

«Den hat niemand umgebracht», sagt Manu jetzt.

«Können Sie sich dann erklären, weshalb er sich selbst umgebracht haben könnte?», fragt Frau Bökh mit einer Stimme, die einfühlsamer klingt als alles, was Holger in den vergangenen 18 Monaten aus ihrem Mund gehört hat.

Manuel schiebt die Unter- über die Oberlippe und schüttelt zeitlupenartig den Kopf. «Die Sache mit Rocco hat ihn schon irgendwie mitgenommen. Und jetzt noch die Pleite von Air Brandenburg ...» Er sieht von seinen Händen auf. «Aber deshalb bringt man sich doch nicht um, oder?»

«Wer ist Rocco?», fragt Holger.

«Sein bester Kumpel. *War* sein bester Kumpel, besser gesagt», erklärt Manuel. «Hatte vor ein paar Monaten einen Arbeitsunfall. Stromschlag. Peng – bumm. Haben ihn tot auf dem Vorfeld gefunden. Hat wohl stark geregnet an dem Tag. Weiß man ja eigentlich – als Techniker –, dass Wasser leitet.»

«Hat dieser Rocco auch bei Air Brandenburg gearbeitet?»

«Viel anderes gibt's ja hier in der Gegend nicht. Die sind damals extra hergezogen wegen dem Job, also Maik und Rocco und ... Oh Mann, die arme Jenny ...»

Bökh will nachfragen, wer Jenny ist, aber Holger legt ihr unauffällig zwei Finger auf den Unterarm: nicht so ungeduldig, der kommt schon von selbst.

«Jenny ist Roccos Frau. *War* Roccos Frau. Die drei kennen sich noch aus der Schule. Maik hat sich ganz schön viel gekümmert in den letzten Wochen, glaub ich. Jenny und Rocco haben ein Kind, also hatten. Das heißt, das Kind gibt's ja noch, Rocco junior. Ist süß, der Kleene. Eiert immer mit seinem Laufrad durch die Gegend. Die hatten sich gerade ein Häuschen gekauft, als Rocco den Unfall hatte. Und Jenny frisch schwanger mit dem Zweiten. Da war dann natürlich Oberkante Unterlippe. Also hat Maik sich gekümmert, Papierkram, hat den Kleenen manchmal in die Kita gebracht, so Sachen ... Die steht jetzt ganz alleine da.»

«Und wissen Sie, wo dieses Haus ist, das Jenny und Rocco gekauft haben?»

«Sicher. Mittelweg. Die Nummer weiß ich jetzt nicht auswendig, da sieht ja auch ein Haus wie das andere aus. Hab ich aber oben in der Wohnung irgendwo. Die Telefonnummer auch.»

«Hätten Sie was dagegen, rüberzugehen und die Adresse für uns herauszusuchen?», fragt Frau Bökh. «Und dürften wir bei der Gelegenheit vielleicht einen Blick in die Wohnung werfen?»

«Sicher. Ist jetzt aber nichts Besonderes. Keine Sperenzchen oder so. 'ne Wohnung halt.»

«Kein Problem», versichert Frau Bökh.

6

Es ist genauso, wie Manuel gesagt hat: Die Häuser im Mittelweg sehen eins aus wie das andere, das kleine Glück auf einer schmalen Parzelle mit einem kleinen Häuschen und einem schmalen Grünstreifen davor. Auf dem Grünstreifen vor Jennys Haus arbeitet ein kleiner Junge daran, mit seinem Bobbycar und unter maximalem Körpereinsatz Rillen in den frisch gesäten Rasen zu fahren. Dabei ahmt er die Geräusche einer wilden Verfolgungsjagd nach. Wenn er sich in die Kurve legt, schüttelt es jedes Mal die Spielzeugfahrzeuge in seinem Anhänger durcheinander. Das scheint er am meisten zu mögen – wenn sich hinter ihm die Autos überschlagen.

«Entschuldige», ruft Frau Bökh über den Gartenzaun hinweg. «Bist du Rocco junior?»

«Iiiiiihhh – aaanggggg...» Der Junge ist zu sehr von der Verfolgungsjagd in Beschlag genommen, um anzuhalten oder aufzublicken. Immerhin lässt er ein Nicken erkennen.

Holger spürt, wie seine Kollegin angesichts der vor ihnen liegenden Aufgabe ganz weich wird. Mitgefühl ist sonst eher nicht ihre hervorstechendste Eigenschaft. Sieh mal an, denkt er. Bei einem Dreijährigen mit einem roten Mini, der seinen Vater verloren hat, bekommt sie plötzlich Schlagseite.

«Ist deine Mami vielleicht da?», fragt Frau Bökh und bekommt ein «enngenngenggg!» zur Antwort.

Ein Gartentor gibt es nicht, man geht einfach zwischen zwei aus Betonsteinen gemauerten Stümpfen hindurch. Vor der Haustür liegt eine Willkommen-Fußmatte, daneben stehen schlammverschmierte Trainingsschuhe.

«Schöne Scheiße», flüstert Frau Bökh, bevor sie die Klingel drückt.

«Ja», sagt Holger.

Die Frau, die ihnen die Tür öffnet, ist so jung, dass es Holger einen Stich versetzt. Dabei war ihm klar, dass sie in etwa so alt sein würde wie Maik Schuster – wenn sie sich noch aus der Schule kannten. Sie hat braune Haare, die weit über die Schultern hinabfallen und irgendwo provisorisch festgesteckt sind. Ihr Gesicht ist bemerkenswert symmetrisch. Überhaupt ist sie auf eine spezielle Weise attraktiv – trotz der Erschöpfung und der Trauer, die sich in sie eingegraben haben. Eine, die eigentlich noch alles vor sich haben sollte und plötzlich schon ganz viel hinter sich hat.

«Sind Sie Frau Jenny Bitterling?», fragt Holger.

«Sind Sie von der Versicherung?», fragt Jenny zurück.

Sie hat einen harten Zug um den Mund. Eine, die beschlossen hat, sich nicht unterkriegen zu lassen. Jetzt bemerkt Holger auch die Fünfmonatswölbung unter ihrem Sweatshirt. Schöne Scheiße, um die Worte von Frau Bökh zu zitieren.

«Nein», erwidert Holger.

«Wär auch zu schön gewesen.»

Holger zeigt seinen Dienstausweis vor. «Wir sind von der Kriminalpolizei.»

Während ihr Sohn unbeirrt den Vorgarten umpflügt, scheint sich hinter Jennys Augen ein Abgrund aufzutun. Holger fragt sich, was er sich in solchen Situationen immer fragt: Hat die damit gerechnet, dass wir hier auftauchen? Dann fällt ihm ein, dass der letzte Kripobeamte, der auf dieser Fußmatte gestanden hat, ihr vermutlich die Nachricht vom Tod ihres Mannes überbracht hat. Keine gute Verknüpfung.

Holger wirft einen Blick über die Schulter. Rocco junior ist kurz vor der Nachbarparzelle angelangt und lehnt sich so sehr in die Kurve, dass er sich am Lenkrad festhalten muss, um nicht vom Bobbycar zu fallen. «Können wir kurz reinkommen?»

Holger hatte den Satz noch nicht fertig ausgesprochen, da hatte Jennys Unterlippe bereits gebebt. Zum zweiten Satz konnte er gar nicht mehr ansetzen, weil sie förmlich implodierte. Als hätte Holger ihr den letzten Pfeiler weggezogen. Alleinerziehend, Witwe, schwanger von einem Mann, der vor drei Monaten verunglückt ist. Die ganze Zeit über hatte sie den Kahn auf Kurs gehalten, Oberkante Unterlippe, wie Manu das genannt hat. Und jetzt das.

Im Wohnzimmer steht ein beigefarbenes Übereck-Sofa, das schmatzende Geräusche von sich gibt, sobald man sich bewegt. Holger sitzt auf dem Teil, der auf den Fernseher ausgerichtet ist, Jenny auf dem anderen. Das Sofa wirkt riesig, so wie Jenny darin zu verschwinden scheint. Ihre Hände klemmen zwischen den Knien. Die Wimperntusche ist bereits ein halbes Dutzend Mal verlaufen, trotzdem kommt immer noch schwarze Farbe nach. Frau Bökh ist unter dem Vorwand, einen Tee kochen zu wollen, in der Küche verschwunden.

«Können Sie sich vorstellen, was für einen Grund Maik gehabt haben könnte, sich das Leben zu nehmen?»

Allein die Erwähnung von Maiks Tod lässt Jennys Unterlippe aufs Neue beben. «Nein», sagt sie, aber es klingt wie eine Frage. *Nein?*

Holger beugt sich vor – schmatz, schmatz –, stützt sich mit den Ellenbogen auf die Oberschenkel, legt die Hände ineinander. «Wir haben, bevor wir zu Ihnen kamen, mit Maiks Bruder Manuel gesprochen. Der sagte, der Tod Ihres Mannes habe Maik sehr getroffen ...»

«Klar hat er das. War schließlich sein bester Freund.»

«Ja», sagt Holger nur. Die gestreifte Air-Brandenburg-Basecap von Rocco junior flitzt am Fenster vorbei. «Manuel sagte uns außerdem, Maik und Ihr Mann hätten beide für Air Brandenburg gearbeitet ...»

Jenny nickt. «Wir alle drei – am Anfang. Bis Junior kam, dann hab ich ausgesetzt. Also ich wollte aussetzen, aber einen Wiedereinstieg kann ich mir jetzt ja wohl eh abschminken. Wie alles andere auch ...»

Sie zieht die Hände aus der Umklammerung ihrer Knie, legt sie auf den Tisch und spreizt die Finger, bis die Sehnen auf den Handrücken hervortreten.

«Könnte das nicht ein Grund gewesen sein?», überlegt Holger. «Die Insolvenz, der Verlust des Arbeitsplatzes, der Verlust seines Freun...»

«Was weiß denn *ich*!?»

Holger bemerkt die Anwesenheit von Frau Bökh, die mit einem Becher in der Tür steht und sich nicht hereintraut, weil der gesamte Raum mit Trauer vollgestopft ist. Eine Zeitlang bewegt sich gar nichts, nicht einmal der Staub in der Luft, dann nähert sich das Geräusch eines Ferrari Testarossa und die Air-Brandenburg-Cap von Rocco junior schießt wieder am Fenster vorbei.

Jenny blickt der Kappe hinterher, ihr Gesicht eine einzige Havarie. Doch da ist mehr als nur Trauer. Wut. Die hat es so was von satt.

«Können *Sie* mir sagen, wie ich ihm das beibringen soll? Erst sein Vater und jetzt auch noch Maik. Er hat sowieso kaum ein Wort gesagt, seit Rocco gestorben ist. Was soll denn jetzt werden?»

Kann Holger natürlich nicht – ihr sagen, wie sie ihm das beibringen soll. Er hat keine Antworten, alles andere wäre gelogen. Manchmal zieht dir das Leben die Beine weg. Wenn du damit irgendwie klarkommen willst, musst du einen Weg finden, es anzunehmen. Alles andere frisst dich auf. Aber ihr das zu sagen, würde ihr im Moment auch nicht weiterhelfen.

«Es tut mir wirklich sehr leid», sagt Holger.

Jenny sieht ihn an, ihre Mundwinkel zucken. «Danke.»

Dann steht sie auf, geht auf die Gästetoilette und kotzt sich die Seele aus dem Leib.

Als sich die Toilettentür wieder öffnet, stehen Frau Bökh und Holger im Flur, bereit zu gehen.

«Können wir noch etwas für Sie tun?», fragt Frau Bökh mit einem Kloß im Hals.

«Schön wär's», sagt Jenny.

Sie hat sich die schwarzen Schlieren aus dem Gesicht gewaschen. Ihr Gesicht sieht noch immer verheerend aus, aber nicht länger wie der Untergang von Pompeji.

Sie nimmt Frau Bökh den Becher mit dem Teebeutel ab, den die noch immer in der Hand hält. «Wird schon werden, irgendwie. Muss ja.»

Als sie die Haustür aufzieht, sieht sie Holger mit einem

Blick an, der zwar keine Zuversicht bereithält, der aber immerhin das unterstreicht, was sie gerade Frau Bökh gesagt hat: Wird schon werden, irgendwie. Muss ja.

Als Holger und seine Kollegin im Auto sitzen, Frau Bökh den Motor startet und die 211 PS ihres Minis aus dem Schlaf weckt, kommt Rocco junior an den Gartenzaun und macht große Augen. Frau Bökh winkt zaghaft, dann lässt sie den Motor aufheulen und zischt davon.

Bis zur Ampel an der B179 hält sie durch, sagt nichts, dann rollt ihr plötzlich eine Träne über die Wange. Holger weiß nicht, wo er hingucken soll. Er hat das Gefühl, an diesem einen Tag mehr über seine Kollegin zu lernen als in den vergangenen zwei Jahren.

«Wie machen Sie das nur?», fragt sie.

«Was meinen Sie?», erwidert Holger vorsichtig.

«Na, dass Sie das Leid so aufsaugen.»

«Aufsaugen?»

Die Ampel springt auf Grün um, aber Frau Bökh macht keine Anstalten loszufahren. Stattdessen dreht sie Holger mit glasigem Blick den Kopf zu. Der überlegt, ob er etwas sagen soll, wegen der Ampel und Grün und Losfahren und so, entscheidet sich aber dagegen.

«Ja», schnieft sie. «Sie sind wie Löschpapier.»

Hinter ihnen hupt es.

Frau Bökh zieht die Nase hoch. «Können Sie mir einen Gefallen tun?»

«Natürlich.»

Wieder hupt es hinter ihnen. Frau Bökh wirft einen beiläufigen Blick in den Rückspiegel, sagt «Reg dich ab» und ist wieder ganz bei ihrem Chef: «Wenn mein Vater mal stirbt –

können *Sie* dann bitte kommen und mir die Nachricht überbringen?»

«Fehlt ihm denn was – Ihrem Vater?»

Sie schüttelt traurig den Kopf. «Ist kerngesund. Neulich ist er noch einen Marathon gelaufen.»

«Aber dann ist doch alles in Ordnung.»

«Schon.» Ihre Schultern beginnen zu zucken wie bei einem Schluckauf. «Aber irgendwann stirbt auch er.»

Holger zieht eine Packung Taschentücher aus seinem Jackett und reicht eins davon Frau Bökh, die es entgegennimmt und hineinschnäuzt wie ein Walross. Anschließend legt er seiner Kollegin einen Arm um die Schulter. Und ist einfach nur da.

Zum dritten Mal drückt der Mann im Wagen hinter ihnen auf die Hupe, mehrere Sekunden lang. Dabei ist die Ampel längst wieder rot.

«Dann fahr halt vorbei, du Penner!», schimpft Frau Bökh ihren Rückspiegel an, worauf das Hupen praktisch gar nicht mehr abbricht.

«Na warte, Freundchen.»

Frau Bökh zieht ein letztes Mal die Nase hoch, wischt sich die Tränen von der Wange und löst gleichzeitig den Gurt. Dann steigt sie aus, lässt die Tür sperrangelweit offen stehen und stampft auf den hinter ihnen stehenden Wagen zu. Augenblicklich verstummt die Hupe. Holger stellt sich den Rückspiegel so ein, dass er verfolgen kann, was hinter ihm passiert, ohne sich umdrehen zu müssen. Selbst im Rückspiegel sieht er, wie Bökhs Ohrringe bedrohlich vor- und zurückschwingen.

Er hört sie gegen das Fahrerfenster schlagen. «Aufmachen.»

Der Mann blickt sie entsetzt an.

«Aufmachen, hab ich gesagt!»

Der Mann schüttelt ängstlich den Kopf. Holger muss schmunzeln, er kann einfach nicht anders. Dann sieht er, wie Frau Bökh ihren Dienstausweis mit der flachen Hand auf die Windschutzscheibe klatscht.

«Kriminalpolizei! Aussteigen! Führerschein und Kfz-Zulassung, und zwar zackig!!»

Holger ist zum wiederholten Male von seinem Schreibtisch aufgestanden, steht vor seinem Bürofenster und blickt hinunter auf die Straße. Es hat zu nieseln begonnen, die Lichter spiegeln sich im Asphalt. Die Kollegen auf dem Gang haben nach und nach das Gebäude verlassen, sitzen zu Hause vor ihren Fernsehern oder sind wie Frau Bökh beim Bowlen. Eigentlich wollte Holger nur noch den Bericht schreiben und dann ebenfalls nach Hause gehen. Das war vor drei Stunden. Jetzt steht er vor dem Fenster, und der Bericht ist noch immer nicht geschrieben.

Er denkt an Manuel, der vermutlich gerade in der Krone auf seinem Barhocker sitzt und sich zulaufen lässt. 120 Kilo fleischgewordene Trauer. Holger erinnert sich, wie Manuel ihnen die Wohnung zeigte, wie er im Flur stand und wie verloren er in den eigenen vier Wänden wirkte. Als hätte er vergessen, wo das Bad und die Küche waren. Nach Hause traut der sich erst wieder, wenn er mindestens zwei Promille auf dem Kessel hat. Und Jenny? In fünf Monaten wird sie ein Kind zur Welt bringen, das ohne Vater aufwachsen wird, jedenfalls ohne einen leiblichen. Und ohne Onkel Maik. Ihren Sohn hat sie sicher längst ins Bett gebracht. Und jetzt? Liegt sie eingerollt wie ein Fötus auf dem schmatzenden Sofa und wünscht sich, es würde sie verschlingen? Schöne Scheiße. Womit wir bei Frau Bökh wären. Die ist auch nach zwei Jahren Zusammenarbeit noch für Überraschungen gut. Faltet einen Mann auf Briefmarkengröße zusammen, nur weil der sie anhupt, verwandelt sich aber in Softeis, wenn sie einen Halbwaisen auf einem Bobbycar sieht.

Die Schritte auf dem Flur nimmt Holger erst wahr, als sie bereits kurz vor seiner Tür angelangt sind. Er erkennt den Gang sofort, die Absätze. Diesen Stechschritt gibt es im LKA kein zweites Mal. Es klopft, einen Sekundenbruchteil später wird die Tür aufgerissen.

«Herr Brinks – Sie arbeiten noch?»

Es klingt wie: Machen Sie doch sonst nie.

Holger lässt es laufen. Der Tag hat ihn weichgespült. Seine Chefin ist ohnehin nicht zu beneiden. 24 Stunden am Tag Autorität und Kompetenz ausstrahlen müssen – wo sie genau weiß, dass sie hinter vorgehaltener Hand für alle nur die «Quotenchefin» ist. Gesund ist das nicht.

«Guten Abend, Frau Niermeyer. Kann ich etwas für Sie tun?»

Sie bleibt in der Tür stehen, abwesend knetet sie mit der rechten Hand ihre Lockenpracht. Hat immer ein bisschen was von In-Szene-Setzen.

«Was machen Sie noch hier?», fragt sie.

«Den Abschlussbericht schreiben. Maik Schuster. Der Tote an der Avus ...»

«Der Fall ist bereits abgeschlossen?»

«Es gibt keinen Fall. Maik Schuster hatte Motive, die eine Selbsttötung plausibel erscheinen lassen, außerdem haben wir keinen Hinweis auf Fremdeinwirkung finden können. Sie haben den Bericht morgen früh auf dem Tisch.»

Frau Niermeyer lächelt ihr Zahnpastalächeln. «Freut mich zu hören, dass Sie auch mal einen Fall schnell und ohne größere Kollateralschäden aufklären konnten.»

Quotenchefin.

«Wie gesagt», erklärt Holger, «von einem Fall zu sprechen, erscheint mir etwas hoch gegriffen.»

Frau Niermeyers Finger hören vorübergehend auf, ihre Haare zu kneten. Sie spürt, dass sie ihre Rüstung für heute ablegen kann. Und kommt herein. «Ist Ihnen nicht gut?», fragt sie. «Sie sehen ein bisschen angegriffen aus.»

Holger denkt an Jenny und Manuel. Und an Rocco junior. «Geht schon. Gibt so Tage ...»

Niermeyer wirft einen Blick zurück in den Flur. «Weshalb fahren Sie nicht nach Hause und legen sich hin? Den Bericht können Sie doch morgen noch schreiben, der eilt nicht.»

Holger steht immer noch am Fenster und ist zugegebenermaßen etwas überrascht.

«Wirklich», bekräftigt die Dezernatsleiterin, «ruhen Sie sich aus.»

Was ist denn heute los?, überlegt Holger. Erst zerläuft die Bökh wie ein Stück Butter, jetzt menschelt es bei der Niermeyer. Irgendeine Sternenkonstellation vermutlich, wie sie nur ein Mal alle 250 Jahre auftritt.

«Danke», sagt Holger, «ich überleg's mir.»

«Bitte tun Sie das.» Ihre Finger setzen den Knetvorgang der Haare fort. «Sie sind mein bestes Pferd im Stall, das brauche ich in Topform.»

Als Charlie durch Holgers Garten schleicht, um seine Habseligkeiten aus dem Gartenhaus zu holen, ist er einigermaßen überrascht, als er im matten Schimmer der Straßenlaterne ein metallisches Blitzen auf den Stufen wahrnimmt. Vorsichtig lugt er um die Ecke und sieht ... seinen Bruder auf den Stufen unter dem Vordach sitzen. Das Blitzen kommt von der Bierdose, die er zum Mund führt. Neben sich hat er noch eine weitere Dose stehen. Etwas sagt Charlie, dass die bereits leer ist. Dabei ist das heute kein lauer Sommerabend, an dem man so etwas freiwillig macht. Es nieselt, und «warm» geht auch anders.

«Hast du auf mich gewartet?», fragt Charlie. Meist verheißt es nichts Gutes, wenn Holger auf ihn wartet.

«Weiß nicht.» Holgers Blick verliert sich auf dem Nachbargrundstück. «Sieht fast so aus, oder?»

Irgendwie schon, denkt Charlie. «Ist was passiert?»

«Passiert nicht immer irgendwas?»

Was ist denn mit dem los? Charlie sagt: «Also gut, ich nehm eins.»

Holgers Blick kehrt aus dem Nachbargarten zurück. «Hm?»

Charlie schiebt die leere Dose beiseite und setzt sich neben seinen Bruder. «Ein Bier.»

«Ach so, ja.» Holger greift hinter sich, wo noch zwei volle Dosen stehen.

Dann kehrt Ruhe ein. Zwei Brüder. Sitzen auf den Stufen des Gartenhauses. Und trinken. Bei den Messerschmidts geht das Toilettenlicht an. Kurz darauf ist die Spülung zu hören. Und das Licht geht wieder aus. Apropos: Charlie ist aufgefallen, dass in Holgers Haus nirgends Licht brennt.

«Wo sind die anderen?»

Holger sieht ihn nur leer an.

«Deine Familie», erinnert ihn Charlie.

«Ach so.» Holger trinkt. «Sandra ist zum Yoga und danach

noch mit einer Freundin verabredet, glaube ich. Anita und Jean-Pierre besetzen gerade mit anderen Insolvenzopfern irgendeinen Hangar, und Lucas ist zu einem Kumpel gezogen.»

«Wie bitte?»

«Hat gesagt, er kommt erst wieder, wenn gewährleistet ist, dass seine Großmutter nicht länger nackt durchs Haus stiefelt und das Sofa dekontaminiert ist.»

«Hat Lucas das gesagt – dekontaminiert?»

«Hat er.»

«Und du sitzt hier draußen auf den Stufen vor dem Gartenhaus.»

Statt zu antworten, macht Holger die letzte Dose auf. Irgendwann sagt er: «Unsere Mutter spaltet die Familie.»

«Nichts Neues.»

«Nein, nichts Neues.»

Charlie hat sein Bier ausgetrunken, stellt die leere Dose zu den anderen und steht auf. «Ich geh mal meine Sachen zusammensuchen.»

Holger nickt. Dann fällt ihm etwas auf: «Und wieso?»

«Ich ziehe ebenfalls aus. Kannst ja Anita und ihren Bruchpiloten solange hier einquartieren. Dann kommt vielleicht auch Lucas zurück – sofern du vorher das Sofa dekontaminierst. Und Sandra müsste sich nach dem Yoga nicht mehr mit Freundinnen verabreden.»

«Du ziehst aus?»

«Ist schwer zu glauben, ich weiß. Aber keine Sorge – ich komme wieder.»

«Und wer ist die Glückliche?»

Charlie hat inzwischen die Tür geöffnet und die Stehlampe eingeschaltet, die seine bescheidene Bleibe dank des Stroms aus dem Keller neuerdings erhellt. Die Lampe stammt übrigens auch aus dem Keller. «*Der* Glückliche», kommt Charlies Stimme aus dem Häuschen. «Doktor Doktor Hundt.»

«Der Chef von Air Brandenburg?»

Während Charlie seine Tasche packt, erzählt er seinem Bruder, was passiert ist, angefangen bei Kutschis Anruf bis zur Demo vor Hundts Villa und Anitas Auftritt als Femen-Aktivistin mit beschrifteten Brüsten. Und dass Frau und Herr Hundt wünschen, Charlie möge bis auf weiteres eines der Gästezimmer beziehen, weil sie sich mit ihm im Haus sicherer fühlten.

«Und jetzt bist du Mädchen für alles bei Doktor Doktor Hundt», schließt Holger.

Charlie zieht den Reißverschluss seiner Tasche zu. Erstaunlich, wie wenig man besitzen kann. Er löscht das Licht. Holger sitzt heute ja lieber im Dunkeln. «Falsch.» Er tritt unter das Vordach. «Ich bin sein Bodyguard. Und Chauffeur, okay. Aber ich nehme das wirklich ernst, Holger. Außerdem habe ich beste Referenzen, schließlich war ich jahrelang Exklusiv-Bodyguard für Bruce Willis.»

Holger verschluckt sich an seinem letzten Bier. «Wie bitte?»

«Hat Kutschi ihm gesteckt. Er meinte, es sei eine Win-win-Situation. So kann er dem Kunden einen höheren Tagessatz abknöpfen, der Kunde wiederum fühlt sich wie in Abrahams Schoß.»

Charlie steht auf dem nassen Rasen, Holger sieht zu ihm auf. Der ist wirklich in unguter Verfassung heute, denkt Charlie. Das mit Anita und Lucas setzt ihm zu.

«Wie iss'n der so?», will Holger wissen.

«Hundt? Angespannt. Im Moment steht er ganz schön unter Beschuss. Ist tierisch genervt, weil ihm Leute plötzlich das Gefühl geben, er wäre ihnen etwas schuldig, und wenn es nur Antworten sind. Ansonsten ... das klassische Alpha-Tierchen, würde ich sagen. Die passende Frau hat er auch. Wenn die sich zu dir ins Auto setzt, sinkt die Temperatur automatisch um zwei bis drei Grad. Wieso fragst du?»

«Nur so», antwortet Holger, um gleich darauf anzufügen: «Hatte eine Leiche heute, ein junger Mann aus Königs Wusterhausen. Selbstmord. Hat sich mit einer Markarov eine Kugel durch den Kopf gejagt.»

«Bitter. Und?»

«Air-Brandenburg-Mitarbeiter.»

Charlie spürt das Gewicht seiner Tasche. «Weiß die Presse schon Bescheid?»

«Ist natürlich über den Polizeiticker, aber ich hab angewiesen, die Information, dass das Opfer bei Air Brandenburg gearbeitet hat, zurückzuhalten. Vielleicht läuft es durch, ohne dass jemand die Verbindung zieht.»

«Andernfalls wird Hundt ganz schön abkotzen. Wenn es heißt, dass die Mitarbeiter von Air Brandenburg durch die Insolvenz in den Selbstmord getrieben werden ...»

«Freiwillig zieht sich diesen Schuh keiner an.»

Einen Moment lang bilden sie ein ziemlich trauriges Paar, Holger zwischen den leer getrunkenen Bierdosen auf der Treppe, Charlie vor ihm stehend, mit seiner Tasche, die von Minute zu Minute schwerer wird.

Irgendwann sagt er: «Also – ich muss ...»

Holger fixiert ihn: «Charlie?»

«Hm?»

«Ich hätte nicht gedacht, dass ich das mal sagen würde ...»

«Aber?»

«Ach, nichts ...»

7

Charlie hat seine Tasche auf das Bett im Eckzimmer im ersten Stock und sein Reisenecessaire – seit vielen Jahren ständiger Begleiter – auf die Tropenholzablage des Badezimmers gelegt, eine Runde um das Haus gedreht, am Zaun stehend eine geraucht und dabei die Straße beobachtet, hat Fenster, Türen sowie die Alarmanlage gecheckt und sich zu guter Letzt von Hundts vollelektronischem Barista einen Espresso machen lassen. Und dann noch einen.

Jetzt steht er in der Flügeltür zu Hundts Arbeitszimmer, sieht seinen Arbeitgeber unter den beiden lebensgroßen Fotos seiner Frau sitzen wie unter einem Altarkreuz und versteht, weshalb Kim so empfindlich reagiert hat, als sie Charlie dabei antraf, wie er die Bilder betrachtete. Neunundzwanzig, lebenslänglich. Die Dinger lasten wie ein Fluch auf ihr.

«Charlie?», fragt Herr Hundt.

«Hm?»

«Ist noch etwas?»

«Äh – nein. Alles in Ordnung so weit. Wo ist Ihre Frau?»

«Hat sich bereits zurückgezogen.»

«Okay. Wenn Sie nichts dagegen haben, würde ich das jetzt auch machen – mich zurückziehen.»

«Tun Sie das.»

Charlie ist im Begriff, sich abzuwenden, als sein Blick auf die bodentiefen Fenster fällt. Der Lamellenvorhang – wie in einer Kanzlei oder einer Arztpraxis – ist zurückgeschoben.

«An Ihrer Stelle würde ich den schließen. Sie sitzen hier ziemlich auf dem Präsentierteller.»

«Bin ohnehin gleich fertig», erwidert Hundt.

Charlie geht die superflauschweich belegten Stufen in den ersten Stock hinauf – die Flurbeleuchtung wird durch einen Bewegungsmelder gesteuert und geht automatisch an –, stellt fest, dass unter der Tür zu Kims Schlafzimmer ein schmaler Lichtstreifen zu sehen ist, und wendet sich ab. Er hat den Schalter für die Nachttischlampe gefunden, das Licht im Bad funktioniert – wie das im Flur – vollautomatisch, steht vor dem Badezimmerspiegel, freut sich auf seine erste Nacht in einem Boxspring-Bett, findet, dass er ziemlich müde aussieht, und hat gerade begonnen, sich die Backenzähne zu putzen, als ein Knall ihn innehalten lässt.

Das war laut.

TANG! Er hört Glas splittern, in seinem Schlafzimmer, FUCK!, lässt die Zahnbürste fallen, robbt zu seiner Tasche – TANG!, wieder splittert Glas, allerdings woanders –, greift sich seine ausgetretenen Sneakers und die Beretta, die er im Seitenfach der Tasche verstaut hat, und rennt in den Flur. In einer Geschwindigkeit, die er sich selbst niemals zugetraut hätte, ist er bei Kims Schlafzimmer angelangt, reißt die Tür auf, ruft «runter!», hechtet auf ihr Bett – TANG! – und reißt sie zu Boden.

«Da rüber!», befiehlt er und scheucht sie in den begehbaren Kleiderschrank, wo sie vor Querschlägern sicher ist. Natürlich geht auch hier das Licht automatisch an.

«Sie bleiben hier und rühren sich nicht von der Stelle», sagt Charlie, während er sich mit der freien Hand hastig die Schuhe überstreift.

Kim sieht ihn an mit Augen so groß wie Billardkugeln, die blaue, Nummer 2. Hübsches Negligé übrigens.

«Haben Sie verstanden?»

«Sie bluten», sagt Kim.

Tatsache, da ist ein Riss in Charlies T-Shirt-Ärmel, und um den Riss herum beginnt sich das T-Shirt rot zu färben, in Zeitraffer. Charlie schiebt den Ärmel hoch. Er spürt nichts, keinerlei Schmerz, nicht einmal, als er die Wunde sieht, eine fleischige Bremsspur, da, wo andere sich gerne Tattoos stechen lassen. Charlie bewegt den Arm, kaputt ist nichts, blutet nur wie Sau. TANG! Wieder Glas, im Erdgeschoss diesmal.

«Nicht bewegen!», schärft er Kim ein, dann ist er aus dem Zimmer, fliegt die Stufen ins Erdgeschoss hinunter und sprintet in Hundts Arbeitszimmer, der unter seinem Tisch kauert, was ihm nicht viel bringt, denn bodentiefe Fenster haben nun einmal die Eigenschaft, bodentief zu sein, sonst hießen sie schließlich nicht so. Mit anderen Worten: Wer immer da um sich schießt, hat jetzt auf jeden Fall genauso gute Sicht auf Hundt wie zuvor. TANG! Die Kugel durchlöchert Kims linke Kniescheibe exakt oberhalb der Patellasehne und verschwindet in der Wand. Glücklicherweise nur auf dem Foto. Charlie hat inzwischen das Licht gelöscht und ruft Hundt zu: «Hier rüber!»

Hundt kommt unter dem Tisch hervor und lässt sich von Charlie in eine von der Straße nicht einsehbare Ecke bugsieren. Und dann sagt er doch allen Ernstes: «Was soll das?»

«Sind Sie verletzt?», fragt Charlie.

«Natürlich nicht.» Als würden Gewehrkugeln einfach an ihm abprallen. «Was geht hier vor?», verlangt er zu wissen.

«Sie meinen, außer dass jemand auf Sie schießt?», ächzt Charlie, während er über den Boden kriecht, um den Stecker der Schreibtischlampe aus der Dose zu ziehen.

Endlich so etwas wie Dunkelheit. Er schiebt sich an der Wand entlang, vor zum Fenster, späht zwischen den Lamellen hindurch. Das Grundstück auf der anderen Straßenseite ist eine Baustelle. Da lässt jemand einen Neubau hochziehen, Stahlbeton, Glas. Im Erdgeschoss sind bereits die Fenster drin, und ein Teil der Dämmung ist auch schon dran. Der Schütze aber muss weiter oben sitzen. Die Stelle, an der die Kugel die Scheibe von Hundts Arbeitszimmer durchschlagen hat, liegt oberhalb von Charlies Kopf, Kims Knie darunter. Erster Stock vermutlich. Und ziemlich weit links, sonst hätte die Kugel nicht die Wand treffen können.

Charlie ist so fokussiert darauf, im ersten Stock des Rohbaus eine Bewegung oder eine Reflexion auszumachen, dass ihm der Schatten, der im Erdgeschoss aus dem Seiteneingang huscht, beinahe entgeht. Aber nur beinahe.

Charlie reißt das Fenster auf, springt in den Vorgarten, rutscht auf dem Rasen aus, fängt sich, rennt vor zur Straße und flankt über den Zaun. Dabei richtet er seine Pistole die ganze Zeit über auf den Punkt, an dem der Schatten mit der Dunkelheit verschmolzen ist. Er wählt den anderen Weg, links am Haus vorbei, hat gerade die Rückseite erreicht, hält die Beretta am ausgestreckten Arm auf Augenhöhe und hört nichts als das Blut in seinen Ohren – Puls 160 –, als in der Humboldtstraße eine Autotür zuschlägt und praktisch im selben Moment ein Motor anspringt. Charlie rennt zur

Rückseite des Grundstücks, überspringt eine Gartenmauer und sprintet an einem weiteren Haus vorbei. Dann steht er atemlos in der Humboldtstraße und sieht gerade noch die Rücklichter eines Autos um die Ecke biegen.

Sobald Charlie zurück im Haus ist und sich vergewissert hat, dass Herr Hundt und seine Frau unversehrt sind, läuft er hoch in sein Zimmer, fummelt das Handy aus seiner Jacke und ruft Holger an. Ist doch seltsam, oder? Seit er das erste Mal sicher auf zwei Beinen stand, haben Holger und er sich beharkt, die Augen ausgekratzt und ewige Feindschaft geschworen. Aber kaum wirst du von einer Kugel getroffen, rufst du plötzlich deinen großen Bruder an.

«Du musst sofort herkommen», sagt Charlie, den Blick noch ganz verschwommen von den ganzen Drogen, die ein Körper in so einer Situation ausschüttet. «Auf mich wurde geschossen!»

Im Hintergrund wird gestritten. Also bei Holger im Hintergrund. Charlie hört aufgebrachte Frauenstimmen. Offenbar ist Anita von ihrer Hangarbesetzung zurück und Sandra von der Verabredung mit ihrer Freundin.

Holgers Stimmung ist entsprechend. «Und», fragt er, «bist du tot?»

«Das ist kein Witz!», ruft Charlie. «Auf Hundt ist ein Anschlag verübt worden, und mein Arm hat 'ne Kugel abbekommen!»

«In deinem Arm steckt ein Projektil?»

«Nicht direkt», gibt Charlie zu. «War ein Streifschuss. Trotzdem ...»

«Sonst irgendwer tot?»

«Nein, ab...»

«Dann bin ich der Falsche, Charlie. Ich hatte heute bereits einen echten Toten und gestern einen falschen in meinem Garten. Außerdem ist mein Sohn ausgezogen und wird nach eigener Aussage dieses Haus erst wieder betreten, wenn seine Großmutter es verlassen hat. Endgültig. Gartenhaus reicht nicht. ‹Dieses Grundstück ist zu klein für uns beide›, hat er ihr gesagt, ins Gesicht.»

Mutiger als sein Vater, denkt Charlie, sagt aber nur: «Respekt.»

«Einerseits, andererseits. Die Diskussionen hab ich jetzt am Hals.»

Charlie sieht das viele Blut seinen Arm hinablaufen, was ihn an den Grund seines Anrufs erinnert. «Und was mach ich jetzt?»

Holger: «Auflegen. Eins Eins Null wählen. Ich bin weder der Notdienst noch die Bodyguard-Seelsorge. Anzeige machen, danach übernimmt automatisch die Staatsanwaltschaft.»

Charlie ist zu Doktor Doktor und Kim ins Wohnzimmer zurückgekehrt. Sie warten auf das Eintreffen der Polizei.

«Haben Sie Verbandszeug im Haus?», fragt er, während er sich ein ehemals schneeweißes Handtuch auf die Wunde presst. Mit sinkendem Adrenalinpegel beginnen seine Hände zu zittern. Und der Schmerz kommt auch. Ist aber auszuhalten.

Kim und ihr Mann sitzen jeder auf einem eigenen Sofa, zwischen ihnen ein amorph geformter Couchtisch, über ihnen ein ausladendes Lichtgebilde mit meterlangen schwarzen Tentakeln. Interessant, denkt Charlie. Nicht einmal ein Anschlag auf Leib und Leben bringt die beiden einander näher als drei Meter. Hundt sieht vor allem angepisst aus, die Kiefer so aufeinandergepresst, dass man seine Kaumuskeln arbeiten sieht. Wie kann es jemand wagen, auf ihn – Doktor Doktor Hundt – zu schießen?! Kim dagegen wirkt wie chlorgebleicht, ist kurz vor dem Abschmieren. Fragend blickt sie zu Charlie auf. Hundt hingegen scheint ihn gar nicht gehört zu haben.

Charlie zeigt seinen Arm vor. «Sonst tropfe ich Ihnen noch die ganze Einrichtung voll.»

«Natürlich», sagt Kim und steht auf.

Kurz scheint sie zu wanken, dann aber hat sie wieder festen Boden unter den Füßen. Sie geht voraus ins Gästebad. Über der Toilette hängt eine Hausapotheke mit verspiegelter Front, auf der ein riesiges rotes Kreuz prangt. Wenn Charlie hineinblickt, klebt es ihm mitten im Gesicht.

«Warten Sie, ich helfe Ihnen.»

Mit flatternden Händen öffnet Kim den Schrank, der praktisch alles enthält, was man für eine Weltumsegelung in einem Einbaum möglicherweise benötigen könnte – und der außerdem so exakt gestopft ist, dass jeder Analfixierte vor Freude in die Hände klatschen würde. Sie weiß nicht, was sie herausziehen soll, und wird von neuerlichem Schwindel erfasst.

«Ola!», ruft Charlie, schlingt Kim seinen unverletzten Arm um die Taille und kann so eben verhindern, dass sie der Länge nach hinschlägt. Vorsichtig setzt er sie auf dem Toilettendeckel ab.

«Ich mach schon», versichert er, knotet sich das Handtuch um den Oberarm, zieht eine sterile Wundauflage und eine Mullbinde aus dem Schrank, geht zum Waschbecken, schiebt den blutgetränkten Ärmel seines T-Shirts hoch und legt sich einen provisorischen Verband an. Der Krankenwagen sollte jeden Moment eintreffen. Bis dahin reicht das.

Kim sitzt auf der Toilette und sieht aus wie ein nasser Waschlappen. Je blasser ihre Haut ist, umso größer wirken ihre Augen. Inzwischen hat sie mangahafte Züge angenommen. «Wenn Sie nicht gewesen wären», überlegt sie, «dann hätte die Kugel mich getroffen.»

Und Charlie, der angesichts seiner Wunde und des vielen Blutes einen seltenen Moment heroischer Hybris erlebt, antwortet allen Ernstes «Ist mein Job», als würde er so einen Stunt zweimal die Woche hinlegen.

Während die inzwischen sechs Polizisten, die sich im Wohnzimmer versammelt haben und von Herrn Hundt mit Kaffeespezialitäten versorgt worden sind, den Hausherren und dessen Frau zum Tathergang befragen, lässt Charlie seine Wunde professionell versorgen.

«Wofür steht das V?», fragt er die Ärztin.

Er sitzt da, wo vorhin Kim saß – auf dem Toilettendeckel des Gäste-WCs –, ihm gegenüber eine fesche Fünfzigerin, auf deren Reflektorjacke ein Schild genäht ist: Dr. V. Metzger, Notärztin.

«Verena», sagt sie, während sie sich Handschuhe überzieht und mit einer Schere den Ärmel seines T-Shirts aufschneidet.

Sie hat sorgsam zu Bögen gezupfte Augenbrauen, außerdem trägt sie Ohrringe mit jeweils einem eingefassten Smaragd. Oder sind es Saphire? Smaragde waren die grünen, wenn Charlie sich richtig erinnert. Also müssten es Saphire sein. Jedenfalls sind sie blau, sehen irgendwie erlesen aus, und Doktor Verena Metzger trägt sie während der Arbeit. Als würde sie, sobald sie mit ihm fertig ist, ihre Reflektorjacke gegen einen Kaschmirmantel tauschen und schnurstracks in die Oper gehen. Charlie steht auf fesche Ärztinnen, schon immer. War mal mit einer zusammen, Herzchirurgin. Hammerfrau. Versaut hat er es trotzdem.

«Schöner Name», befindet er.

Ihre rechte Augenbraue wölbt sich noch etwas mehr, als sie es ohnehin tut. Wie der Bogen eines Aquädukts sieht das aus. «Versuchen Sie gerade, mit mir zu flirten, oder wollen Sie sich nur von dem ablenken, was ich mit Ihrem Arm tue?»

«Ich weiß nicht», erwidert Charlie. «Was, wenn ich mich nur ablenken will?»

Doktor Verena Metzger beginnt, seine Wunde zu reinigen. «Dann können Sie von mir aus weitermachen.»

«Und wenn ich versuche, mit Ihnen zu flirten?»

Sie hält inne, sieht Charlie an, lässt geräuschvoll Luft ab und macht weiter. Offenbar hat sie keine Zeit für Kinderkram. Ach ja: Das scheint generell zu gelten. Bevor das erste Polizeiauto vor der Villa hielt, hatte sich ihr Einsatzwagen längst die Pole-Position gesichert.

Als sie glaubt, genug gewischt zu haben, fängt sie an zu drücken, so um die Wunde herum – keine Ahnung, wofür das gut sein soll, aber um ehrlich zu sein, es tut höllisch weh. Nix mehr mit Adrenalin.

«Tut weh, hm?», bemerkt sie, ohne aufzusehen.

Die macht das gerne, denkt Charlie, an Wunden herumdrücken. «Halb so wild, ich stehe auf Schmerzen.»

Sie drückt weiter. Kannst du haben, denkt sie sich wahrscheinlich und stellt schließlich fest: «Klafft ganz schön.»

Weil man das ja auch nicht sieht, ohne daran herumzudrücken.

«Mmmnngggg», kommt es von Charlie.

«Wenn Sie wollen, nähe ich Ihnen das ohne Betäubung – wo Sie doch Schmerzen so lieben ...»

«Danke, nicht nötig», versichert Charlie.

Nachdem geklärt ist, wer hier in Wahrheit die Hosen anhat, gestattet sich Verena Metzger einen mitfühlenden Moment. Gleich an drei Stellen sticht sie die Nadel der Betäubungsspritze ein, und als sie anfängt zu nähen, hat Charlie das sonderbare Gefühl, der Arm wäre gar nicht seiner.

«Bis die Fäden gezogen werden, darf da kein Wasser dran», erklärt Frau Metzger, während sie Charlie ein Pflaster von der Größe eines Smartphones über die vier Stiche klebt.

«Okay.»

Mit einem Schnalzen entledigt sie sich der Handschuhe. Gleich geht's in die Oper. «Der Schmerz kommt zurück, wenn die Betäubung nachlässt. Ich kann Ihnen etwas dalassen, damit Sie schlafen können.»

Charlies Blick sagt: Sie stehen auf mich, oder?

Sie stöbert in ihrem Alukoffer und fördert ein braunes Glasfläschchen zutage, schraubt den Deckel ab, schüttelt eine Tablette heraus, die wie ein Miniaturzeppelin aussieht, klemmt sie zwischen Daumen und Zeigefinger und hält sie Charlie hin. «Wissen Sie, was das ist?»

Charlie betrachtet die imposante Tablette: «Rohrfrei?»

«Das ist meine Liebeserklärung an Sie.» Sie platziert die Tablette in Charlies Hand. «Nehmen Sie die, aber erst, wenn Sie bereits im Bett liegen. Sonst wachen Sie womöglich morgen auf dem Boden auf.»

«Was ist das für Zeug?»

«Das ist das Zeug, das man nicht in der Apotheke bekommt.»

«Danke. Ich werde an Sie denken, wenn ich die nehme.»

«Schon möglich.» Die Verschlüsse ihres Alukoffers rasten ein. «Aber nicht lange.»

Inzwischen ist die Kripo eingetroffen. Als Charlie aus dem Bad kommt, wird er von einem Mann in Zivil angesprochen, der offenbar auf der Suche nach ihm ist.

«Sind Sie der Personenschützer?»

Der Typ sieht aus wie Holger, außer dass er es nicht ist. Irgendwie scheint der Laden abzufärben. Es heißt ja immer, die Menschen würden sich einen Beruf suchen, der ihnen entspricht. Aber das funktioniert in beide Richtungen: Dein Beruf macht dich auch zu dem, der du bist.

«Bin ich», erwidert Charlie. «Kommen Sie. Ich zeig Ihnen, wo der Schütze gestanden haben muss.»

8

Als Charlie erwacht, hat er keinerlei Erinnerung daran, wann und wo er eingeschlafen ist. Immerhin, er liegt im Bett. Und fühlt sich wie neugeboren. Kein Kopfschmerz, kein gar nichts. Ein leichtes Ziehen unter dem Pflaster, ansonsten: topfit. So ausgeschlafen hat er sich nicht gefühlt seit ... Keine Ahnung. Seit er drei war? Er checkt die Uhr: kurz vor zehn. Wieso hat sein Handywecker ihn nicht ... ah, er hat's versucht, der Handywecker. Charlie richtet sich auf, schwingt die Beine aus dem Bett und lässt seine Zehen den Teppichboden beschnuppern. Von diesen Zeppelin-Tabletten hätte er gerne ein paar auf Halde. Gibt so Tage, da möchte man sich einfach nur wegschießen und in ein neunstündiges Koma sinken. Danke, Frau – wie hieß sie noch gleich? – Metzger, Verena Metzger.

Im Erdgeschoss ist Ruhe eingekehrt. War ja die reinste Party letzte Nacht, überall Uniformierte, die Kripo, die Typen von der Spurensicherung. Charlie erinnert sich daran, mit dem Kommissar, der ihn so sehr an Holger erinnert hat, das erste Stockwerk im Rohbau gegenüber erkundet zu haben. Da, wo er den Täter vermutet hatte, fanden sich ein halbes Dutzend großkalibrige Patronenhülsen, 9,3 × 62 Millimeter, teilummantelt. Als sei der Schütze auf der Jagd gewesen. Ansonsten nichts. Wie auch? Um auf rohem Beton Spuren zu hinterlassen, musst du deine Fingerabdrücke schon mit Edding aufmalen. An alles, was danach war, hat Charlie keine Erinnerung mehr. Geile Pille.

Als er ins Wohnzimmer kommt, sitzt Kim mit übereinandergeschlagenen Beinen und in einen Morgenmantel gehüllt auf dem Sofa. Und blättert nervös in etwas, das eine Menge Fotos von Frauen enthält, die heute so aussehen wie sie vor zwanzig Jahren. Charlie ertappt sich bei der Frage, ob sie unter dem Morgenmantel das Negligé trägt, das sie anhatte, als er sie letzte Nacht vom Bett gerissen und in den begehbaren Kleiderschrank gezerrt hat. Ist schon sonderbar, oder? Sich so etwas zu fragen. Als gäbe es nichts Wichtigeres zu klären. Aber er tut es. Hilft nichts.

«Guten Morgen.» Er ist im Türrahmen stehen geblieben, die Cappuccinotasse in der Hand.

Kim blickt von ihrem Magazin auf. «Guten Morgen. Wie geht es Ihrem Arm?»

«Ist noch dran», erwidert Charlie. «Wo ist Ihr Mann?»

«Der ist schon vor anderthalb Stunden los. Treffen mit dem Insolvenzverwalter.»

Charlie will etwas einwenden, doch Kim kommt ihm zuvor.

«Keine Sorge. Nach den Ereignissen von letzter Nacht hielt man es für angebracht, ihm Begleitschutz zu stellen. Die haben gleich eine ganze Eskorte geschickt. Auf Spiegel online ist er dank des Anschlags die Top-News des Vormittags. Wenn Sie mal sehen wollen ...» Sie entsperrt das iPad auf dem Couchtisch, indem sie mit ihrem perfekt manikürten Zeigefinger den Sensor berührt.

Tatsache. Das Erste, was Charlie anspringt, als er Spiegel online öffnet, ist Herr Hundt, wie er, umringt von Mitarbeitern des BKA, vor seiner Villa in einen A8 mit getönten Scheiben steigt. Das Foto ist gerade einmal anderthalb Stunden alt. Die Jungs sind fix. Über dem Bild steht in Rot und doppelt fett: Mordanschlag auf Air-Brandenburg-Chef. Charlie überfliegt den Artikel, legt das iPad zurück auf den Tisch und blickt nachdenklich in den Garten, wo ein Uniformierter auf der Terrasse steht und ein zweiter an der Grenze zum Nachbargrundstück.

Um ehrlich zu sein: Was den «Mordanschlag» betrifft, hat Charlie seine Zweifel. Er stand letzte Nacht da, wo zuvor der Schütze gestanden hatte. Mit einem Gewehr Kaliber 9,3 × 62 und freier Sicht auf das beleuchtete Arbeitszimmer ... Da muss man schon ein Maulwurf sein, wenn man sein Opfer verfehlen will – selbst wenn man kein Zielfernrohr hat. Und Gewehre vom Kaliber 9,3 × 62 haben eigentlich immer eins. Stattdessen hat der Schütze sechs Patronen verschossen, von denen zwei in die Fassade gedrungen sind. Mit den übrigen vier hat er vier Scheiben von drei Zimmern zerschossen. Und Charlie hat er womöglich nur getroffen, weil der sich praktisch in den Schuss hineingeworfen hat. Fazit: Entweder war hier jemand am Werk, der noch nie zuvor ein Gewehr in der Hand hatte, oder aber der Schütze wollte Hundt und seiner Frau nur einen riesen Schrecken einjagen beziehungsweise eine Warnung senden.

Charlie zeigt seine Tasse vor. «Wenn Sie nichts dagegen haben, mach ich mir noch einen. Wie sieht's mit Ihnen aus?»

«Danke. Nein.»

Charlie bekommt eine Ahnung davon, dass Kim keinen Kaffee trinkt, niemals, und dass sie die alberne Maschine ihres Mannes am liebsten mit Salzsäure füttern würde. Das alles sagt sie ihm mit nur zwei Worten. Danke. Nein.

Sie schlägt das Hochglanz-Magazin zu und schiebt es auf den Tisch. «Ich gehe jetzt nach oben und mache mich fertig», sagt sie. «Anschließend würde ich gerne dieses Haus verlassen.»

Als Charlie ihr eine halbe Stunde später die Tür des Mercedes aufhält, trägt Kim eine cremefarbene Kaschmirkombination, in der sie aussehen würde wie eine Mensch gewordene Perserkatze – wenn nicht ihr halbes Gesicht hinter den verspiegelten Gläsern ihrer Sonnenbrille verborgen wäre. Schon bei Menschen sind solche Brillen höchst selten anzutreffen, bei Katzen gar nicht.

Charlie startet den Wagen und genießt die Laufruhe des Motors. «Wo soll's hingehen?»

«Irgendwohin, wo man frei atmen kann.»

Hm. Der erste Ort, der Charlie einfällt, ist interessanterweise ein Motel südlich von San Diego. Da ist er mal für drei Tage mit einer Frau namens Penelope abgestiegen. Spätnachmittags standen sie auf, gingen runter zum Meer und starteten in den Abend mit einer Flasche Weißwein auf der Terrasse des Cow-A-Bunga. Kitschiger Schuppen eigentlich, schön geht anders. Aber so frei wie dort hat Charlie lange nicht mehr geatmet.

«Keine Idee?», fragt Kim.

«Doch, ist aber ungefähr 12 000 Kilometer weit weg.»

«Klingt gut. Für den Moment müssen wir den Radius allerdings ein wenig enger ziehen.»

Charlie schlägt den Schlossgarten an der Glienicker Brücke vor.

«Fahren Sie einfach», gibt Kim zur Antwort.

Auf der Fahrt spricht keiner von ihnen ein Wort. Hin und wieder wirft Charlie einen Blick in den Rückspiegel, doch jedes Mal begegnet er nur den verspiegelten Gläsern der Sonnenbrille. Dann sind sie da: Weite, Wasser, Wiesen, in der Ferne, auf einem sanft abfallenden Hügel, das Schloss Glienicke in dezenter Pracht.

«Warten Sie hier auf mich.»

Kim steigt aus, schreitet in langbeiniger Eleganz über das Pflaster, steigt die Treppe zum Ufer hinab und entschwindet Charlies Blickfeld. Der bleibt mit einem unguten Gefühl zurück. Herr Hundt würde nicht wollen, dass Charlie seine Frau unbeaufsichtigt lässt. Und Herr Hundt ist der, der ihn bezahlt. Aber das ist es nicht. Es ist ... schwer zu greifen. Und das reicht Charlie. Er parkt den Wagen in der Haltebucht für den Bus der Linie 316, folgt Kim die Stufen hinab, geht den Uferweg entlang und entdeckt sie auf dem Anlegesteg der Fähre, Gesicht zum Wasser, eine Hand auf dem Geländer.

Wie es scheint, will Kim tatsächlich nur in Ruhe frei durchatmen und sich ein paar Gedanken machen. Sollte Charlie nicht wundern, schließlich hat sich ihr Leben in den letzten 24 Stunden ziemlich gewandelt. Ihr Mann, vor einer Woche noch ein angesehener Manager, wird neuerdings mit Tomaten beworfen, vor ihrem Haus protestieren aufgebrachte Menschen, und nachts wird auf sie geschossen. Charlie wartet einige Minuten, bevor er kehrtmacht, zur Brücke zurückgeht und auf der Brüstung Stellung bezicht. Von hier aus kann er den Steg sehen und hat gleichzeitig das Panorama im Blick.

Eine Stunde lang geschieht praktisch nichts. Kim auf dem Steg, Blick in die Ferne, wie um porträtiert zu werden. Hat etwas Sehnsüchtiges, wie sie da so steht. Als warte sie darauf, dass ein Boot kommt und sie mitnimmt. Das kommt auch. Legt an, fährt ab. Nur Kim steht noch da. Dann hat sie offenbar genug nachgedacht und kommt zurück.

Charlie startet den Wagen und erwartet, ein Fahrtziel genannt zu bekommen, aber Kim sitzt nur auf der Rückbank, ihre Brille auf die geschichtsträchtige Brücke gerichtet.

Irgendwann fragt er: «Soll ich Sie nach Hause zurückbringen?»

Kim nimmt die Brille ab. Ihre Blicke treffen sich im Rückspiegel. «Dieser Ort, von dem Sie vorhin gesprochen haben», fragt sie, «der 10 000 Kilometer oder wie weit weg ist. Was ist das für ein Ort?»

«Nichts Besonderes eigentlich.» Charlie erinnert sich an das schiefe Bild über dem Bett und den Lampenschirm mit den Brandlöchern. «Ein Motel – in der Nähe von San Diego. Am Meer.»

«Und *da* kann man frei atmen.»

«Ich konnte es.»

«Verstehe.» Sie nimmt ihn ins Visier. «Ob man frei atmen kann oder nicht, hängt nicht von einem bestimmten Ort ab, sondern von einem selbst.»

«Na ja ... Gibt schon Orte, die es einem leichter machen als andere. Aber das alleine reicht natürlich nicht.»

Kim gibt Charlies Antwort ein paar Sekunden, um sich abzusetzen, dann hat sie die Brille wieder auf: «Fahren Sie mich nach Hause, bitte.»

Sie sind zurück auf der Avus Richtung Zentrum, als Charlie sagt: «Kann ich Sie was fragen?»

«Natürlich.»

«Wie haben Sie und Ihr Mann sich kennengelernt?»

«Das sollten Sie lieber Heiner fragen. Er liebt es, diese Geschichte zu erzählen. Die Geschichte seines Eroberungsfeldzugs.»

«Ich frag aber Sie.»

Kim schaut so lange aus dem Fenster, dass Charlie schon überlegt, ob sie die Unterhaltung für sich als beendet ansieht, doch schließlich antwortet sie: «Er hat mich gebucht. Als Model. Für ein Fotoshooting. Schon während des Studiums hatte er diverse Start-ups gegründet. Was man damals so machte: eine Website zum Sammeln von Nutzerbewertungen, ein Online-Wettbüro, später eine Dating-Website ... Es ging um Werbefotos für sein User-Portal. Da hätte er eigentlich irgendwen nehmen können, aber er wollte unbedingt mich. Und er wollte beim Shooting auch unbedingt dabei sein. Ich war damals international im Geschäft und eigentlich viel zu teuer, aber dank des Geldes seiner Investoren konnte er schon damals ziemlich großzügig sein. Deshalb hat er mich auch gleich für zwei Tage gebucht, dabei war es nur ein Motiv und völlig klar, dass wir nicht mehr als einen halben Tag brauchen würden. Als wir fertig waren, fragte ich ihn, was mit dem Folgetag sei, da sagte er: ‹Morgen möchte ich, dass Sie mit mir essen gehen.›»

«Er hat die ganze Kampagne nur inszeniert, um an Sie ranzukommen?»

«Wenn Heiner ein Ziel hat, werden Sie kaum einen Weg finden, ihn davon abzubringen.»

Halensee. Charlie fährt ab. «Die Insolvenz von Air Brandenburg konnte er trotzdem nicht abwenden», überlegt er.

«Wer sagt Ihnen, dass das sein Ziel war?»

Holger kann nicht anders, als innerlich den Kopf zu schütteln, wenn er an die Worte seiner Chefin vom Vorabend denkt: *Sie sind mein bestes Pferd im Stall, das brauche ich in Topform.* Die Niermeyer. Pfff. Jedenfalls: Wenn die wüsste, wie viel Mühe es Holger jedes Mal kostet, einen ganz ordinären Bericht zu schreiben, dann würde sie anders über ihn denken. Liest sich immer wie der Aufsatz eines Viertklässlers, der versucht, wie ein Erwachsener zu klingen. Holger kann einfach schriftlich nicht gut formulieren, konnte er noch nie. Als würde seinem Gehirn eine ganz bestimmte Windung fehlen.

Aber jetzt hat er es gleich. Nach zweieinhalb Stunden ist er mit seinem äußerst knappen Bericht auf die Schlussgerade eingebogen, hat die Ziellinie im Blick und freut sich bereits wie Bolle auf den ausgedehnten Kaffee, mit dem er sich im Anschluss im Café Einstein belohnen wird. Und auf den Kuchen. Mit Sahne. Aber erst über die Ziellinie. Er streicht sich abwesend über den Bauch, als es an der Bürotür klopft. Die Bökh, unverkennbar. Immerhin hat er ihr beigebracht zu klopfen, bevor sie die Tür aufstößt.

«Kommen Sie rein, Frau Bökh», ruft er gut gelaunt.

Und das tut sie. Kommt rein. Stellt sich vor Holgers Schreibtisch und präsentiert ihm ein neues Kleidungsstück. Und Jensen hat sie auch gleich mitgebracht.

«Ist das Ihr Ernst?», fragt Holger und lehnt sich zurück, damit ihm auch nichts entgeht.

«Was denn?», flötet die Bökh. Dabei weiß sie natürlich ganz genau, was er meint.

«Ihr T-Shirt», sagt Holger.

«Was ist damit?»

«Sie wissen schon, dass Sie im Landeskriminalamt arbeiten?»

«Logisch.»

«Gut. Ich hatte Sorge.»

«Beamte des gehobenen Polizeivollzugsdienstes sind angehalten, *lageangepasste Zivilkleidung* zu tragen», erwidert Frau Bökh. Als erkläre das irgendetwas.

Jensen blickt verlegen zu Boden und sagt nichts.

Also muss Holger das übernehmen: «Und als Sie heute Morgen oder wann auch immer dieses T-Shirt angezogen haben – was für eine Lage schwebte Ihnen da vor, zu der dieses T-Shirt die passende Kleidung abgeben würde?»

«Aber, Chef», die Bökh redet mit ihm, als wäre Holger hier der Depp. «Wie hätte ich das denn heute Morgen schon wissen sollen? Wir arbeiten doch hier im Morddezernat. Da kann jederzeit alles Mögliche passieren!»

Holger liest seiner Kollegin den Zweizeiler vor, der sich in Weiß auf signalrotem Grund quer über ihre Brüste spannt – nur, falls sie den im Spiegel nicht richtig entziffern konnte: «Fremde Länder, fremde Titten?»

«Na ja», erklärt die Bökh, ohne rot zu werden, «fahren Sie mal nach Asien, da können Sie nach so was», sie legt sich die Hände unter die Brüste, «lange Ausschau halten. Die haben ja immer nur so Dackelschnäuzchen.»

Holger nimmt die Lesebrille ab und reibt sich die Schläfen. «Liebe Frau Bökh: Bitte nehmen Sie zur Kenntnis, dass ich, als Ihr Vorgesetzter, dieses T-Shirt als lage*un*angepasst einstufe – unabhängig von der Lage – und Sie eindringlich auffordere, das Tragen derartiger Kleidungsstücke auf Ihre Freizeit zu beschränken.»

«Bitte», sie schnauft ein bisschen, «wenn Sie meinen.»

«Tue ich. Jensen?»

Kollege Jensen blickt erschrocken auf. «Herr Brinks?»

«Haben Sie gefunden, wonach Sie suchen?»

«Herr Brinks?»

«Zwischen Ihren Schuhen. Da starren Sie schließlich die ganze Zeit hin. Irgendwelche interessanten Beobachtungen gemacht?»

«Ich ...»

«Schon gut.» Holger blickt zwischen Bökh und Jensen hin und her und versucht verzweifelt, ernst zu bleiben. «War's das? Sie wollten mir Ihr T-Shirt vorführen? Oder haben Sie ein weiteres Anliegen?»

Jensen räuspert sich. «Wir haben da was für Sie, Herr Brinks.»

Weiß ich, denkt Holger. Fremde Länder, fremde Titten. Dann knurrt sein Magen, sodass jeder im Raum es hören kann, und Holger muss tatsächlich lachen, weil ihm in diesem Moment der Spruch «fremde Länder, fremde Fritten» in den Sinn kommt. Das wär doch mal was: Fremde Länder, fremde Fritten. Könnte er sich anziehen, den Schriftzug über dem Bauch. Und dann ein Betriebsausflug nach Malle, und die Bökh und er an der Promenade, und bei ihr «fremde Länder, fremde Titten» über den Brüsten und bei ihm «fremde Länder, fremde Fritten» über dem Bauch.

Holger muss so sehr lachen, da werden ihm direkt die Augen glasig. Dass er dabei in die begriffsstutzigen Gesichter von Bökh und Jensen blickt, macht die Sache kein bisschen weniger lustig. Er lacht so sehr, dass der Stuhl unter ihm zu wackeln anfängt.

«Schon gut», winkt er ab, «is 'n Insider.» Fritten inside. Wär auch ein schöner Aufdruck. Er wischt sich die Tränen aus den Augenwinkeln. «Also – was haben Sie?»

Jensen tritt einen Schritt vor und legt Holger einen DIN-

A4-Ausdruck auf den Tisch. Ein Gewehr – mit dem Etikett der Spurensicherung dran.

«Wissen Sie, was das ist?», fragt die Bökh.

«Sieht aus wie ein Repetiergewehr.»

«Richtig. Eine Sauer S 101. Nicht ganz billig, da müssen Sie ungefähr fünfzehnhundert für hinblättern. In der Ausführung wie auf dem Bild ...» Sie deutet auf die Holzschäftung. «... noch mal zweihundert mehr. Gutes Jagdgewehr, mit Alublock-Systembettung und ...»

«Frau Bökh?»

«Ja, Chef?»

«Warum sehe ich mir dieses Foto an?»

Jensen nutzt die seltene Pause seiner Kollegin, um selbst das Wort zu ergreifen: «Mit diesem Gewehr wurde gestern Abend ein Anschlag verübt.»

Holger blickt seine Kollegen an: Und weiter?

Frau Bökh ist mit Luftholen fertig und übernimmt wieder: «Auf den CEO von Air Brandenburg.»

Holger besieht sich das Foto. Und bekommt ein flaues Gefühl in seinem ohnehin leeren Magen. Charlie hat wieder einmal mehr Glück als Verstand gehabt. Mit so einem Gewehr holt ein geübter Schütze auf zweihundert Meter einen Elch von den Beinen. Und zwar mit dem ersten Schuss. Holger fragt sich, wie oft Charlies Schutzengel noch seine schützende Hand über ihn halten wird. Oder ob er irgendwann mal müde wird und sich sagt, soll er doch alleine klarkommen. Was dann wohl ist?

«Mit diesem Ding ist auf Hundt geschossen worden?»

«Korrekt», bestätigt Jensen.

«Und wieso haben wir die Tatwaffe? Die wird uns der Schütze ja kaum vorbeigebracht haben.»

«Der Schütze hatte sich in einem Rohbau gegenüber der Villa postiert und musste ziemlich überstürzt flüchten. Offenbar ist ihm die Waffe dabei aus der Hand gerutscht und direkt bis in den Keller gerauscht. Da gibt es nämlich noch keine Geländer und nichts. Und Zeit, sie zu holen, hatte er nicht. Also blieb ihm nichts anderes übrig, als sie am Tatort zurückzulassen.»

Holger kaut auf den Informationen. «Schön. Aber was haben wir damit zu tun? Ich dachte, an dem Fall sind die Kollegen dran.»

«Waren Sie auch ...», setzt Jensen an.

Aber die Bökh fällt ihm in gewohnter Manier ins Wort: «War'n gewesen!» Ihr Blick bekommt etwas Herausforderndes. «Raten Sie mal, auf wen die registriert ist.»

Holger hasst Ratespielchen.

«Also gut», lenkt die Bökh ein, «ich sag's Ihnen. Maik Schuster.»

Holger hat das Gefühl, in seinem Kopf wären lauter gleich gepolte Magneten unterwegs. Da verbindet sich nichts. «Maik Schuster schießt sich mittags eine Kugel in den Kopf, und abends verübt er einen Anschlag auf seinen Ex-Chef?»

Die Bökh beginnt, eine Melodie zu summen. Holger erkennt die Melodie: *Wun-der, gibt es immer wie-der ...*

«Frau Bökh!»

«Sorry, Chef.»

«Fingerabdrücke?»

«Jede Menge. Von Maik Schuster.»

«Also», überlegt Holger, «wenn diese Waffe wirklich auf Maik Schuster registriert ist und der sie, wovon wir mal ausgehen, in seiner Wohnung verwahrt hat, dann gibt es außer ihm zumindest mal eine Person, die ebenfalls Zugriff darauf hatte.»

«Manuel Schuster», sagt Jensen.

«Also fahren wir noch mal nach Königs Wusterhausen?», fragt die Bökh, die sich bereits auf das nächste Wettrennen mit ihrem Navi freut.

«Sie fahren nirgendwohin», mahnt Holger, «bevor Sie nicht ein anderes T-Shirt angezogen haben.» Er klappt seinen Laptop schwungvoller zu, als notwendig wäre. «Und ich hatte den Bericht fast fertig ...»

9

Schon als Kind war Holger ein genauer Beobachter: Verräterische Gesten, Übersprungshandlungen, Stuhlbeine, die nicht auf den Abdrücken stehen, die sie vorher hinterlassen haben. Vor allem Lucas ist deswegen regelmäßig schwer von seinem Vater genervt. Beispiele gefällig? Wenn du gestern Nacht nicht noch mal aus warst, weshalb hängt dann deine Jacke heute Morgen auf dem *zweiten* Haken? Oder auch: Kann es sein, mein Sohn, dass du dir dein Taschengeld bereits aus meinem Portemonnaie genommen hast? Das lag vorhin noch mit der anderen Seite nach unten auf dem Tisch. Solche Sachen. Schnee von gestern. Jetzt ist Lucas ja erst einmal ausgezogen – zumindest, bis Anita und Jean-Pierre das Feld räumen.

Jedenfalls ist Holgers Beobachtungsgabe der Grund dafür, dass er etwas verstört ist, als Frau Bökh und er zum zweiten Mal innerhalb von zwei Tagen die Schaumkrone betreten. Hier hat sich nichts verändert, nicht das kleinste Detail. Die drei Typen an der Bar mit jeweils zwei Barhockern Abstand zum anderen, die auf ihre Smartphones glotzenden Jungs, die auf Kommando ihre Köpfe drehen, als Bökh hereinkommt, der Geruch, das Licht, einfach alles ist exakt wie am Vortag. Als hätte jemand, als sie gestern die Kneipe verließen, das Bild eingefroren und im Moment ihres Eintreffens die Fortsetzen-Taste gedrückt.

Aus der Nähe betrachtet: Möglich, dass es doch einen Fehler in der Matrix gibt. Manuel sitzt zwar auf demselben Barhocker wie gestern, noch dazu in derselben Haltung, aber seine Wahrnehmung ist derart verlangsamt, dass er heute entweder noch früher angefangen hat zu trinken oder zusätzlich andere Substanzen eingeworfen hat. Als er den Kommissar erblickt, scheint er sich zu fragen, ob Holger und Frau Bökh immer noch da sind oder schon wieder.

«Herr Schuster?», beginnt Holger.

«Anwesend», erwidert Manuel traurig.

Holger spürt Mitgefühl in sich aufwallen. Er ahnt, dass Manuel außer Maik niemanden hatte, der ihn in der Spur gehalten hat. Jetzt, wo Maik tot ist ... Der Typ treibt auf seinem vierbeinigen Floß orientierungslos auf dem offenen Meer.

«Herr Schuster», übernimmt Frau Bökh, «es tut uns leid, aber wir müssen Ihnen noch ein paar Fragen stellen.»

Manu lässt keine Regung erkennen. Komplett verstrahlt. Egal, was er ihnen erzählt, juristisch verwertbar ist das nicht. «Bin ganz Ohr», sagt er.

«Auf Ihren Bruder war eine Waffe registriert», erklärt Frau Bökh.

«Und?»

«Sie wissen, dass Ihr Bruder eine Waffe besaß?»

«Klar weiß ich das. Ein Gewehr. Maik war Sportschütze, Waffenschein und alles ...»

«Warum haben Sie uns das gestern verschwiegen?»

«Hat mich ja niemand nach gefragt.» Manuel blickt unsicher zwischen Holger und der Bökh hin und her, die Tränensäcke so groß wie Teebeutel. «Hätte ich das sagen müssen?»

«Geschadet hätte es nicht», überlegt Holger laut.

«Soll ich's Ihnen zeigen?»

«Was jetzt?» Die Bökh.

«Na, das Gewehr?», fragt Manu zurück.

«Sie wissen, wo das Gewehr ist?» Die Bökh wieder.

«Logisch. Oben im Schrank, hinter seinen Skistiefeln ...»

«Dann wäre es wirklich gut, wenn wir in Ihre Wohnung rübergehen und es uns ansehen könnten», sagt Holger. «Schaffen Sie das?»

«Keine Sorge», Manu lässt sich vom Hocker rutschen, «den Weg find ich mit verbundenen Augen.»

Die Wohnung über dem Büro von Versicherungsmakler Gosetzky ist eigentlich ganz schön geschnitten. Zweieinhalb Zimmer, das größte nach vorne raus, kleine Küche, kleines Bad, inklusive Duschvorhang mit leuchtend grünen Palmen. Von einer fällt gerade eine knallgelbe Kokosnuss herab.

Holger zieht die Wohnung ganz schön runter. ‹Vernachlässigt› ist das Wort, das sie am treffendsten beschreibt. Es gibt ein Sofa, einen Sessel, einen Couchtisch, einen Teppichboden mit über Jahre eingetretenen Laufspuren, außerdem einen imposanten Flatscreen. Auffällig ist, was es alles nicht gibt: Pflanzen, Bilder, Bücher, Kerzen, irgendetwas, das man als Accessoire bezeichnen könnte oder das lebt, und sei es nur ein Kaktus. Auf dem Couchtisch stehen eine angebrochene Familienpackung Salzstangen, eine halb leere 1,5-Liter-Colaflasche, daneben eine ebenfalls halb leere Flasche Asbach Uralt sowie ein halbvoller Aschenbecher mit Jägermeister-Schriftzug. Zwei Fernbedienungen. Staub. Holger fragt sich, ob es einen traurigeren Anblick gibt als den einer halb leeren Maxiflasche Cola neben einer halb leeren Flasche Asbach Uralt in der Wohnung eines Mannes, der sich am Vortag umgebracht hat. Viel fällt einem da nicht ein.

Manu öffnet die Tür des Schlafzimmers, das nach hinten rausgeht. «Der Schrank ist hier drin.»

Maiks Bett ist ungemacht, der Bezug sieht aus wie ein zu groß geratenes Holzfällerhemd. Auf einem IKEA-Stuhl liegen ein paar Kleidungsstücke. Es ist nicht direkt unordentlich, dafür gibt es einfach nicht genug, das man in Unordnung bringen könnte.

«Haben Sie letzte Nacht in dem Bett geschlafen?», fragt Holger.

«Nö. Ist das von Maik. Meine Matratze ist im kleinen Zimmer. Wollen Sie die auch sehen?»

«Nicht nötig, danke. Dann hat Maik sein Bett so zurückgelassen, wie es jetzt ist?»

Manuel schaut auf das Bett und fragt sich offenbar, was die Frage soll. «Schätze schon.»

In Holgers Kopf, irgendwo über dem linken Ohr, gibt es einen Ort, an dem eine Tafel für Haftnotizen angebracht ist. An die klebt Holger jetzt einen Gedanken, für später: Hätte Maik, wenn er plante, sich umzubringen, nicht wenigstens sein Bett gemacht? Seine Klamotten in den Schrank geräumt? Das machen Selbstmörder für gewöhnlich: einen Schlussstrich ziehen. Und dass die Tat geplant war, liegt auf der Hand. Schließlich hat sich Maik extra eine Markarov mit herausgefeilten Nummern besorgt.

Die Umsicht, mit der Manuel Maiks Kleidung vom Stuhl nimmt und aufs Bett legt, rührt Frau Bökh zu Tränen. Als könnte er dadurch irgendetwas ungeschehen machen. Anschließend zieht Manuel den Stuhl vor den Schrank, steigt schwerfällig darauf, während Holger und Frau Bökh einen Schritt zurückweichen. Manuel langt mit dem Arm in den Schrank, schiebt Dinge von links nach rechts, von rechts nach links, dreht Holger den Kopf zu und sagt: «Das versteh ich jetzt nicht.»

Zu dritt suchen sie die Wohnung ab, schauen sogar im Kühlschrank nach, obwohl das Gewehr dort gar nicht hineinpassen würde – nichts, natürlich nicht. Wie denn auch?

«Haben Sie eine Ahnung, bei welcher Gelegenheit das Gewehr verschwunden sein könnte?», fragt Frau Bökh.

«Null», sagt Manuel.

«Ich fürchte», sagt Holger, «wir müssen Sie vorläufig mit aufs Präsidium nehmen.»

«Und wieso?»

«Erkennungsdienstliche Maßnahmen», erklärt er. «Wir brauchen Ihre Fingerabdrücke. Und noch ein paar andere Dinge ...»

«Und wieso?», wiederholt Manuel.

Frau Bökh strafft sich. Schluss mit den Sentimentalitäten. Endlich, denkt Holger. Die weichgespülte Bökh ist ihm irgendwie nicht geheuer.

«Ich sag Ihnen, wieso», verkündet sie. «Weil mit dem Gewehr Ihres Bruders gestern Abend ein Anschlag verübt worden ist. Und kommen Sie ja nicht auf die Idee, irgendwo unterwegs aus dem Wagen zu springen.»

Ping!

Wir kennen uns nicht.

Mal ehrlich: Was soll man mit so einer SMS anfangen, noch dazu, wenn sie vom eigenen Bruder kommt? Charlie dreht sein Handy in den Fingern, als wäre irgendwo auf dem Gehäuse die Lösung eingraviert. Hat Holger ihm gerade die Bruderschaft aufgekündigt? Hat Charlie mal wieder etwas verbockt, ohne es zu merken? Meistens merkt er ja, wenn er etwas verbockt. Aber nicht immer. Ist was mit Anita? Oder Sandra? Lucas? Irgendwas ist ja immer, aber was hat *er* damit zu tun? Liegt im Text eine geheime Botschaft verborgen?

Wir kennen uns nicht.

Nee, Holger, echt nicht. Charlie schreibt zurück:

?

Charlie erwartet ein neuerliches «Ping!», stattdessen hört er ein «Ding-Dong!». Verwundert erhebt er sich vom Sofa und geht zur Haustür. So ist die Abmachung. Wenn es klingelt, macht Charlie auf. Vorsichtsmaßnahme. Nicht, dass zu erwarten ist, dass ein Typ, der beim ersten Versuch das Haus unter Beschuss nimmt, beim zweiten Versuch brav an der Tür klingelt – noch dazu, solange zwei Uniformierte am Zaun stehen –, im Moment jedoch ist jede Maßnahme willkommen, die Herrn Hundt und seiner Frau das Gefühl zusätzlicher Sicherheit vermittelt. Wer auch immer zu ihnen will, muss zuerst an Charlie vorbei.

Charlie checkt seine Beretta, schiebt sie zurück ins Schulterholster, zieht die Tür auf und sieht sich seinem Bruder gegenüber – also seinem richtigen, nicht einem, der nur so aussieht wie Holger, weil auch er schon seit zwanzig Jahren bei der Kripo arbeitet. Holger sieht Charlie eindringlich an, und jetzt, endlich, versteht Charlie: Wir kennen uns nicht, alles klar.

«Guten Tag», sagt Holger.

Und Charlie: «Hm-m.»

«Mein Name ist Brinks. Ich bin von der Kriminalpolizei.»

«Ausweis?» Charlie gefällt das – auf dicke Hose machen. Als wäre er hier der Boss und nicht einfach Personenschützer Charlie.

Widerstrebend zeigt Holger seinen Dienstausweis hervor.

«Darf ich mal?», fragt Charlie.

«Nein, dürfen Sie nicht.»

Charlie schiebt sich so weit in den Türspalt, dass Holger sein Schulterholster sieht. «Sorry, aber dann kann ich Sie nicht reinlassen. So eine Plastikkarte kann ich mir auf jedem Jahrmarkt schießen.»

Holger wirft seinem kleinen Bruder einen *«Das wirst du bereuen»*-Blick zu und reicht ihm den Dienstausweis.

«Sekunde», sagt Charlie, schließt die Tür, grinst sich einen, vollführt auf dem polierten Granit ein paar Tanzschritte – könnte er auch mal wieder machen, tanzen gehen –, lässt auf die Sekunde genau zwei Minuten verstreichen und öffnet wieder die Tür.

Oh ja, Holger ist echt angepisst. Macht Spaß, irgendwie.

«Alles klar», sagt Charlie und gibt ihm den Ausweis zurück. «Und zu wem möchten Sie?»

«Zu Herrn Hundt. Und wenn S...»

«Sekunde, bitte», unterbricht Charlie seinen Bruder und schlägt ihm erneut die Tür ins Gesicht.

«Ist alles in Ordnung, Charlie?»

Kim steht auf dem Treppenabsatz und sieht aus wie ein Mandarinen-Cheesecake. Ihr Laufdress ist untenrum cremeweiß, obenrum leuchtend orange. Außerdem trägt sie zu den Laufschuhen passende Kompressionssocken, wie man das neuerdings so macht, und am Oberarm eine Manschette fürs iPhone. Andere betreiben so einen Aufwand nicht einmal, wenn sie in die Oper gehen. Charlie fragt sich, wie lange sie da schon steht und ob sie ihn bereits durch das Foyer hat tanzen sehen.

«Ist nur jemand von der Kripo, der zu Ihrem Mann will.»

Diese Information genügt Kim offenbar, um zu entscheiden, dass sie der Rest nicht interessiert. «Ich würde gerne Laufen gehen.»

«Alleine?»

«Ehrlich gesagt, hatte ich gehofft, dass Sie mich begleiten. Ich habe Ihre Laufschuhe gesehen.»

Charlie blickt Kims Beine hinauf. Jeder Quadratzentimeter ihres Körpers schreit ihm *«Ich bin fit!»* entgegen. Er sieht sich hinter ihr her keuchen wie ein dreibeiniger Hund.

«Sie überschätzen meine Fitness.»

«Sollte mich wundern – so wie Sie gestern Nacht über den Zaun gesprungen sind.»

«Ich hatte Ihnen doch gesagt, Sie sollen sich nicht vom Fleck bewegen.»

«Ich tue selten etwas, nur weil man es mir sagt.»

«So oder so», erwidert Charlie, «ich fürchte, Sie werden warten müssen, bis der Kommissar von der Kripo wieder weg ist. Könnte mir vorstellen, dass er auch an Sie noch ein paar Fragen hat.»

Langsam bewegen sich ihre Gazellenbeine die Stufen herab. «Ich warte im Wohnzimmer.»

Als Charlie ihm zum dritten Mal die Tür öffnet, schiebt Holger als Erstes seinen Fuß in den Spalt. Dann zischt er: «Sie bringen mich jetzt auf der Stelle zu Herrn Hundt.»

«Selbstverständlich, Herr – wie war Ihr Name?»

«Brinks!» Treib es nicht zu weit, Brüderchen. «Holger. Brinks.»

«Bitte, Herr Brinks, kommen Sie rein. Möchten Sie vielleicht einen Kaffee?»

Holger lässt sich von Charlie in Hundts Arbeitszimmer führen. Er hat den CEO von Air Brandenburg schon im Fernsehen gesehen, da wirkte er vor allem glatt. Im wahren Leben ist das anders. Als er sich erhebt, um Holger die Hand zu schütteln, wirkt Hundt wie ein Stahlträger. Unangreifbar. Gefährlich. Ein Mann ohne Skrupel. Er ist gut zehn Zentimeter größer als Holger und zehn Jahre älter. Dafür vermutlich zwanzig Kilo leichter. Manche Menschen haben eine Disziplin, dass es zum Fürchten ist.

An der Wand hinter seinem Schreibtisch – da, wo sich reiche Industrielle für gewöhnlich von professionellen Wohnungseinrichtern zeitgenössische abstrakte Investitionen in Öl hinhängen lassen – hängen bei Hundt zwei Hochglanz-Modefotografien eines 90er-Jahre-Models. Irritierend. Aber hübsch anzusehen.

Herr Hundt, das ist nach wenigen Sekunden klar, braucht einen Kriminalkommissar, der ihm Fragen stellt, wie ein Loch im Kopf. Dennoch ist er bemüht, Kooperationswillen zu demonstrieren. Das äußerst sich bei Hundt folgendermaßen:

«Was immer es ist, Herr Brinks, ich hoffe, es nimmt nicht zu viel Zeit in Anspruch.»

Statt zu antworten, sagt Holger: «Sie wundern sich möglicherweise, statt dem Kollegen von letzter Nacht heute mich hier zu sehen.»

«Um Ihnen die Wahrheit zu sagen, wundere ich mich seit gestern über gar nichts mehr.»

Um Ihnen die Wahrheit zu sagen ... Wie oft Holger das schon gehört hat. Er wirft einen Blick in den Vorgarten, bemerkt das Loch oben in der Scheibe. Als hätten sie alle Zeit der Welt. Hundt sieht, dass Holger es sieht.

«Der Glaser ist unterwegs», sagt er.

Warum auch immer. Gefragt hat Holger ihn nicht. Macht ihn offenbar nervös, nichts gefragt zu werden. Köcheln lassen, denkt Holger.

Schließlich fragt er: «Saßen Sie gestern da, wo Sie jetzt sitzen, als auf Sie geschossen wurde?»

«Ja», erwidert Hundt. «Zum Glück hat der Schütze nur das Knie meiner Frau erwischt.»

Hundt dreht sich zur Wand und zeigt Holger das schwarze Loch, wo das Projektil erst Kims Knie durchschlagen hat und dann in die Wand eingedrungen ist.

«Ah», sagt Holger, «das ist Ihre Frau.»

Herr Hundt sieht Holger dabei zu, wie der seine Frau – tja, wie soll man das nennen? – begutachtet. «Ich habe den Galeristen angerufen und ihn gefragt, ob man das irgendwie ausbessern kann, aber der sagte, ich solle es unbedingt so lassen. Durch den Anschlag und das Loch im Knie habe sich der Wert des Fotos verdoppelt. Aber Sie sind nicht gekommen, um sich Fotos meiner Frau anzusehen, nehme ich an.»

«Nein. Die Zuständigkeit in Ihrem Fall hat gewechselt», erklärt Holger. «Das ist der Grund, weshalb ich jetzt vor Ihnen sitze und nicht der Kollege von letzter Nacht.»

Interessiert Hundt natürlich brennend. Holger findet langsam Gefallen an der Befragung. Er langweilt Hundt noch eine Weile mit völlig irrelevanten Informationen, dann sagt er «Ach ja», greift in sein Jackett, zieht zwei Fotos heraus und legt Hundt eins davon vor: Maik Schuster. Es ist sein Facebook-Profilfoto, vergrößert auf zehn mal fünfzehn.

«Kommt Ihnen dieses Gesicht bekannt vor?»

Hundts Zündschnur ist zu diesem Zeitpunkt bereits sehr kurz. Er blickt das Foto an, blickt Holger an, beugt sich über seine Aktentasche und zieht die B.Z. heraus. «Hat mir einer meiner Anwälte heute Morgen zugesteckt.»

Er dreht sie so hin, dass Holger das Foto von Maik auf der Titelseite sehen kann, das ihn gemeinsam mit Arbeitskollegen auf dem Flugfeld zeigt, alle in Air-Brandenburg-Outfit. Sein Gesicht ist rot umkreist. Die Headline lautet: **Erstes Selbstmord-Opfer der Air-Brandenburg-Pleite?**

«Ich fürchte», sagt Hundt, «in dieser Stadt dürfte es nicht mehr viele Menschen geben, denen dieses Gesicht nicht bekannt vorkommt.»

«Was ich meinte», präzisiert Holger, «war, ob Sie Maik Schuster persönlich kannten.»

Hundt nimmt die Zeitung wieder an sich, wirft einen genervten Blick auf die Titelseite. «Haben Sie gesehen, was die schreiben? *Erstes* Opfer! Als würde sich jetzt die gesamte Belegschaft umbringen. Wenn das so weitergeht, kann ich auswandern.»

«*Kannten* Sie Maik Schuster?», wiederholt Holger seine Frage.

Hundt knickt die Zeitung exakt in der Mitte und lässt sie wieder in seinem Aktenkoffer verschwinden. «Kennen würde ich das nicht nennen. Er ist mir ziemlich auf die Pelle gerückt. Aber im Moment rücken mir ungefähr tausend Personen auf die Pelle.»

«Würden Sie die anderen tausend auch an ihren Gesichtern erkennen?»

«Natürlich nicht. Bin doch kein Autist.»

«Und warum ihn?»

«Er wollte mit mir reden.»

«Worüber?»

«Das, worüber alle mit mir reden wollen, vermute ich. Eine Arbeitsplatzgarantie, eine Abfindung, einen neuen Job? Alles, was ich denen nicht geben kann. Also hab ich ihn abgewimmelt.» Er gibt Holger das Foto zurück. «Weshalb interessiert Sie das?»

«Schauen Sie: Meine Kollegen und ich haben im Fall Maik Schuster ermittelt – routinemäßig. Erwartungsgemäß gab es nicht viel zu ermitteln. Es haben sich ...» Holger denkt an das ungemachte Bett, den nicht gezogenen Schlussstrich. «... keine Indizien gefunden, die *nicht* auf eine Selbsttötung hindeuten. Tatsächlich hatte ich heute Morgen schon fast meinen Bericht abgeschlossen, als meine Kollegin mich mit einer neuen Information konfrontierte.»

Holger und Hundt sehen einander an. Zwo, drei, vier ...

«Es gibt da etwas, das uns zu denken gibt», erklärt Holger schließlich. «Sehen Sie: Die Waffe, mit der gestern auf Sie geschossen wurde – die ist auf Maik Schuster registriert.»

Hundt scheint zu überlegen, was er mit dieser Information anfangen soll. Viel passiert da nicht. «Und das bedeutet?», fragt er.

«Das ist die Frage, die auch wir uns stellen.»

Bevor Holger seinem Gegenüber das zweite Foto vorlegt, wirft er selbst noch einen Blick darauf: Manuel Schuster, frontal, Blick in die Kamera. Es wurde vorhin im LKA angefertigt. Das ganze Elend dieser Welt. So jung und schon so desillusioniert. Der erwartet nichts mehr vom Leben.

«Sagt Ihnen dieses Gesicht etwas?»

Hundt betrachtet das Foto, ohne dass Holger eine Regung erkennen könnte. «Nicht, dass ich wüsste.» Hundt reicht es zurück. «Gehört der auch zur Belegschaft?»

«Nein. Das ist Manuel Schuster, der Bruder des Toten.»

«Und Sie glauben, der hat auf mich geschossen?»

Holger wirft einen letzten Blick auf das Foto, steckt es ein. «Auf jeden Fall hatte er Zugang zur Waffe.»

«Und ein Motiv», überlegt Hundt.

«Sind bis jetzt nur Vermutungen, aber – ja.»

10

Holger hat kaum sein Jackett über den Bürostuhl gehängt und ist in Gedanken noch mit Hundt beschäftig – dessen Arbeitszimmer, dem Foto der Modelfrau mit dem Loch im Knie –, als es an der Tür klopft. Die Bökh. Bevor sie heute Morgen hereinkam, dachte Holger noch, der Fall sei abgeschlossen. Dann hatte seine Kollegin dieses T-Shirt an und legte ihm das Foto der Tatwaffe vor. Fremde Länder, fremde Titten. Mannomann.

«Kommen Sie rein, Frau Bökh!», ruft er.

Sie betreten sein Büro wie am Morgen, Frau Bökh, gefolgt von Jensen, der immer ein bisschen den Eindruck vermittelt, er habe etwas ausgefressen. Er hat sein Hemd gewechselt. Holger könnte weder die Farbe noch den Stoff benennen. Lila? Heißt heute bestimmt anders. Aubergine oder so. Und der Stoff? Irgendetwas mit S am Anfang. Satin? Seide? Samt? Was weiß Holger schon. Viel wichtiger ist, dass die beiden ihn ansehen, wie sie ihn heute Morgen bereits angesehen haben: Wir haben da was ...

«Hat sich noch jemand erschossen?», fragt Holger.

«Bis jetzt nicht», sagt Frau Bökh.

Holger atmet aus. «Haben die erkennungsdienstlichen Maßnahmen von Manuel Schuster irgendetwas erbracht?»

Jensen schüttelt bedauernd den Kopf. «Schmauchspuren konnten keine nachgewiesen werden. Und am Gewehr waren ohnehin nur die Fingerabdrücke von Maik.»

Holger lehnt sich zurück. Und ertappt sich bei folgendem Gedanken: Tragen Sie vielleicht statt Ihres T-Shirts jetzt eine lageangepasste Unterhose, Frau Bökh? *Wie man sich bettet, so bumst man?* Augenblicklich muss er schmunzeln – solche Gedanken hat er sonst nicht. Ehrlich nicht. Diese Bökh.

«Also?»

«Ein Kollege von Abschnitt 32 hat angerufen», beginnt Jensen.

«Aus Mitte? Und was wollte er?»

«Uns mitteilen, dass er Ihre Mutter vorläufig in Gewahrsam genommen hat.»

Schon wieder hat Holger lauter gleich gepolte Magneten in seinem Kopf. «Hat das irgendwas mit unserem Fall zu tun?»

«Vermutlich nicht», sagt Frau Bökh. «Der Kollege dachte nur, vielleicht könnten Sie mal vorbeifahren und ein Wort mit ihr reden ...»

«Er benutzte die Worte ‹zur Vernunft bringen›», präzisiert Jensen.

«Was um alles in der Welt hat sie angestellt – einen Kollegen beleidigt?»

«Die Anzeige lautet auf Verstoß gegen Paragraph 183 StGB.»

Hat Holger so ad hoc natürlich nicht auf dem Schirm. «Und worum geht es da – in Paragraph 183?»

«Exhibitionistische Handlungen», sagt Jensen und sieht

aus, als würde er sich am liebsten sofort den Mund ausspülen.

«Sie hat blankgezogen», konkretisiert Frau Bökh. «Hat oben ohne demonstriert – vorm Roten Rathaus.» Sie verschränkt die Arme vor der Brust. «Und *Sie* wollen mir erzählen, ich dürfe im Dienst mein T-Shirt nicht anziehen, weil ...»

«Frau Bökh, bitte!» Holger reibt sich die Schläfen und wendet sich hilfesuchend an Jensen. «Ich dachte, Verstöße gegen Paragraph 183 werden nur auf Antrag verfolgt.»

«Das ist korrekt», sagt Jensen.

«Es sei denn», ergänzt Frau Bökh, «die Strafverfolgungsbehörde hält wegen des besonderen öffentlichen Interesses an der Strafverfolgung ein Einschreiten von Amts wegen für geboten.»

Holger spürt ein Kribbeln in den Fingern. «Und worin soll das bitte bestehen – das besondere öffentliche Interesse an meiner Mutter?»

«Der Kollege von Abschnitt 32 hat Ihre Mutter wohl wiederholt aufgefordert, ihre Brüste zu bedecken.» Jensen fühlt sich sichtlich unwohl. «Erregung öffentlichen Ärgernisses und so weiter ...»

«Aber Ihre Mutter hat sich strikt geweigert», übernimmt Frau Bökh. «Und wissen Sie, warum?»

Schon erwähnt? Holger hasst Ratespielchen.

«Weil sie darin eine unzumutbare Einschränkung ihrer Persönlichkeitsrechte sieht», fährt die Kriminalkommissarin fort. «Was mich noch mal zu meinem T-Shirt bringt ...»

Holger passiert etwas, das ihm sonst höchst selten passiert. Er verliert die Contenance. «Kinderkacke!», entfährt es ihm. Dazu schlägt er mit beiden Händen auf den Tisch.

Sofort sieht er Bökh und Jensen an. Im Dienst sollte man nie die Fassung verlieren, schon gar nicht vor Kollegen. Das ist unsouverän und unprofessionell. «Entschuldigung. Aber» – und jetzt schreit Holger förmlich – «ich habe es satt, den Babysitter für meine eigene Mutter zu spielen!!»

Wird man ja wohl mal sagen dürfen.

In diesem Moment öffnet sich Holgers Bürotür. Die Niermeyer, auch das noch. Unsicher bleibt sie in der Tür stehen, knetet ihre Lockenpracht.

«Ist alles in Ordnung bei Ihnen, Herr Brinks? Ich habe Sie auf dem Gang ...»

«Es ging mir noch nie besser!», ruft Holger. «Und sobald es im Fall Heiner Hundt irgendwelche neuen Erkenntnisse gibt, sind Sie die Erste, die davon erfährt! Schwöre!»

Die Dezernatsleiterin hat ihre Augen aufgerissen, und wenn man genau hinsieht, erkennt man, dass sogar ihr Mund einen Spaltbreit offen steht. So hat sich Holger ihr gegenüber noch nie im Ton vergriffen. Anlass genug klarzustellen, wer hier wessen Chefin ist.

Sie setzt zu einer Erwiderung an, aber Holger ist schneller: «Kann ich sonst noch etwas für Sie tun, Frau Niermeyer!?»

«Wir sprechen später», beschließt sie.

Ungewohnt vorsichtig schließt sich die Tür.

Holger schnauft wie ein Walross. Heute Morgen um halb neun, da schien der Tag noch völlig klar strukturiert vor ihm zu liegen: Er würde den Bericht schreiben – was zwar mühsam ist, aber eben auch Teil seines Jobs –, anschließend würde er sich im Café Einstein mit einem Cappuccino und einem Stück Kuchen mit Sahne belohnen. Abends hätte er einen Fall abgeschlossen, abgeheftet und zu den Akten gelegt. Vielleicht würden Sandra und er da weitermachen, wo sie neulich aufgehört haben – bevor Holger den betrunkenen Jean-Pierre aus dem Oleander gezogen hat und die Situation im Haus eskaliert ist. Holger mag es, wenn sein Leben klar strukturiert ist und nicht mit unnötigen Überraschungen aufwartet. Wenn er weiß, was ihn erwartet. Das ist nichts, wofür man sich schämen muss. Es passiert nur leider so selten, dass sein Leben nicht mit Überraschungen aufwartet, weshalb er dann doch die meiste Zeit mit ihm hadert, seinem Leben.

Frau Bökh gibt alles, um nicht zu lachen, presst die Lippen so fest aufeinander, dass sie ganz weiß werden, obwohl sie knallrot geschminkt sind.

«Haben Sie mir noch etwas zu sagen, Frau Bökh?», fragt Holger herausfordernd.

«Wenn Sie wütend sind, Chef, dann sind Sie irgendwie total süß. Dann würde ich Sie am liebsten nehmen und ganz fest knuddeln!»

Holger schüttelt sich. Die Vorstellung, von Frau Bökh fest geknuddelt zu werden, kommt für ihn gleich nach «gemeinsamer Saunabesuch mit Mutter». Wortlos legt er die Hände auf den Tisch, stemmt sich aus dem Stuhl und lupft sein Jackett von der Lehne.

«Sagen Sie dem Kollegen von Abschnitt 32 Bescheid, dass ich unterwegs bin. Bitte. Und wenn ich zurück bin, möchte ich, dass Sie irgendetwas Handfestes gegen Manuel Schuster in der Hand haben, das uns für eine vorläufige Verhaftung reicht. Er hatte Zugang zur Tatwaffe, und er hatte ein Motiv. Und wenn ich bedenke, was der Schütze alles nicht getroffen hat, würde ich sagen, das war entweder beabsichtigt, oder er hatte zwei Promille Alkohol im Blut.»

«Chef?»

Die Bökh. Strahlt ihn an wie ein Kind. «Ja, Frau Bökh?»

Sie breitet die Arme aus: «Darf ich Sie kurz ...»

«Unter keinen Umständen!»

Der Kollege von Abschnitt 32 ist ein gemütlicher Mittvierziger mit Berliner Akzent, randloser Brille und einem Stoppelkinn, das Holger an die Dalton-Brüder aus *Lucky Luke* denken lässt.

«Ick hab Ihrer Mutter jesagt: Solange sie sich weigert, ihre – na Sie wissen schon, was – zu bedecken, so lange lass ich sie in der Ausnüchterungszelle hocken. Da kann die warten, bisse schwarz wird. Ick hatte da schon janz andere Patienten.»

«Kann ich mit ihr sprechen?», fragt Holger.

«Natürlich könnse ... Aber ick sage Ihnen, bei so 'ne wie Ihrer Mutter, da werd ick vom Polizisten zum Stoizisten. Bevor die keene Vernunft annimmt, lass ick die nich wieder auf die Allgemeinheit los.»

«Ich glaube, ich habe Sie verstanden. Danke.»

Eine Ausnüchterungszelle ist wirklich kein gemütlicher Ort. Diese Dinger sind so gestaltet, dass man nur eins will: möglichst schnell wieder raus. Hat System. Allein der Geruch macht, dass man sich nach einer Dusche sehnt.

Anita scheint wild entschlossen, allen Widrigkeiten zu trotzen. Als der Kollege die Tür aufschließt, sitzt sie mit gespitzten Lippen auf der Kante der Liege, aufrecht, erhobenen Hauptes – und oben ohne.

Holger ist genervt, von sich selbst. Er schämt sich. Er ist nicht wie Charlie. Dem ist es egal, was Anita macht und wie sie durch die Gegend rennt. Fremdscham kennt der nicht. Holger schon. Und gerade jetzt ist er genervt von seiner Mutter, die nackt auf einem Elefanten den Ku'damm entlangreiten würde, wenn sie einen Sponsor dafür auftreiben könnte. Und er ist genervt von sich selbst, weil er nicht anders kann, als sich für sie zu schämen.

«Puffelchen!» Anita steht auf, ihre Brüste bewegen sich auf ihn zu. «Das wurde aber auch Zeit, dass du kommst. Dann können wir ja jetzt gehen ...»

Holger hält abwehrend eine Hand vor den Körper. «Das hab ich nicht zu entscheiden, Mutter.»

«Wie – ich denke, du bist *Haupt*kommissar!?»

«In der Mordkommission, Mutter. Das sind zwei völlig verschiedene paar Brüs... Schuhe.»

«Heißt das etwa, du willst mich weiterhin in diesem Loch hier schmoren lassen?»

«Ich hab's dir doch gerade erklärt: Das liegt außerhalb meiner Zuständigkeit. Der Kollege hat mir versichert, dass er dich wieder auf freien Fuß setzt – sobald du dir etwas überziehst.»

«Das könnte diesem Heini so passen!» Sie stemmt ihre Hände in die Hüften. «Erst lässt er sich vom System versklaven, dann will er mich versklaven.»

«Niemand will dich versklaven, Mutter.»

«Ach nein? Und was ist mit meinem Recht auf freie Meinungsäußerung? Das ist mir vom Grundgesetz garantiert, soweit ich weiß.»

«Deine Brüste, Mutter, stellen keine Meinung dar.»

«Papperlapapp! Mit meinen Brüsten vertrete ich die Meinung, dass es möglich sein muss, in einem freien Land mit freiem Oberkörper zu demonstrieren.»

«Hör zu, Mutter: Ich halte es für unwahrscheinlich, dass du einen Richter findest, der dieser Argumentation zu folgen bereit ist, aber von mir aus, versuch es ruhig. Nur glaub bitte nicht, dass ich für die Anwaltskosten aufkomme. Das wird nicht geschehen. Und noch etwas: Der Kollege, der dich hier reingesperrt hat ... So, wie ich den einschätze, freut der sich insgeheim, wenn du ihm einen Grund lieferst, dich weiterhin hier festzuhalten.»

«Puffelchen! Du enttäuschst mich! Wie kannst du deine eigene Mutter derart schutzlos der Willkür dieses Polizeistaates aussetzen?»

«Ich bin Teil dieses Polizeistaates.» Holger klopft von innen gegen die Tür, die kurz darauf geöffnet wird. «Sag Bescheid, wenn ich dir was zum Anziehen bringen soll. Wir sehen uns ...»

Als die Zellentür hinter ihm verriegelt wird, ist Holger fast ein bisschen stolz auf sich. Er muss oft genug seinen Bruder aus der Scheiße ziehen, da hat er keine zusätzlichen Kapazitäten für seine Mutter. Und, ganz ehrlich: Charlie mag über vierzig sein und immer noch durchs Leben tapsen wie ein argloser, aber hormonell übersteuerter Hundewelpe. Doch wenn Holger die Wahl hat zwischen Charlie und Anita, dann ist ihm Charlie deutlich näher. Innerlich klopft er sich auf die Schulter: gut gemacht. Und ja, da keimt etwas in ihm auf: frischer Tatendrang.

Zurück im Präsidium, marschiert Holger schnurstracks in das Büro von Bökh und Jensen. Allerdings nicht, ohne vorher anzuklopfen. Er weiß selbst nicht genau, warum, aber Holger hat die fixe Idee, dass es zwischen den beiden irgendwann zu sexuellen Handlungen kommen wird. Sofern es nicht schon passiert ist. Und er möchte nicht derjenige sein, der in ihr Büro platzt, während ... Na, egal.

«Chef!» Frau Bökh lehnt sich gerade über Jensens Tisch, als Holger die Tür öffnet. «Gut, dass Sie da sind! Wir warten schon auf Sie.»

«Dann haben Sie etwas gefunden, das uns hilft, Manuel stärker unter Druck zu setzen?»

«Das war gar nicht nötig! Und wissen Sie, warum?»

«Frau Bökh, bitte ...»

«Okay, okay.» Ihr Brustkorb hebt und senkt sich. «Weil er von alleine gekommen ist.»

Holger fragt sich, wann er das letzte Mal an einem einzigen Tag so viele Dinge nicht auf Anhieb verstanden hat.

Jensen erklärt: «Manuel Schuster möchte ein Geständnis ablegen. Er sitzt in Verhörzimmer zwei. Wir haben nur auf Sie gewartet.»

Holger ist überraschter, als er sein sollte. Eigentlich lag es auf der Hand. Ein bisschen traurig ist er dennoch. Insgeheim hat er gehofft, dass Manuel unschuldig ist. Eben im Auto hat er sogar kurz den zugegebenermaßen kühnen Gedanken zugelassen, Hundt selbst könnte den Anschlag auf sich in Auftrag gegeben haben. Dummerweise fehlt ein erkennbares Motiv, das diese These stützen würde. Armer Manuel. Drei Jahre, vorher kommt der nicht wieder auf freien Fuß. Kann einem leidtun. Der einzige Trost ist, dass es im Knast nichts zu saufen gibt. Manuels körperlicher Verfassung werden die nächsten Jahre nicht schaden.

Holger hat schon viel erlebt, aber an jemanden, der es mit seinem Geständnis derart eilig gehabt hat, kann er sich nicht erinnern.

«*Ich* war's, Herr Kommissar», sagt Manuel. «*Ich* hab auf Hundt geschossen.»

Da hat Frau Bökh noch nicht einmal die Tür geschlossen.

«Hallo, Herr Schuster.» Holger setzt sich Manuel gegenüber an den Tisch. «Bevor wir hier anfangen, muss ich Ihnen sagen, dass Sie das Recht auf einen Anwalt haben.»

«Brauch ich nicht.»

Holger rückt den Stuhl heran, Frau Bökh bleibt im Hintergrund. «Na dann erzählen Sie mal.»

Und das macht Manuel, wie ein Wasserfall: Wie er sich von Jenny das Auto geliehen hat, weil er doch kein eigenes hat und das von Maik ja noch bei der Polizei ist, und wie er damit zu Hundt gefahren ist beziehungsweise in die Parallelstraße und sich von dort in den Rohbau geschlichen hat und hoch in den ersten Stock, weil er von da eine bessere Sicht hatte; wie er dann geschossen hat, zuerst auf die Fenster, hinter denen kein Licht war, und dann auf das Büro von Hundt; und wie er dann abhauen wollte. Und dabei hat es ihm das Gewehr irgendwie aus der Hand gerissen, aber darum konnte er sich nicht mehr kümmern, also ab durch die Hecke, rein ins Auto und weg.

Klingt alles sehr plausibel, wie Holger feststellt, und außerdem ziemlich exakt so, wie sie den Tathergang rekonstruiert haben. Manuel sieht ihn an wie ein gealterter Bernhardiner, der ihm soeben ein Stöckchen vor die Füße gelegt hat.

«Wenn Sie es auf Hundt abgesehen hatten», fragt Holger, «weshalb haben Sie zuerst auf die unbeleuchteten Fenster im ersten Stock geschossen?»

Manuel überlegt. «Ich weiß auch nicht. War einfach so.»

«Kann es sein, dass Sie Hundt gar nicht wirklich umbringen, sondern ihm nur eine Lektion erteilen wollten?»

«Also, wenn ich so drüber nachdenke: Ich weiß gar nicht

richtig, was ich eigentlich wollte, ich wollte einfach nur was machen, weil dieser Hundt ... Ich war so sauer auf den ...»

«Ich nehme an, Ihnen ist bewusst, dass wir Sie unter den gegebenen Umständen festnehmen müssen.»

«Ja, hab ich mir gedacht.» Manuel lächelt entschuldigend. «Mein Waschzeug hab ich auch gleich mitgebracht.»

Holger und Frau Bökh wechseln einen Blick, bevor der Kommissar sich wieder Manuel zuwendet. «Also gut. Meine Kollegin bringt Sie in Ihre vorläufige Zelle. Ich mache die Aussage fertig und lege Sie Ihnen nachher zur Unterschrift vor.»

«Ist gut.»

«Solange haben Sie Zeit, sich zu überlegen, ob Sie die wirklich unterschreiben wollen. Vorher ist sie nicht rechtswirksam.»

«Nee. Geht klar. Ich unterschreibe das.»

Manuel und Holger erheben sich.

«Ich glaube, auf Handschellen können wir verzichten», sagt Holger zu seiner Kollegin.

Frau Bökh nickt.

Bevor sie – Holger voran und Frau Bökh hinterdrein – den Raum verlassen, fällt Manuel noch etwas ein: «Glauben Sie eigentlich immer noch, dass mein Bruder sich umgebracht hat?»

Holger bleibt stehen. Kurz denkt er an Maiks ungemachtes Bett, den fehlenden Schlussstrich. «Ich verstehe, dass der Gedanke für Sie schwer zu ertragen sein muss. Niemand will glauben, dass sich der eigene Bruder ... Aber Indizien, die einen anderen Schluss nahelegen, haben wir nicht finden können.»

«Was glauben *Sie* denn?», fragt Frau Bökh.

Manuel dreht sich zu ihr um. «Na, ich glaub nicht, dass er sich umgebracht hat.»

«Wie gesagt», beginnt Holger von neuem, «ich verstehe durchaus, dass ...»

«Weil», unterbricht ihn Manuel, «ich hab drüber nachgedacht.»

Erwartungsvoll sehen Frau Bökh und Holger ihn an, Manuel weiß gar nicht, wessen Blick er erwidern soll. Am Ende entscheidet er sich für Holger. «Es ist wegen der Pistole.»

«Die Markarov», hilft Bökh nach.

«Keine Ahnung, wie die heißt, ist aber auch egal.» Manuel sucht den Gedanken von eben und findet ihn: «Genau. Sie haben doch gesagt, die wär illegal gewesen oder was.»

«Das ist korrekt», bestätigt Holger. «Ein altes russisches Modell mit herausgefeilten Nummern.»

«Illegaler geht praktisch nicht», erklärt Frau Bökh.

«Genau», sagt Manuel, «und da hab ich mich gefragt, wo Maik die herhaben soll.»

«Na ja, ganz leicht sind die nicht zu bekommen», antwortet Holger, «aber ganz so schwer ist es auch nicht. Mit ein paar Kontakten in die entsprechende Szene kommt man an so etwas schon ran.»

«Das mein ich ja», bekräftigt Manuel. «Maik hatte keine Kontakte in irgendwelche Szenen oder was, und da hab ich mich gefragt, wieso soll der extra versuchen, da irgendwo reinzukommen, nur weil er sich eine Pistole besorgen will – wenn er die doch auch ganz legal in jedem Waffengeschäft kaufen kann. Der hatte doch einen Waffenschein und alles ...»

An Manuels massiger Schulter vorbei tauschen Frau Bökh

und ihr Chef einen Blick aus: *Wieso um alles in der Welt sind wir da nicht von selbst draufgekommen?*

Entschuldigend sagt Holger: «Wir werden dem nachgehen, Herr Schuster, versprochen.»

11

«Herr Brinks!» Frau Niermeyer blickt an ihrem neuen, überdimensionierten und selbstverständlich staubfreiem iMac vorbei. «Gut, dass *Sie* zu *mir* kommen. Damit setzen Sie ein positives Signal.»

Holger ahnt, worauf seine Chefin hinauswill, aber sie ahnt nicht, worauf er hinauswill. Statt ihr zu antworten, gibt er daher nur dieses Geräusch von sich, das er macht, wenn Sandra und er im Bett liegen, er bereits halb eingeschlafen ist, Sandra aber noch etwas einfällt, worüber sie dringend mit ihm reden möchte. Mitten in der Nacht. Dass sie neue Tabs für den Geschirrspüler brauchen zum Beispiel oder ob Holger sich schon um den tropfenden Duschkopf gekümmert hat.

«Ich muss Ihnen ja nicht erklären», fährt die Dezernatsleiterin fort, «wie unerlässlich es für ein positives Betriebsklima ist, dass die Mitarbeiter untereinander einen respektvollen Umgang pflegen. Darunter verstehe ich auch – und ich bin sicher, Sie pflichten mir bei –, dass insbesondere ranghöheren Kollegen nicht mitten im Satz das Wort abgeschnitten wird oder man sich ihnen gegenüber in einer unangemessenen Lautstärke äußert, noch dazu in Anwesenheit rangniederer Koll…»

«Warum tun Sie es dann?»

«Wie bitte?»

Holger fällt auf, dass jedes Mal, wenn Frau Niermeyer einen noch größeren iMac bekommt, sie auch einen noch größeren Schreibtisch bekommt. Als würde der mitwachsen. Dabei ist er immer leer. Eigentlich bräuchte sie nur etwas, auf das sie ihren iMac stellen kann.

«Sie haben völlig recht, dass Sie mir das nicht erklären müssen», fährt Holger fort. «Aber dann erklären Sie es trotzdem. Ich dachte, vielleicht können wir das Procedere abkürzen. Also: Ich weiß, dass ich mich vorhin im Ton vergriffen habe. Und das tut mir leid. Ich entschuldige mich ausdrücklich dafür.»

«Na, das ist doch schon mal ein guter Anfang.»

Was denn noch?, denkt Holger. Er versucht es mit: «Ich befand mich in einer emotionalen Ausnahmesituation.»

Frau Niermeyer macht ein Gesicht, als wisse sie ganz genau, wovon er spreche. Emotionale Ausnahmesituationen sind sozusagen ihr täglich Brot. «Das verstehe ich. Also: Entschuldigung angenommen.»

Mir doch egal, denkt Holger und sagt: «Danke.»

Jetzt, nachdem ihr Hauptkommissar ausreichend Demut demonstriert und sie so in ihrer Autorität gestärkt hat, wächst Frau Niermeyer hinter ihrem Schreibtisch gleich wieder zwei bis drei Zentimeter. «Wo ist eigentlich der Bericht, den Sie mir gestern Abend versprochen haben?»

«Ich fürchte, den werden Sie so schnell nicht bekommen.»

«Aber wollten Sie nicht …»

«Genau das ist der Grund, weshalb ich vor Ihnen stehe, Frau Niermeyer.»

«Ah ...»

«Es ist alles richtig, was Sie sagen. Alles richtig. Es ist nur so, dass sich in die Ermittlungen ein neuer Hinweis praktisch» – er macht eine schlangenhafte Bewegung – «eingeschlichen hat.»

«Gestern Abend hatten Sie den Fall noch so schön abgeschlossen, Herr Brinks, und jetzt sagen Sie mir, wir müssen ihn wiederaufnehmen?»

«Korrekt. Ich möchte die Leiche schnellstmöglich obduzieren lassen.»

Holger beobachtet, wie sich Niermeyers Finger selbstvergessen ihren Haaren nähern. Gleich wird sie ...

«Ist das alles?», fragt sie.

«Im Moment ja.»

... gleich ...

«Da bin ich ja fast erleichtert, muss ich Ihnen gestehen. Von mir aus lassen Sie den Leichnam obduzieren. Solange Sie nicht wieder mit einer Hundestaffel ankommen oder eine Tauchercrew von mir wollen.»

... uuund zack, ist es passiert: Niermeyers Hand knetet mal wieder ihre Locken.

«Immerhin hat die Hundestaffel damals die größte Marihuana-Plantage entdeckt, die den Drogenfahndern in Berlin je untergekommen ist», verteidigt sich Holger.

«Ein erfreulicher Glückstreffer, in der Tat. Wenn man bedenkt, dass die Leiche, die die Hundestaffel eigentlich suchen sollte, später – wo noch mal? – gefunden wurde?»

«Am anderen Ende der Stadt.»

«Ach ja, richtig.» Sie lächelt ihren Untergebenen an.

«Wo Sie uns untersagt hatten, danach zu suchen», ergänzt Holger.

Bäm.

Mit einer Bewegung wie aus der Shampoo-Werbung wirft sich Frau Niermeyer die Haare über die Schulter. «Vielen Dank, Herr Brinks. Ich denke, das war's erst mal.»

Als Holger nach Hause kommt, fühlt er sich, als wäre er heute gleich mehrfach in den Ring gestiegen und dennoch aus jedem Kampf als Punktsieger hervorgegangen. Er hat der Bökh ihre Grenzen aufgezeigt, seine Mutter abblitzen lassen, Frau Niermeyer die Stirn geboten. Und der Mann, der den Anschlag auf Hundt verübt hat, hat gestanden. Jetzt heißt es die Ergebnisse der Obduktion abwarten.

Passend zu seinem Hochgefühl erwartet ihn Sandra in ihrem neuen, außerordentlich geschmeidigen Yoga-Dress, leicht erhitzt und lächelnd. Auf dem Couchtisch stehen ein Weißwein und zwei Gläser.

Holgers fragendem Blick begegnet sie mit den Worten: «Ich dachte, wir knüpfen da an, wo wir vorgestern den Faden verloren haben.» Sie lupft konspirativ eine Augenbraue. «Zur Sicherheit habe ich auch schon den Garten kontrolliert. Liegt niemand drin.»

Holger erinnert sich wie an einen fernen Urlaub: nur sie beide, kein Charlie, kein Lucas, keine Anita. Und kein betrunkener Jean-Pierre im Oleander. «Wir haben das Haus für uns?»

«Da Lucas entschieden hat, fürs Erste bei Ben zu wohnen, und Charlie ebenfalls seine Sachen gepackt hat ...»

Holger denkt an den Kollegen von Abschnitt 32. «Und Anita vor morgen unter Garantie nicht rauskommt ...»

Sandra hält in der Linken die Flasche, in der Rechten den Korkenzieher. «Also ...»

Holger lächelt. «Täuscht mich der Eindruck, oder hast du den Abend bereits durchgeplant?»

«Ich dachte, zuerst kuscheln wir uns aufs Sofa, trinken ein Glas Wein und schauen die Folge zu Ende, bei der wir vorgestern unterbrochen wurden. Das ist quasi die Pflicht. Danach gehen wir nach oben, und ich zeig dir die Kür.»

Holger ist ein Glückspilz, ein verdammter Glückspilz! Allerdings: «Was ist mit Jean-Pierre?»

«Der hat sich ein Hotelzimmer genommen, im Mercure.»

«Wie bitte? Ich dachte, der muss bei uns schlafen, weil er wegen der Insolvenz praktisch vor dem persönlichen Bankrott steht und nicht mal seine Miete zahlen kann!»

«Deshalb hat er auch seine Wohnung bei Airbnb angeboten.»

«Der vermietet seine Wohnung, lässt sich von uns aushalten, und wenn Anita in Gewahrsam ist, hat er plötzlich Geld für ein Viersternehotel?»

Ganz langsam bewegt sich Sandra auf ihren Mann zu, schmiegt ihren biegsamen Körper an ihn. Noch immer hält sie Flasche und Korkenzieher in den Händen. «Mein großer, starker, toller Mann», sagt sie. «Du kannst dich den restlichen Abend über Anita und ihren Flugbegleiter aufregen. Aber dann wird es nichts mit der Pflicht. Und vermutlich auch nichts mit der Kür. Oder aber du ...»

Holger unterbricht seine Frau, indem er seine Lippen liebevoll auf ihre drückt und ihr die Flasche aus der Hand nimmt. Eine Minute später sitzen sie Seite an Seite auf dem Sofa, stoßen an, und Sandra haucht ihrem Mann ins Ohr:

«Geht doch.»

Einer der Rechtsmediziner an der Charité, mit dem Holger regelmäßig zu tun hat, ist Doktor Egon Wirth. Als hätten die keine anderen. Wie auch immer. Doktor Wirth geht inzwischen stramm auf die siebzig zu, hat stahlblaue Augen, eine Glatze, jede Menge Lachfalten um die Augen und trägt einen hingebungsvoll gepflegten Kaiser-Wilhelm-Schnurrbart, der so weiß ist wie sein Kittel und inzwischen über die Ränder seines Gesichts hinausgewuchert ist.

Holger mag Wirth nicht, mochte ihn noch nie. Daran ist nicht so sehr dieser nach Aufmerksamkeit schreiende Schnurrbart schuld, sondern die Verbindung aus manischer Besserwisserei und fröhlichem Belehrungseifer, die Wirth über seine Zuhörer ausgießt. Jeder Besuch bei dem Pathologen stellt Holgers Langmut daher auf eine harte Bewährungsprobe, insbesondere wenn der Kommissar noch nichts gefrühstückt hat. Egon Wirth stört das wenig. Er freut sich immer, wenn sich die Gelegenheit bietet, einem Gast zu demonstrieren, welch ein Meister seines Fachs er ist.

Das ist nicht besser geworden, seit immer mehr Leichen virtuell in der Röhre obduziert werden statt mit dem Skalpell. Im Gegenteil. Seit die Charité vor ein paar Jahren den ersten pmMSCT angeschafft hat, ist Wirth endgültig wie entfesselt, zeigt Holger von jeder tödlichen Verletzung Aufnahmen aus mindestens einem Dutzend verschiedener Blickwinkel, zoomt, färbt ein, dreht, schneidet, spiegelt ... Entschuldigung: Bei einem pmMSCT handelt es sich um einen Leichenscanner, auch postmortaler Mehrschichten-Computertomograph genannt. Ein grau-weiß verschaltes Monstrum, das den halben Raum ausfüllt und Geräusche von sich gibt, die einen vermuten lassen, dass die Leichen in der Röhre nicht durchleuchtet, sondern zersägt werden. Dank Wirth weiß Holger über die technischen Vorzüge dieses Geräts sehr viel besser Bescheid, als ihm lieb ist.

Vor zwei Jahren hat Holger mal mit Sandra über Wirth geredet, ihr gestanden, dass ihn jedes Mal körperliches Unbehagen ergreift, sobald der Rechtsmediziner mit seiner ausgestreckten Pranke auf ihn zukommt. Noch so etwas: Der Typ ist die fleischgewordene Lichtarmut, ausgemergelt, knochig, hat aber Hände wie Bratpfannen. Das ergibt überhaupt keinen Sinn. Der hält nie etwas, das schwerer ist als ein Skalpell. Und dazu dann dieser Schnurrbart. Vielleicht ist der gar kein richtiger Mensch, denkt Holger manchmal. Vielleicht hat der sich selbst aus Teilen seiner Leichen zusammengesetzt.

Jedenfalls hat er mit Sandra über ihn gesprochen, und die hat Holger geraten, Wirth das Gefühl zu geben, der Größte zu sein, seine Arbeit wertzuschätzen, ihn in höchsten Tönen zu loben. Dann müsse der ihm womöglich nicht mehr permanent beweisen, wie kompetent er ist. Ein guter Tipp, fand Holger. Leuchtete ihm ein. Er würde ihn auch gerne umsetzen. Doch dann steht er Wirth und seinem Schlaumeierlächeln gegenüber, diesem Schnurrbart – und schafft es nicht. Inzwischen ist er zu der Überzeugung gelangt, dass die einzige Möglichkeit für jemanden wie ihn, mit einem wie Wirth klarzukommen, darin besteht, ihn auszuhalten, es über sich ergehen zu lassen.

Um Wirths Grinseschnurrbart nicht ansehen zu müssen, heftet Holger seinen Blick auf die erstaunlich plastisch wirkende CT-Aufnahme von Maik Schusters Schädel, sieht die Zahnfüllungen, den gezackten Fugenverlauf zwischen den Schädelplatten, die Eintrittsöffnung des Projektils – relativ in der Mitte des Schädels, sofern man die Seitenansicht vor sich hat.

«Und jetzt zeig ich Ihnen, welchen Weg das Projektil genommen hat. Schauen Sie mal ...»

Wirths flossenartige Hand wischt über den Tisch, zugleich beginnt der Kopf auf dem Monitor, sich in alle möglichen Richtungen zu drehen. Holger fragt sich, wie Wirth das macht – den Computer bedienen, indem er seine Hand über den Tisch bewegt. Muss sich um irgendeine neuartige Gestensteuerung handeln, deren Funktionsweise er sich nicht erklären kann. Dann krümmt Wirth einen Finger, es klickt leise, ganz wie früher, und Holger wird klar, dass der Pathologe unter seiner riesigen Pranke eine Maus spazieren führt, nur dass von der nichts zu sehen ist.

Wirth macht, was ihm am meisten Freude bereitet: Er nervt Holger mit Drehungen, Neigungen, färbt die Ein- und Austrittsstellen des Projektils ein – als könne Holger sonst unmöglich verstehen, wo die Kugel in den Schädel eingedrungen ist –, zeichnet Linien, berechnet Winkel, demonstriert Holger, wie durch die Wucht des Geschosses der gesamte Schädelknochen auf Höhe des Haaransatzes geborsten ist, bersten musste, et cetera et cetera ...

Holger hört seinen Magen knurren. «Und was bedeutet das jetzt?», fragt er, als Wirth nichts mehr finden kann, das noch zu drehen oder einzufärben wäre.

«Ja-ha-haa!», juchzt der Pathologe, mit einem Kiekser in der Mitte: Ja-HA-haa!

Er schraubt sich aus seinem Drehstuhl, baut sich vor Holger auf und grinst. Mit der fahlen Haut, dem weißen Kittel und dem absurden Schnurrbart wirkt er wie ein Geist. Normale Menschen kaufen sich so etwas zum Karneval – wenn sie aussehen wollen wie ein verrückter Pathologe.

«All-soo!» Wirth zieht ein transparentes Lineal aus der

Brusttasche und klemmt es so mit dem Daumen an der Hand fest, dass es millimetergenau da endet, wo der Lauf der Markarov enden würde. Anschließend drückt er sich das Lineal oberhalb des rechten Ohres gegen seinen Schädel. «Wenn wir die berechnete Flugbahn der Kugel zugrunde legen und dabei berücksichtigen, an welcher Stelle die Waffe aufgesetzt wurde, nämlich an dieser hier ...» Mit der freien Hand deutet er auf die Stelle, an der er sich das Lineal gegen den Kopf hält. «... dann bedeutet das – um auf Ihre Frage zurückzukommen –, Maik Schuster hätte den Arm etwa in dieser Position halten müssen, als er abdrückte.»

Wirth hebt den Arm, bis sich der Ellbogen auf Höhe des Ohres befindet, außerdem dreht er die Schulter ziemlich weit nach hinten. Eine Bewegung, als wolle er sich am Hinterkopf kratzen. So steht Wirth da und grinst Holger an wie das berühmte Honigkuchenpferd. Das sieht zwar etwas unbequem aus, aber Holger erkennt erst einmal keinen Grund, weshalb es nicht so passiert sein sollte. So weit war ich auch schon, denkt er. Das Einzige, was ihn irritiert, ist der Konjunktiv, den Wirth verwendet.

«Wieso ‹hätte›?», fragt er.

Wirth lässt den Arm sinken. Sein Schnurrbart bewegt sich, als hätte er ein Eigenleben. «Weil er es nicht getan hat.»

«What?!», ruft Frau Bökh.

Jensen zupft den Kragen seines Hemds zurecht und sagt erst einmal nichts.

«Er hatte keine Schmauchspuren an der Hand», erklärt Holger. «So einfach.» Er schüttelt ungläubig den Kopf. «Ich hab noch dran gerochen. Aber das ganze Auto roch nach Schießpulver ... Hätte mir trotzdem auffallen müssen.»

«Folglich hätte er bei der Tat einen Handschuh tragen müssen», überlegt Jensen.

«Hat er aber nicht!», sagt die Bökh. «Es sei denn, er hätte den nach der Tat noch ausgezogen.»

Jensen: «Oder jemand anderes hätte ihn ausgezogen.»

«Was absolut keinen Sinn ergibt», wirft Holger ein.

Und die Bökh, als hätte Maik Schuster sie die ganze Zeit über an der Nase herumgeführt. «Das is ja ’n Ding!»

«Also dann ...» Holger macht das Gesicht, das er immer macht, wenn er sagen will: An die Arbeit! «Wir haben einen Mord aufzuklären.»

12

Die wenigsten Menschen kommen gerne in die JVA Moabit. Da gibt es nichts schönzureden. Bei Holger aber ist das anders. Er mag den alten Kasten. Jeder Mauerstein ist mit mehreren Lagen Geschichte überzogen. Karl Liebknecht hat hier bereits eingesessen, Andreas Baader, nach der Wiedervereinigung dann Honecker und Mielke. Wenn Holger unten im Zylinder steht, von dem sternenförmig die Zellentrakte abgehen, und in die Kuppel emporblickt, dann hat er das sentimentale Gefühl, Teil von etwas Großem zu sein, das Richtige zu tun, gebraucht zu werden.

Jensen und er lassen sich in einen der Räume führen, die eigentlich für Anwaltsbesprechungen vorgesehen sind. Im Handumdrehen verpufft das Gefühl, Teil von etwas Bedeutendem zu sein. Die Wände sind mit Ölfarbe gestrichen, es ist das ganze Jahr über kalt, und selbst wenn die Sonne scheint – was sie nicht tut –, dringt durch die vergitterten Fenster nur trübes Licht. Kollegin Bökh hat Holger vorsichtshalber mit anderen Aufgaben betraut. In der JVA Moabit sind ausschließlich Männer untergebracht. Die Testosteron-Konzentration ist hier höher als in jeder Eishockeyumkleide. Eine wie Melanie Bökh entfaltet da schnell die Wirkung eines brennenden Streichholzes, das man in einen Benzinkanister fallen lässt.

Getrennt durch den quadratischen Tisch in der Mitte des Raumes, gehen Holger und Jensen auf und ab. Sie haben das unbefriedigende Gefühl, kurz vor Ende der Spielzeit noch ein Gegentor kassiert zu haben, und jetzt heißt es: Verlängerung. Vor einer Stunde hatten sie einen Selbstmord, bei dem praktisch alle Fragen vom Tisch waren, jetzt ist es plötzlich Mord, und alles ist wieder offen. Die Frage, die Holger am meisten Kopfzerbrechen bereitet, ist die nach dem Motiv. Wer hatte einen Vorteil davon, Maik Schuster zu ermorden? Oder lautet die Frage: Wem stand er so sehr im Weg, dass der einen Mord in Kauf nahm, um ihn loszuwerden?

Manuel Schuster wird hereingeführt. Er trägt dieselbe Kleidung wie beim letzten Mal – Holzfällerhemd und Jeans –, schließlich haben Untersuchungshäftlinge als unschuldig zu gelten und müssen daher keine Anstaltskleidung tragen. Viel geschlafen hat er nicht, die Haut um die Augen sieht aus wie etwas, das man erst zerknüllt und in den Papierkorb wirft, um es anschließend doch noch einmal herauszuziehen und glatt zu streichen. Es sind die Augen eines Mannes, der lange nicht nüchtern war und jetzt irgendwie ohne Alkohol auskommen muss. Spaß macht das nicht.

«Ach, Sie sind das», begrüßt er die Kommissare.

«Guten Tag, Herr Schuster, bitte ...» Holger deutet auf einen Stuhl.

Manuel setzt sich, blickt erst Jensen, dann Holger an und fragt sich offenbar, was die schon wieder von ihm wollen.

Holger nimmt auf dem Stuhl gegenüber Platz. «Wie geht's Ihnen?»

«Wollen Sie das wirklich wissen?»

«Sicher. Wieso nicht?»

«Na, das hat mich seit Jahren keiner mehr gefragt.»

«Ihr Bruder auch nicht?»

Manuel überlegt. «Nee. Der wusste aber auch so, wie's mir geht.»

«Also?», fragt Holger.

«Also, was?», erwidert Manuel. Dann weiß er wieder. «Maik ist tot – so geht's mir.»

Holger betrachtet sein Gegenüber. Manuel hat alles gestanden, dennoch hat der Kommissar den Eindruck, er verberge etwas vor ihm. Oder ist er einfach nur verunsichert? Übermüdet? Er erinnert sich an Manuels erstauntes Gesicht, als das Gewehr nicht da war, wo es hätte sein sollen.

«Sie hatten recht», sagt er. «Maik ist tatsächlich ermordet worden.»

Statt zu antworten, erstarrt Manuel. Ein zweieinhalb Zentner schwerer Trauerkloß, der zu Stein wird. Und dann, unerwartet, beginnen ihm Tränen über die Wangen zu laufen. Als würde man Wasser aus einem Fels pressen.

«'tschuldigung», schnieft er. «Haben Sie vielleicht 'n Taschentuch oder so?»

Hat Holger nicht. Aber Jensen. Ein gebügeltes, mit violettem Rand und Monogramm und allem. Der Typ ist ein Mysterium. Er reicht es Manuel an der ausgestreckten Hand, der geräuschvoll hineinschnieft und anschließend den Stoff befühlt.

«Das wollen Sie bestimmt wiederhaben, oder?»

«Behalten Sie es ruhig», sagt Jensen.

«Echt?»

«Kein Problem, wirklich.»

«Danke», sagt Manuel und schnäuzt gleich noch einmal hinein. «Und jetzt?»

«Wir sind gekommen, weil wir hoffen, dass Sie uns bei der Suche nach Maiks Mörder helfen können.»

«Also, *ich* war's nicht.»

«Das hatten wir auch nicht angenommen», sagt Holger. «Aber irgendjemand war's, und dieser Jemand hatte eine Pistole aus altem, russischem Armeebestand mit herausgefeilter Nummer. Er war außerdem umsichtig und abgebrüht genug, keinerlei Spuren zu hinterlassen und es außerdem wie einen Selbstmord aussehen zu lassen, zumindest auf den ersten Blick. Das bedeutet, der Mörder war ein Profi, was wiederum den Schluss nahelegt, dass er angeheuert wurde. Jetzt frage ich Sie: Können Sie sich vorstellen, dass Ihr Bruder derart mit jemandem in Konflikt geraten ist, dass der wiederum jemanden anheuert, um Maik loszuwerden?»

Manuel sieht aus, als wäre ihm nach der Hardware jetzt die Software eingefroren. «Maik?», fragt er.

«Ihr Bruder, ja.»

«Nee. Der doch nicht. Der hatte keine Konflikte mit wem – also nichts, was irgendwie so über das Normalmaß rausgeht. Der war auch immer hilfsbereit und alles, hat sich total um Jenny gekümmert, nach der Sache mit Rocco. Und um mich sowieso. Aber auch mit den Nachbarn und so, allen …»

«Sie haben keine Idee, mit wem er sich im Grunewald getroffen haben könnte?»

«Freiwillig ist der da nicht hingefahren.»

«Das denken wir auch. Was bedeutet, dass er dort verabredet war. Und wer auch immer es war, mit dem er dort verabredet war, hat ihn entweder selbst umgebracht oder jemanden geschickt, der ihn umgebracht hat.»

Holger sieht Manuel eindringlich an. Der durchstöbert seine Erinnerungen, die jedoch löchrig wie ein Emmentaler zu sein scheinen. Er schüttelt den Kopf.

«Wann haben Sie Ihren Bruder denn zuletzt gesehen?»

«Morgens so. Wir haben zusammen gefrühstückt. Er hat gesagt, dass er ein paar Sachen erledigen muss und abends wieder da ist.»

Jensen ist hinter Holgers Stuhl getreten, hält die Hände auf dem Rücken verschränkt. Ist neuerdings so eine Marotte von ihm – das mit den Händen auf dem Rücken. Holger vermutet, so will er verhindern, dass er ungewollt Dinge anfasst. Dann müsste er sich nämlich anschließend wieder die Hände mit diesem Sprühzeug desinfizieren, das er in einer kleinen Flasche mit sich herumträgt.

«Hat er Ihnen gegenüber eine Andeutung gemacht, was das für Dinge waren, die er erledigen wollte?», fragt Jensen.

Manuel schüttelt den Kopf. «Bestimmt was für Jenny – wegen dem Kleinen oder so. Da ist ja immer was ...» Manuel sieht aus, als würde er gleich einen XXL-Rülpser von sich geben. «Auweia ...»

«Herr Schuster?», fragt Jensen.

Manuel sieht zu ihm auf: «Es ist nur, weil ... Als Maik gegangen ist, da hat er mir gesagt, ich soll mir keine Sorgen machen.»

«Was er sonst nicht getan hat», folgert Holger.

«Nee.»

Holger wartet, bis Manuel von selbst darauf kommt. Dauert nicht lange.

«Der hat das gewusst, oder?», fragt er. «Der hat gewusst, dass er sich mit wem trifft, der gefährlich ist.»

«Die Frage ist», erklärt Holger, «weshalb verabredet sich Maik mit jemandem, von dem er annimmt, dass er ihm gefährlich werden könnte?»

«Da bin ich jetzt echt überfragt.»

Wie bei dem Gewehr, denkt Holger.

Kurz darauf hat die tief über der Stadt hängende Wolkendecke erste Risse bekommen. Holger und sein Kollege stehen, überströmt von verheißungsvollem Frühlingslicht, an der Kreuzung Alt Moabit und Paulstraße, um sie herum ein Verkehrschaos wie im Wimmelbuch, und fragen sich, wo Niclas den Dienstwagen geparkt hat. Schließlich erspäht Holger den Škoda in einer der schrägen Parklücken vor dem Carl-von-Ossietzky-Park, der streng genommen eine begrünte Baulücke ist, aber wenn man etwas nach einem deutschen Friedensnobelpreisträger benennt, kann man es schlecht die Carl-von-Ossietzky-Baulücke nennen, daher der Park. Leider hilft es ihnen nicht weiter, den Wagen gefunden zu haben, denn Niclas sitzt nicht drin, ist auch sonst nirgends zu sehen, und an sein Telefon geht er ebenfalls nicht. Der Park ist nach drei Minuten abgelaufen.

Niclas. Seit über einem Jahr ist er jetzt Holgers Fahrer. In dieser Zeit hat er ungefähr ein Dutzend Mal seinen «Style» gewechselt, und Holger hat zwei Dutzend Mal erwogen, ihn zu feuern. Aber auf eine spezielle Art ist Niclas durchaus loyal, und irgendwie haben sie einen Modus Operandi gefunden. Es ist nur so, dass Niclas bis heute nicht begriffen hat, dass Holger nicht nur Kommissar spielt, sondern wirklich einer ist; und dass seine Fälle mit echten Toten zu tun haben und sie wirkliche Verbrecher jagen. Manchmal, nicht oft, kommt es vor, dass es dabei um Minuten geht. Da wäre es dann schön, sich auf einen Fahrer verlassen zu können, der nicht gerade zwei Straßen weiter Schuhe anprobiert oder in irgendeinem Café sitzt und auf seinem Smartphone das Internet nach Basecaps durchstöbert.

Holger und sein Kollege stehen auf dem Kiesweg, der einmal um den Grünstreifen – pardon: Park – herumführt, als der genervte Jensen sein Kinn Richtung Straße reckt. «Der entlaufene Chihuahua ist zurück.»

Und tatsächlich: Da steht er, Niclas, Standbein Spielbein, lehnt am Wagen, Gesicht zur Sonne, Augen geschlossen. Bitte fotografieren Sie jetzt!

«Kommen Sie.» Holger verspürt den Impuls, Jensen freundschaftlich auf die Schulter zu klopfen, unterdrückt ihn aber. Sonst muss der arme Jensen anschließend noch sein Hemd besprühen. «Irgendwann wird er schon erwachsen werden.»

«Ihr Wort in Gottes Ohr», erwidert Jensen.

Bis sie den Wagen erreichen, hat Niclas seine Position um exakt null Millimeter verändert. Als würde er auf die Anweisungen seines Beleuchters warten. Diese Sonnenbrille, denkt Holger. Ist neu – rund, schmaler Rand, gelbe Gläser. Himmel. Ein Chihuahua mit gelben Scheiben vor den Augen. Vielleicht würde Holger Niclas einen Gefallen tun, wenn er ihn feuerte. Dann könnte er endlich ungestört seiner Passion als Modeblogger folgen. Kurz muss der Kommissar schmunzeln. Neulich hat er eine Punkerin gesehen, die sich «There is a special place in hell for fashion bloggers» auf ihr T-Shirt geschrieben hatte. Dann mahnt er sich zu pädagogischem Ernst.

«Wir haben auf Sie gewartet.»

Niclas strahlt, zieht die Sonnenbrille ab und zeigt sie vor. «Da vorne in dem Laden haben sie Brillen von Oliver Peoples.»

Holger strahlt eher nicht. «Wie gesagt: Wir mussten auf Sie warten.»

Niclas zeigt sich unbeeindruckt. «Das würde man echt nicht glauben, oder? Ich meine, das hier ist Moabit! Die sind hier stylemäßig schon eher hinterher. Und dann haben die einen Laden mit Oliver-Peoples-Brillen! Wollen Sie mal? Aber vorsichtig. Die war zwar runtergesetzt, hat aber trotzdem noch 280 Euronen gekostet.»

Ungläubig starrt Holger das Drahtgestell mit den gelben Glasscheiben an. Das Ding sieht aus wie aus dem Kaugummiautomaten. Oliver Peoples am Arsch. Und wieso hat sein fucking Fahrer 280 Euro für eine Sonnenbrille, wenn er selbst die letzte Rate für sein Sofa noch nicht einmal bezahlt hat?

«Nein danke», sagt Holger.

«Sie?» Niclas hält Jensen die Brille hin und hört einfach nicht auf zu grinsen.

Jensen schüttelt den Kopf.

Was macht man mit so einem? Holger hat schon eine ganze Reihe Fahrer verschlissen. Wenn er jetzt einen neuen anfordert, bedeutet das nicht nur Anträge ausfüllen und Begründungen schreiben, sondern zieht unter Garantie eine Diskussion mit Frau Niermeyer nach sich. Dann darf er sich wieder anhören, wie unerlässlich der Kooperationswille für ein positives Miteinander in der Abteilung ist etc. pp. Das ist ihr neues Lieblingswort: positiv. Seit sie neulich ihren zahlreichen Fortbildungsseminaren für Führungskräfte einen weiteren Workshop hinzugefügt hat, bringt sie es in jedem zweiten Satz unter. Von jedem dieser Seminare bringt sie ein neues Wort mit. Nach dem vorigen musste wochenlang alles «zielführend» sein. Vor allem das Miteinander in der Abteilung. Zielführend. Positiv. Puh.

Holger macht also das, was er die letzten zwei Dutzend Male gemacht hat, als er dachte, das mit Niclas wird nichts mehr: Er vertagt die Entscheidung aufs nächste Mal.

«Jensen», beschließt er, «Sie lassen sich von Niclas zurück ins LKA fahren und bringen Frau Bökh auf den aktuellen Stand. Ich hab noch etwas zu erledigen.»

Gestern hat Holger die randlose Brille des Kollegen von Abschnitt 32 einfach nur zur Kenntnis genommen. Heute fällt sie ihm auf. Randloses Kassengestell. Eine, wie sie Holgers Vater schon getragen hat – in den Achtzigern. Wenn Niclas das sehen müsste, würde er schreiend davonrennen. Den Kollegen von Abschnitt 32 hingegen scheint es nicht zu stören, der ist mit seiner Brille praktisch verwachsen. Stellt sich die Frage: Wer von den beiden ist besser dran?

«Wie geht's meiner Mutter?», fragt Holger.

Der Kollege blickt über den Rand seiner randlosen Brille. «Das fragen Sie sie am besten selbst. Mit mir redet sie nicht mehr. Scheint zu globen, ick wär 'n Spion von Putin.»

«Kann ich zu ihr?»

«Wollense?»

«Na ja, sie ist meine Mutter.»

«Sucht man sich nicht aus ...»

«Die Kollegen scheinen dich zu mögen», sagt Holger beim Hereinkommen.

Anita hat ein Zellenupgrade bekommen. Sie ist nicht länger im Hotel Suff untergebracht, wie Ausnüchterungszellen gerne genannt werden, sondern in etwas, das man beinahe als Zimmer bezeichnen kann. Jedenfalls gibt es ein Bett, ein Waschbecken, einen Tisch mit Stuhl und statt der im Boden eingelassenen Edelstahlwanne eine richtige Toilette. Alles bombensicher verschraubt, versteht sich. Anita sitzt auf der Bettkante und hat die Arme vor den Brüsten verschränkt, die aber nach wie vor nackt sind. Ganz offensichtlich hat sie eine schlaflose Nacht hinter sich.

«Hallo, Mutter.»

«Ich hoffe, du bist gekommen, um mich hier rauszuholen!»

«Gut, dass du darauf zu sprechen kommst. Ich hab dir etwas mitgebracht.»

Holger zieht das knisternde Zellophan-Päckchen aus der Tasche, das er auf dem Herweg bei einem Straßenhändler am Alex erworben hat, und wirft es Anita zu. Die Entscheidung war nicht einfach. Der Typ hatte sicher zwanzig unterschiedliche T-Shirts an seinem Stand, mit ziemlich originellen Aufdrucken: «Halt's Maul und hol Bier» zum Beispiel oder auch «Seh ich aus wie 'ne Bratwurst, oder warum gibst du deinen Senf dazu?» Kurz gezögert hat Holger bei: «Vorsicht! Teenager in der Pubertät. Unzurechnungsfähig, kann alles, weiß alles, leicht reizbar.» Dann aber sah er dieses hübsche Exemplar, fühlte sich unwillkürlich an das T-Shirt von Frau Bökh erinnert und griff zu.

Anita zupft die Lasche der Verpackung auf, zieht das T-Shirt heraus und liest: «Die Würde des Mannes ist untenrum tastbar?»

«Ich dachte, da du es neuerdings so mit den Grundrechten hast ...»

«Ist das deine Vorstellung von ‹witzig›, Puffelchen?»

«Du musst es gar nicht witzig finden, Mutter. Zieh es einfach über, und ich schaue, dass ich dich hier rausbekomme.»

«Du verstehst es nicht, oder!?» Anita wirft das T-Shirt aufs Bett, steht auf und stemmt die Hände in die Hüften. Holger versucht, nicht hinzusehen. «Ich bin ein Opfer der Willkürherrschaft des Großkapitals!»

«Interessant», erwidert Holger. «Was hat das Großkapital dir denn Böses getan?»

«Da verlieren gerade tausend Menschen ihren Job, Puffelchen, tausend! Und alles nur, weil ein paar Alpha-Männchen ihren Hals nicht voll kriegen können.»

Atmen, Holger, atmen. «Meine Frage war, was *dir* das Großkapital Böses getan hat.»

«Puffelchen! Wie kannst du dich derart naiv stellen? Jean-Pierre ist von dieser Insolvenz persönlich betroffen, und alles, was Jean-Pierre persönlich betrifft, betrifft selbstredend auch mich persönlich.»

Selbstredend. «Nur damit ich das richtig verstehe», fasst Holger zusammen. «Du siehst dich als Opfer des Großkapitals und protestierst dagegen, indem du deine Brüste entblößt.»

Damit hat er Anita so weit, dass sie ihren Rücken durchdrückt und wie Jeanne d'Arc auszusehen versucht. Er hasst es, wenn sie das macht. «Ein Kampf *gegen* Unterdrückung und *für* Selbstbestimmung!», deklamiert Anita mit erhobenem Kinn.

«Und was haben deine Brüste damit zu tun?»

Sie geht auf ihren Sohn zu, drängt nach vorne. «Ganz einfach, Puffelchen: Wenn du dir in Zeiten wie diesen noch Gehör verschaffen willst, dann musst du schon schreien. Meine Brüste sind ein Aufschrei!»

Holger weicht zurück. «Und von wem, glaubst du, werden deine Brüste gehört – hier drin?»

«Wenn ich meinen Kampf jetzt aufgebe, dann kapituliere ich vor dem, was die Zersetzung des sozialen Zusammenhalts in unserer Gesellschaft zum Ziel hat. Das kann ich Jean-Pierre unmöglich antun. Und deshalb führe ich diesen Kampf weiter, bis mir mein Recht auf freie Meinungsäußerung zugestanden wird, und wenn es bis zum Jüngsten Gericht ist.»

Wie unbehaglich er sich auch fühlen mag: So, wie Anita jetzt vor ihm steht, mit zerzausten Haaren, Schmollmund und bockig wie ein Kind, erweckt sie doch Mitleid bei Holger. Er wünschte, es wäre nicht so, aber Familie kannst du nicht steuern, das sitzt tiefer. Vor seinen Augen wächst Anita zur tragischen Heldin heran. So gerne würde sie als Märtyrerin verehrt werden, stattdessen interessiert da draußen kein Schwein, was sie hier drin veranstaltet. Und Jean-Pierre, mal ehrlich, der geht doch nur den Weg des geringsten Widerstands.

«Was ist eigentlich mit deinem Jean-Pierre?», fragt Holger. «War der in der Zwischenzeit mal hier?»

«Was glaubst *du* denn? Jean-Pierre unterstützt mich, wo er nur kann. Und ich unterstütze ihn. Wir sind Seelenverwandte – auch wenn man offenbar nichts unversucht lässt, uns voneinander zu trennen.»

«Dann hat er dir sicher auch erzählt, dass er sich – solange du dich hier gegen die Willkür des Großkapitals stemmst – ein Zimmer im Mercure genommen hat, Frühstücksbuffet inklusive?»

«Allerdings. Ihr solltet euch wirklich schämen – den Ärmsten dazu zu zwingen, sein letztes Geld für ein Hotel auszugeben ...»

Holger ist zu perplex für eine Erwiderung. In Anitas Augen flackert Kampfeslust. Er würde ja den Rückwärtsgang einlegen, aber er hat bereits die Zellentür im Rücken.

«Jean-Pierre fühlt sich bei euch unerwünscht!», braust sie auf. «Ihr gebt ihm das Gefühl, nicht wirklich angenommen zu werden – ausnahmslos. Und das, wo er im Moment derart labil ist. Er hatte Tränen in den Augen, als er mir davon berichtet hat. Also hat er keine andere Möglichkeit mehr gesehen, als sein letztes Geld zusammenzukratzen und vorübergehend ins Hotel zu ziehen. Ich bin wirklich schwer enttäuscht von dir, Puffelchen.»

Mütter. Nehmen dein Mitgefühl, drechseln einen Vorwurf daraus und spießen dich damit auf. Nein, das ist ungerecht. Nicht alle Mütter sind so. Anita schon. Holger kapituliert. Soll sie sich hier drin eine Lungenentzündung holen, wenn sie so scharf darauf ist.

«Hör zu, Mutter: Ich kann dich hier erst rausholen, wenn du Bereitschaft signalisierst, deine Brüste zu bedecken. In der Zwischenzeit habe ich einen Mordfall aufzuklären. Und was Jean-Pierre betrifft ...» Er klopft von innen gegen die Zellentür, die kurz darauf entriegelt wird. «Ach, mach doch, was du willst.»

Zwei Cappuccini und eine Pizza Diavolo aus dem Café Journale hat Charlie gebraucht, um sich mit dem Infotainment-System des Mercedes vertraut zu machen, inzwischen aber hat er es voll im Griff. Er hat einen Sender gefunden, der Red Hot Chili Peppers spielt, hat die Lautstärke aufgedreht und den Bass Boost an seine Grenzen gebracht, weshalb jetzt im Fußraum die Musik tatsächlich angenehm an seiner Hose zupft. Währenddessen blättert er in dem Ausstellungskatalog der Galerie, vor der er den Wagen abgestellt hat.

Als Personenschützer Personenschützer Charlie hätte er Kim eigentlich hineinbegleiten sollen, aber das Pre-Happening – ein exklusiver Lunch-Talk in den Räumen der Galerie, bevor am Abend die Ausstellung offiziell eröffnet wird – ist ausschließlich Mitgliedern des ALC vorbehalten. Also wartet Charlie im Wagen und sieht sich die in der Galerie ausgestellten Bilder im hauseigenen Oversize-Magazin an, dessen Papier so veredelt ist, dass sich die Sonne darin spiegelt.

Bevor die Red Hot Chili Peppers von Liam Gallagher abgelöst werden, entsteht eine Pause von etwa drei Sekunden, die Charlies Telefon dazu nutzt, vehement zu klingeln.

Holger.

Hm.

Charlie überlegt, den Anruf nicht anzunehmen. Wenn Holger ihn anruft, hat das selten etwas Gutes zu bedeuten. Die Statistik allein wäre also Grund genug, Holger ins Leere laufen zu lassen. Andererseits hat er seinem Bruder gestern bereits zweimal die Tür von Hundts Villa vor der Nase zugeschlagen, und irgendwann ist dieser Job hier vorbei, und dann wird sich die Frage stellen, wo Charlie unterkommen soll. Zu viel zerschlagenes Porzellan ist da nicht hilfreich.

«Holger!», brüllt er gegen die Stimme des wie immer schlecht gelaunten Liam Gallagher an. «Was gibt's?»

Holger erwidert etwas, aber Charlie meint nur, das Wort «absticht» herauszuhören.

«Warte!» Er fährt die Lautstärke herunter. «Was hast du gesagt?»

«Ob du das mit Absicht machst – das Telefon zwanzigmal klingeln lassen.»

«Ach so – Absicht. Ich dachte schon. Nein, ich hatte nur die Musik an. Was gibt's?»

«Wo steckst du?»

«In der Luisenstraße.»

«Und was machst du da?»

«Sitze im Wagen und sehe mir Frauen an – in Hochglanz. Eine Freundin von Kim hat heute Abend ihre Ausstellungseröffnung, und im Moment machen die in der Galerie so eine Art Pre-Sale-Lunch-Happening.»

«Und du sitzt draußen im Wagen und wartest ...»

«Dieses Pre-Ding wird vom ALC veranstaltet ...» Charlie wartet, bis klar ist, dass sein Bruder keine Ahnung hat, was der ALC ist. Wusste Charlie bis vor einer Stunde auch noch nicht, sagt er aber nicht. «Der Art Lovers Club», erklärt er. «Molto esklusivo. Und nur für Frauen. Kunstliebhaberinnen, Influencerinnen, Künstlerinnen, Prominentinnen ... Da wird genetworkt, bis die Ärztin kommt. Männer haben da nichts zu suchen. Vorhin sind zwei Frauen reingegangen, die hatten beide Hunde in den Handtaschen. Die Köter durften mit rein. Waren wahrscheinlich Weibchen. Die ausgestellten Bilder zeigen übrigens auch nur Frauen.» Er blättert im Katalog. «Also nehme ich mal an – dass es Frauen sein sollen. Manche sind ganz schön abstrakt.»

«Das ist ein Club nur für Frauen, der Frauen einlädt, sich die Bilder einer Frau anzusehen, auf denen Frauen zu sehen sind», bringt es Holger auf den Punkt.

«Geil, oder? Und jetzt kommt das Geilste: Die Künstlerin

heißt Vir Us. Von Virus.» Charlie dreht den Ausstellungskatalog in den Händen, während er das sagt, weil er nicht sicher ist, wo bei dem aufgeschlagenen Bild oben und wo unten ist. «Ich hab bestimmt eine Viertelstunde gebraucht, um es zu kapieren. Aber sag mal ... Was willst du eigentlich?»

13

«Also», fasst Charlie zusammen, «der Typ aus dem Grunewald hat sich nicht selbst umgebracht, sondern ist umgebracht worden.»

Sie sitzen gemeinsam in Hundts Mercedes, jeder mit einem To-go-Becher in der Hand. Charlie ist zum Café Journal vorgefahren und hat Holger zusteigen lassen. Besser, Kim sieht die beiden nicht zusammen. Hinter ihnen an der Kreuzung steht ein Typ, der vor den wartenden Autos mit brennenden Keulen jongliert, während sein Kumpel die Autos abläuft und mit einem Pappbecher gegen Seitenfenster klopft. Die Ampel springt um auf Grün, der Jongleur fängt eine der Fackeln mit den Zähnen auf, verbeugt sich, lässt die Wagen passieren, und dann geht alles wieder von vorne los. Frühling in Berlin.

«Am selben Abend», führt Charlie seine Überlegungen fort, «verübt der Bruder des Opfers mit dessen Gewehr einen Anschlag auf Hundt, bei dem *ich* verletzt werde. Und jetzt willst du, dass ich Hundt unauffällig auf den Zahn fühle.»

«So, wie du es sagst, klingt es, als wäre das Neuland für dich.»

«Das ist Bespitzelung», gibt Charlie zu bedenken. Als hätte er moralische Bedenken.

«Vergiss es, Charlie. Du bekommst kein Geld von mir.»

Gut, denkt Charlie. Dann schuldest du mir einen Gefallen. Und damit Holger das auch nicht so schnell vergisst, windet er sich noch ein bisschen. «Immerhin ist er mein Arbeitgeber.»

«So nah wie du im Moment komme ich an den nicht ran.»

«Du verlangst da ganz schön viel von mir ...»

«Übertreib es nicht mit deinem Gewissen, Charlie. Sonst wird es unglaubwürdig.»

«Okay, aber was erhoffst du dir davon? Ich meine – in welche Richtung soll ich fühlen?»

«Weiß ich nicht, aber das Mordopfer war Mitarbeiter bei Air Brandenburg, und ich habe den Verdacht, das hängt irgendwie zusammen. Deshalb weiß die Presse auch noch nicht, dass Maik Schuster sich *nicht* selbst umgebracht hat. Und Hundt will ich mit der Information auch nicht konfrontieren. Der soll weiter glauben, dass wir von Suizid ausgehen. Er hat ihn als Mitarbeiter erkannt, als ich ihm ein Foto vorgelegt habe, aber mehr kam da nicht ...»

Charlie schlürft nachdenklich an seinem Cappuccino. «Hast du das Foto dabei, das du Hundt vorgelegt hast?»

Holger zieht es aus seiner Jacke und reicht es ihm.

Charlie genügen zwei Sekunden, dann gibt er es zurück. «Klar hat Hundt den erkannt. Der hat ihn in der Tiefgarage abgepasst – vor der PK vorgestern. War ganz schön aufgebracht. Ich dachte erst, ich müsste dazwischengehen.»

«Davon hat Hundt nichts gesagt. Nur, dass er dringend mit ihm reden wollte.»

Charlie kippt den Rest des Kaffees hinunter. «Wir wollen nur, was uns zusteht ...», erinnert er sich.

«Geht's konkreter?», fragt Holger.

Charlie wendet sich seinem Bruder zu. «Das hat dieser Maik zu ihm gesagt – in der Tiefgarage. Wir wollen nur, was uns zusteht ...»

«Also geht es um Geld.»

«Ich frage mich ja, wer ‹wir› ist.»

«Die Belegschaft?»

«Nein. Das war was Persönliches.»

«Er und sein Bruder?»

«Ist der auch bei Air Brandenburg angestellt?»

Holger schüttelt den Kopf.

«Weshalb sollte Hundt ihm dann was schulden?»

Holger trinkt seinerseits den Becher leer. «Jetzt weißt du wenigstens, in welche Richtung du fühlen musst.»

Eigentlich könnte es das gewesen sein, aber Holger bleibt noch einen Moment sitzen, und Charlie ertappt sich dabei, dass ihm das angenehm ist. Nach anderthalb Jahren im Gartenhaus fühlt es sich ein bisschen an, als wäre er von zu Hause ausgezogen.

«Wie geht's dem Arm?», fragt Holger.

Charlie befühlt das Pflaster, spürt die Knubbel der verknoteten Fäden darunter, denkt an Doktor Verena Metzger. «Geht. Nächste Woche kommen die Fäden raus.» Immer noch steigt Holger nicht aus dem Wagen. Also fragt Charlie ihn: «Wie läuft es eigentlich zu Hause?»

Holger wirft einen letzten Blick auf Maiks Foto, bevor er es wieder einsteckt. «Ungewohnt ruhig. Mutter sitzt seit gestern in einer Zelle auf Abschnitt 32 fest, weil sie oben ohne vor dem Roten Rathaus demonstriert hat, Jean-Pierre hat sich ein Hotelzimmer genommen, und Lucas ist zu einem Kumpel gezogen und hat angekündigt, einen Rückzug erst dann zu erwägen, wenn Anita das Land verlassen hat.»

«Muss euch ja richtig einsam vorkommen.»

«Idyllisch!», stellt Holger richtig. «Sandra und ich genießen jede Minute. Nicht einmal mein nerviger kleiner Bruder ist mehr da.»

«Freut mich zu hören. Was macht das Gartenhaus?»

«Lustig, dass du danach fragst. Vorgestern wollte ich dir vor dem Ins-Bett-Gehen noch einen kurzen Besuch abstatten. Hatte ganz vergessen, dass du schon dein Zeug geholt und zu Hundt gezogen warst. Ich stand mitten auf dem Rasen, als ich ein Stöhnen aus dem Haus gehört habe ...»

«Anita und ihr Flugbegleiter.»

Holger grinst nur.

«Auf *meiner* Matratze!», klagt Charlie.

«Weggegangen, Platz vergangen.»

Charlie dreht angewidert den Becher in seiner Hand. «Weshalb wolltest du denn überhaupt zu mir?»

«Ich weiß nicht – einfach so.»

«Du hast mich vermisst.»

«Nicht im Traum, Charlie. Ich dachte nur, wir ...»

«... wir könnten zum Abschluss des Tages noch ein Glas Wein auf den Stufen trinken?»

«Was nicht heißt, dass mir deine Anwesenheit fehlen würde.»

Charlie denkt an den Abend, als er seine Tasche gepackt hat. Wie Holger auf den Stufen saß und zum Abschied «Ach nichts ...» sagte.

«Du hättest gerne, dass ich zurückkomme.»

«Klar. Und Fußpilz hätte ich auch gerne. Und ein fieses Ekzem unter den Achseln.»

«Die Art, wie du es von dir weist, beweist, dass ich recht habe.»

«Bist *du* jetzt der Psychologe von uns beiden?»

«Du vermisst mich.»

«Pah.»

«Insgeheim wünschst du dir, dass ich zurückkomme.»

«Du leidest an völliger Selbstüberschätzung, Brüderchen.»

«Da! Du hast dich verraten.»

«Ach ja?»

«Ja – indem du ‹Brüderchen› gesagt hast.»

«Also schön, Charlie, um dieser Diskussion ein Ende zu setzen: Ich wünschte, du würdest zurückkommen.»

«Ich wusste es!»

«Um dann für immer auszuziehen.»

«Du hast es gesagt. Nur das zählt.»

Holger hätte es wissen müssen: Melanie Bökhs Mini sirrt durch die brandenburgische Landschaft wie ein wild gewordenes Insekt. Wieder liegt sie im Wettstreit mit dem Navi vorne. Eine Minute dreißig. Und alles nur, weil sie Jenny davon unterrichten wollen, dass Maik keinen Selbstmord begangen hat, sondern Opfer eines Gewaltverbrechens geworden ist.

In einer Linkskurve, die enger ist, als es aus der Entfernung den Anschein hat, trägt die Fliehkraft den Wagen so weit an den Fahrbahnrand, dass der Außenspiegel am Leitpfosten kratzt. Holger zieht instinktiv den Kopf ein.

«Mensch, Frau Bökh, man sollte Ihnen wirklich langsam dieses Navi wegnehmen.»

Die Bökh ist bester Stimmung. «Nicht schlecht, was?»

Während die Landschaft an ihm vorbeizieht, fragt er sich, welche Marotten er in seinen 25 Dienstjahren entwickelt hat. Praktisch alle Kollegen kennen das: Aus einer komischen Angewohnheit wird mit den Jahren ein Tick. Jensens Pingeligkeit und Bökhs Discolautstärke sind solche komischen Angewohnheiten. Aber das ist kein Grund zur Sorge. Holger kennt einen Kollegen, der immer einen Silberlöffel dabeihat und seinen Kaffee prinzipiell nur damit und immer gegen den Uhrzeigersinn umrührt. Der Kollege hat ihm mal gesagt: «Der Löffel gehörte meiner Großmutter, beide haben den Krieg überlebt. Er gibt mir das Gefühl, dass ich meinen nächsten Fall überlebe.» Das ist vielleicht so was wie eine Geisterbeschwörung, denkt Holger. Du versuchst etwas zwischen dich und das Grauen zu setzen, das dir täglich begegnet. Bei Holger ist es Essen. Wenn ihm alles zu viel wird, dann schiebt er ein Stück Käsekuchen, ein halbes Mettbrötchen oder auch schon mal ein komplettes Vier-Gänge-Menü zwischen sich und den Wahnsinn der Welt.

Ohrenbetäubendes Reifenquietschen holt ihn ins Hier und Jetzt zurück. Frau Bökhs Mini ist an einer roten Ampel zum Stehen gekommen, Vorteil Navi.

«Haben Sie eigentlich das Gefühl, dass wir die Welt mit unserer Arbeit besser machen?», fragt Frau Bökh. «Oder rackern wir uns völlig sinnlos ab, weil es für jeden Gauner, den wir einbuchten, sofort mindestens einen Ersatzspieler gibt?»

Holger schaut erstaunt zu Seite. «Fragen Sie sich das schon länger?»

«Nö. Der Gedanke ist mir eben erst gekommen. Als wir so durch die Landschaft gerollt sind, da dachte ich, dass es hier ganz schön friedlich ist, im Vergleich zu Berlin.»

Alle Achtung, denkt Holger. Die Bökh kann nicht nur mit affenartiger Geschwindigkeit durch eine brandenburgische Idylle brettern, sie hat sogar noch Zeit, sich dabei philosophische Gedanken zu machen.

«Ich glaube nicht, dass es uns je gelingen wird, das Verbrechen auszurotten. Aber wollen Sie deshalb gleich Ihren Job an den Nagel hängen?»

Bökh überlegt, die Ampel springt auf Grün, rasant beschleunigt der Wagen. «Wenn ich wüsste, dass der Kampf aussichtslos ist, würde ich es mir vielleicht überlegen.»

«Schwer zu sagen. Ob ein Kampf aussichtslos ist oder nicht, das weiß man ja immer erst hinterher», erwidert Holger und wundert sich darüber, einen so schlagenden und klaren Gedanken fassen zu können, obwohl er sich eigentlich darauf konzentrieren muss, dass ihm von Frau Bökhs Fahrstil nicht übel wird.

«Guter Punkt», sagt sie, während ihre Kreolen vor- und zurückschwingen, als würden sie heftig nicken.

Das Ortseinfahrtsschild von Königs Wusterhausen lässt Frau Bökh abrupt in die Eisen gehen. Holger atmet durch.

Wenig später biegen sie in den Mittelweg ein, und Frau Bökh lenkt ihren Rennwagen vor das Häuschen der Familie Bitterling.

Jenny begrüßt die Beamten mit den Worten: «Wir müssen leise sein. Rocco junior ist gerade eingeschlafen.»

Holger ertappt sich bei dem Gedanken, dass dann die Bökh wohl besser gar nicht erst den Mund aufmacht.

Jenny hat Kaffee gekocht. Er ist so stark, dass Holger es bei einem Anstandsschlückchen belässt. Erst ein Autorennen durch Brandenburg, dann ein achtstöckiger Espresso, das ist nicht gut für seine alte Pumpe.

«Danke, dass Sie sich Zeit für uns nehmen», sagt Holger.

Jenny erwidert: «Je länger ich darüber nachdenke, desto weniger kann ich verstehen, dass Manu dieses Attentat verübt haben soll. Ich meine, er könnte keiner Fliege was zuleide tun.»

Aha, kommen wir also gleich zur Sache, denkt Holger. Auch gut. «Ich glaube, wir haben es nicht mit einen Attentat zu tun. Manuel Schuster war wütend und verwirrt, vermutlich obendrein angetrunken, deshalb wollte er Dr. Hundt einen Denkzettel verpassen. Ich bezweifle jedoch stark, dass Herr Schuster den Air-Brandenburg-Chef ernsthaft verletzen oder gar umbringen wollte.»

«Dann kommt Manu also nicht ins Gefängnis?» Jenny blickt erwartungsvoll zwischen Holger und Frau Bökh hin und her.

«Das haben nicht wir zu entscheiden», erklärt Frau Bökh mit gedämpfter Stimme. «Sondern der Richter.»

«Aber es besteht die Chance, dass er mit einem blauen Auge davonkommt», fügt Holger hinzu.

«Das würde mich sehr freuen», sagt Jenny. «Manu ist schon genug damit bestraft, dass sein Bruder sich umgebracht hat.»

«Das ist der Grund, weshalb wir hier sind: Es gibt neue Erkenntnisse im Fall Maik Schuster», hakt Holger ein. «Es war kein Selbstmord, sondern Mord.»

Es dauert eine Weile, bis Jenny die Tragweite dieser Information begriffen hat.

«Sind Sie sicher?», fragt sie dann. «Ich meine, wer sollte Maik so was antun?»

«Wir haben gehofft, dass Sie uns bei der Beantwortung dieser Frage helfen können», sagt Frau Bökh.

«Würde ich liebend gern, aber ich fürchte, ich kann Ihnen da auch nichts zu sagen.»

«Hat Maik Ihnen erzählt, dass er sich am Tag seines Todes mit Dr. Hundt treffen wollte?», fragt Holger.

Jenny überlegt – für Holgers Geschmack ein wenig zu lange –, dann antwortet sie: «Nein. Er hat mir zwar erzählt, dass er zur Zentrale wollte. Aber ich dachte, um sich der Demonstration anzuschließen. Wieso hat er sich überhaupt mit Dr. Hundt getroffen? Und wie hat Maik es geschafft, einen Termin zu kriegen? Ich meine, Dr. Hundt ist gerade ein ziemlich vielbeschäftigter Mann.»

«Womöglich ging es um Geld. Vielleicht hat Hundt Maik Geld geschuldet.»

Jenny macht große Augen. «Was denn für Geld? Ich meine: Wieso hat Hundt Schulden? Der ist doch Millionär. Und dann noch bei Maik.»

«Wir wissen es nicht», mischt Frau Bökh sich ein. «Haben Sie vielleicht eine Vermutung?»

«Nein, natürlich nicht. Sonst hätte ich Ihnen bestimmt schon davon erzählt.»

«Es wäre denkbar, dass Dr. Hundt von Maik erpresst wurde», sagt Holger.

«Niemals», erwidert Jenny. Diesmal hat sie für Holgers Geschmack etwas zu schnell reagiert. «So was hätte Maik nie gemacht. Er war eine durch und durch ehrliche Haut, das können Sie mir glauben.»

Frau Bökh will etwas erwidern, aber Holger kommt ihr zuvor: «Beruhigen Sie sich, Frau Bitterling. Selbstverständlich glauben wir Ihnen. Trotzdem müssen wir in alle Richtungen ermitteln, damit der Mörder von Maik Schuster nicht ungeschoren davonkommt. Das verstehen Sie doch, oder?»

Jenny nickt nachdenklich. «Klar. Natürlich verstehe ich das.»

Anita sitzt auf dem Bett, hat die Hände in den Schoß gelegt und wartet darauf, von ihrem Sohn abgeholt zu werden. Das T-Shirt, das Holger ihr bei seinem letzten Besuch mitgebracht hat, bedeckt ihren Oberkörper. Allerdings hat sie es auf links gezogen, damit man den Aufdruck nicht lesen kann.

«Es freut mich, dass du doch noch zur Vernunft gekommen bist», sagt Holger, als er die Zelle betritt.

«Reiner Pragmatismus», erwidert Anita. «Du musst mich hier rausholen, damit wir zusammen Jean-Pierre befreien können.»

«Dann ist das also der Grund, weshalb du unbedingt von mir persönlich abgeholt werden wolltest?»

«Nein. Ich war mir sicher, du würdest es dir nicht nehmen lassen, deine liebe Mutter persönlich aus dem Gefängnis zu holen.»

«Eigentlich schon, allerdings wäre es diesmal wesentlich einfacher gewesen, dir einen Streifenwagen vorbeizuschicken, der dich nach Hause bringt. Ich stelle mich zwar immer gern mal zwei oder drei Stündchen in den Berliner Berufsverkehr, aber gerade heute hätte ich die Zeit gut gebrauchen können, um einen Mord aufzuklären.»

«Du hast 934 Morde aufzuklären», erwidert Anita. «So vielen Angestellten von Air Brandenburg hat das Großkapital die Lebensgrundlage entzogen. Auch das ist Mord. Mord auf Raten.»

Holger seufzt. «Was ist deinem Jean-Pierre denn diesmal passiert? Hat man ihn beim Wildpinkeln erwischt?»

«Mein Schatz wird im Mercure gefangen gehalten», antwortet Anita, «weil er die Rechnung nicht bezahlen kann. Stell dir das mal vor! Die rücken einfach seine persönlichen Sachen nicht mehr raus. Wenn du mich fragst, ist das Freiheitsberaubung!»

«Haben sie ihn eingesperrt, oder was?»

«Nein, er kann gehen, wohin er will. Aber außer einem Bademantel vom Hotel hat er gerade nichts anzuziehen, weil sein Koffer im Gepäckraum verwahrt wird.»

«Dann haben sie sein Zeug als Pfand genommen. Das ist vielleicht nicht nett und womöglich auch nicht ganz legal, aber Freiheitsberaubung würde ich das sicher nicht nennen.»

«Jedenfalls bekommt mein armer Schatz seine Sachen erst zurück, wenn die Rechnung beglichen ist.»

«Und das willst du jetzt übernehmen?» Holger weiß, dass es nur eine rhetorische Frage ist, aber er möchte sie zumindest mal gestellt haben.

«Aber nein!», antwortet Anita lachend. «Sehe ich etwa aus, als hätte ich zweitausend Euro auf der hohen Kante?»

«Zweihundert», korrigiert Holger mechanisch.

«Ja. So viel kostet das Zimmer», erwidert Anita. «Leider haben sich da noch ein paar unvorhergesehene Nebenkosten ergeben.»

«Aber das Frühstück ist doch inklusive», sagt Holger ratlos. Es ist keine qualifizierte Bemerkung, sondern ein Ausdruck seiner Hilflosigkeit. Selbstverständlich müssen die Gäste im Mercure nicht das Zehnfache des Zimmerpreises für ein Brötchen mit Marmelade hinblättern.

«Es ist letzte Nacht in der Hotelbar zu einem Streit gekommen», erklärt Anita. «Im Mercure war wohl auch eine Crew von einer osteuropäischen Airline abgestiegen, und diese Kollegen haben sich über meinen Jean-Pierre so lange lustig gemacht, bis dem der Kragen geplatzt ist.»

«Er hat sich geprügelt?»

«Aber nein! So etwas würde Jean-Pierre doch niemals tun. Er ist ein sanfter Riese. Wenn du wüsstest, wie sanft er ist, wenn wir Liebe machen, dann ...»

«Zum Glück muss ich das nicht wissen», unterbricht Holger. «Sag mir lieber, was im Hotel passiert ist.»

«Wie schon gesagt, sein Temperament ist mit Jean-Pierre durchgegangen. Er hat einen Barhocker durch die Gegend geschleudert, und der ist dann hinter dem Tresen in den Flaschen gelandet. Als das Hotelpersonal alles zusammengekehrt hatte, belief sich die Gesamtrechnung auf rund zweitausend Euro, Übernachtung und Frühstück inklusive.»

Holger atmet tief durch, um sich zu sammeln. «Tut mir leid, Mutter. Aber dann wird dein Jean-Pierre diesen Schaden wohl abarbeiten müssen. Ich habe nämlich ebenfalls keine zweitausend Euro flüssig, um deinen hitzköpfigen Geliebten rauszuhauen.»

«Abarbeiten?» Anita ist empört. «Wie soll er das Geld denn abarbeiten? Du weißt doch ganz genau, dass Jean-Pierre seinen Job verloren hat. Hätte es die Pleite von Air Brandenburg nicht gegeben, dann wäre diese Sache in der Hotelbar doch gar nicht passiert! Am Ende ist nicht Jean-Pierre schuld, sondern das Großkapital.»

«Dann soll eben das Großkapital Jean-Pierres Rechnung begleichen», erwidert Holger. «Ich werde es jedenfalls nicht tun. Vielleicht kann dein Geliebter im Mercure kellnern. Das hat er doch gelernt.»

Anita wirft ihrem Sohn einen vernichtenden Blick zu.

«Jean-Pierre ist Steward und kein Kellner. Das ist ein großer Unterschied.»

«Wie dem auch sei», sagt Holger und steht auf. «Ich bringe dich jetzt nach Hause. Um Jean-Pierres Befreiung musst du dich leider selbst kümmern.»

Mit einer fließenden Bewegung entledigt sich Anita ihres T-Shirts. Der Slogan auf ihren entblößten Brüsten ist verwischt. Einst stand da: Vertrag ist Vertrag. Jetzt liest Holger: trag ist. Könnte auch heißen: tragisch.

«Wenn Jean-Pierre ein Gefangener ist, dann werde auch ich eine Gefangene bleiben», verkündet Anita und reckt kämpferisch den Oberkörper.

«Ganz wie du willst», sagt Holger. «Allerdings dürfte dein Jean-Pierre das bessere Los gezogen haben. Wenn ich die Wahl zwischen Hausarrest im Mercure und dieser Zelle hätte, dann würde ich das Mercure wählen. Aber das musst du natürlich selbst wissen.»

Holger klopft gegen die Zellentür, um dem Beamten zu signalisieren, dass er gehen möchte.

«Ich komme mit», sagt Anita kurz entschlossen und lässt das T-Shirt wieder über ihre Brüste gleiten. «Ich kann mehr für Jean-Pierre tun, wenn ich draußen bin.»

Holger nickt. «Halleluja.»

Er fragt sich, ob er seiner Mutter gerade zum zweiten Mal binnen 24 Stunden erfolgreich widersprochen hat. Das wäre dann ein neuer Rekord. Weltrekord, sozusagen.

«Kann ich Sie kurz sprechen?»

Frau Niermeyer lugt hinter ihrem iMac hervor. «Geht es um Maik Schuster?»

Holger nickt, die Niermeyer lässt sich nach hinten in ihren

Sessel fallen und winkt ihn mit einer lässigen Geste herein. Holger fragt sich, ob sie so was aus amerikanischen Serien abkupfert. Bestimmt sagt sie gleich: Schießen Sie los.

«Ich hoffe, die Obduktion hat nichts ergeben, und Sie möchten mir mittteilen, dass wir die Akte Maik Schuster endgültig schließen können.»

«Im Gegenteil», erwidert Holger. «Es war Mord. Ich möchte Sie nur bitten, die Presse erst morgen im Laufe des Tages davon zu unterrichten. Es gibt da noch laufende Ermittlungen, die ich gern abwarten würde.»

Frau Niermeyer beugt sich interessiert vor. «Wir haben einen Verdächtigen?»

«Offiziell nicht.»

«Und inoffiziell?»

«Wir glauben, Maik Schuster könnte den Vorstandsvorsitzenden der Air Brandenburg erpresst haben. Damit hätte Dr. Hundt ein Motiv gehabt, Schuster aus dem Weg räumen zu lassen.»

«Sie glauben, es war ein Auftragsmord?»

«Wie gesagt, wir ermitteln.»

«Dann ermitteln Sie vorsichtig. Wie die gesamte Chefetage der Air Brandenburg wird auch Dr. Hundt von *Waters & Black* vertreten. Die schlafenden Hunde, die Sie diesmal wecken, sind die bissigsten der Stadt.»

Holger ist beeindruckt. Wenn es um politische Hintergründe geht, dann ist die Niermeyer erstaunlich auf Zack.

«Waters & Black», wiederholt er. «Amerikaner?»

«Die machen sich nichts aus Nationalitäten», erwidert Frau Niermeyer. «Das sind Söldner in Nadelstreifen. Wer das nötige Kleingeld mitbringt, der wird von Waters & Black mit allen Mitteln des Gesetzes vor seiner gerechten Strafe bewahrt. Hinter vorgehaltener Hand habe ich mal den Slogan gehört: Waters & Black – wir machen jeden Dreck. Und das stimmt.»

«Danke für die Info», sagt Holger. «Dann werde ich mal vorsichtig sein.»

«Seien Sie nicht nur vorsichtig, sondern auch besonders sorgfältig bei den Ermittlungen. Falls sich die Sache so verhält, wie Sie vermuten, dann dürfen wir uns nicht den geringsten, nicht den allergeringsten Fehler erlauben.»

Als würde ich sonst nicht sorgfältig ermitteln, denkt Holger. Und dann denkt er noch: Quotenchefin.

14

Als Charlie das Büro von Dr. Hundt betritt, sitzt der mit dem Rücken zur Tür am Schreibtisch und betrachtet die lebensgroßen Bilder seiner Frau. Charlie will auf sich aufmerksam machen, indem er dezent gegen die offene Tür klopft, lässt den Arm aber wieder sinken. Er fragt sich, was da wohl gerade in seinem Auftraggeber vor sich geht. Ist das so eine Art morgendliche Meditation? Geht Hundt im Geiste die heutige Agenda durch? Klopft er seine Verhandlungstaktik ab? Oder hat sein Auftraggeber gerade einen Anflug von Melancholie? Charlie war sich bislang sicher, dass Hundt keine Sentimentalitäten kennt. Aber im Moment scheint er nicht nur in das Bild seiner Frau versunken, sondern auch in Gedanken an bessere Zeiten. Vielleicht denkt er mit Wehmut an seine Jugend, überlegt Charlie. An verpasste Chancen und geplatzte Träume.

Charlie erinnert sich an ihre erste Begegnung und Hundts Bemerkung über den Gran Torino. «Ist lange her», hatte Hundt gesagt, dann war das Meer in seinen Augen, das man kurz zuvor hatte aufbranden sehen, verschwunden. Aber immerhin, Hundt hatte sich erinnert. An eine andere, eine wildere Zeit, vielleicht sogar an den Mann, der er einmal war.

Charlie spürt ein leichtes Ziehen in der Magengegend. Sein Gewissen. Wenn dieser Hundt kein eiskalter Mörder ist, sondern nur ein eiskalter Geschäftsmann, der zwar beruflich wie privat eine harte Linie fährt, aber immerhin seinen Bodyguard gut behandelt und obendrein fürstlich bezahlt, dann wird Charlie nach seinem Verrat an Hundt längere Zeit nicht in den Spiegel schauen können. Professionell geht definitiv anders.

Eine Stimme reißt ihn aus seinen Gedanken.

«Was kann ich für Sie tun, Charlie?» Hundt dreht sich zu ihm um.

Charlie ist beeindruckt. Hat der Kerl Augen im Hinterkopf? Oder ist dieses Gefühl, jemanden im Rücken zu haben, so eine Art Raubtierinstinkt, den man mit der Zeit entwickelt? «Kann ich Sie kurz sprechen?»

Hundt deutet auf den Platz vor seinem Schreibtisch.

«Dauert nicht lange», sagt Charlie und bleibt im Eingang stehen. «Ich wollte Ihnen nur sagen, dass die Polizei mich wegen dieses Selbstmordes befragt hat. Dieser komische Kommissar ...»

«Ach ja? Finden Sie den komisch?»

«Weiß nicht», antwortet Charlie. «Ja, irgendwie schon.»

«Man sollte einen Menschen nicht nach seinem billigen Anzug beurteilen», erwidert Dr. Hundt und lächelt böse. «Zumindest nicht nur.»

Er wirkt nicht wie jemand, den man gerade aus einer melancholischen Stimmung gerissen hat, denkt Charlie und sagt: «Jedenfalls hat dieser Kommissar mich zu Maik Schuster befragt.»

«Ja. Und?»

«Ich hab ihm von dem Treffen mit Herrn Schuster und Ihnen erzählt. Ich hoffe, das war in Ordnung.»

Dr. Hundt lässt die Arme sinken, rückt bis zur Schreibtischkante vor und stützt dort die Ellbogen ab, ohne Charlie aus den Augen zu lassen. «Warum sollte das denn nicht in Ordnung sein?»

Charlie begreift, dass es naiv war zu glauben, er könnte Hundt mit ein paar lässig platzierten Bemerkungen aus der Reserve locken. Der Mann ist ein mit allen Wassern gewaschener Manager. An den Pokertischen der Berliner Hinterhofkaschemmen mag Charlies Cleverness ausreichen, in dem Spiel, das Hundt spielt, ist er jedoch ein blutiger Anfänger. Charlie tut, was er in solchen Momenten auch beim Pokern tut: Er riskiert einen besonders dreisten Bluff.

«In den Staaten habe ich gelernt, dass man manche Auftraggeber nicht nur vor den bösen Jungs beschützen muss, sondern manchmal auch vor den Guten.»

Hundts eisgraue Augen scheinen Charlie aufspießen zu wollen. Der spürt eine leichte Nervosität, hält dem Blick jedoch stand.

Dann lächelt Hundt schmal. «Danke, Charlie. Aber es ist alles okay. Wenn die Polizei Ihnen Fragen stellt, dann sagen Sie denen einfach die Wahrheit. Wir haben nichts zu verbergen. Rein gar nichts.»

«Gut. Das war's schon, was ich wissen wollte.» Charlie wendet sich ab und bemerkt einen Schatten hinter der Tür.

«Ach, Charlie – eins noch.»

«Ja?»

«Kann trotzdem nicht schaden, wenn Sie mich auf dem Laufenden halten.»

«Mach ich», sagt Charlie und sieht nun Kim um die Ecke biegen.

«Entschuldigung. Störe ich?»

Charlie weiß nicht, wie lange sie hinter der Tür gestanden hat. «Nein. Überhaupt nicht. Wir waren gerade fertig.»

«Außerdem störst du doch nie, meine Liebe», fügt Hundt jovial hinzu. Es klingt, als würde er sich den Satz selbst nicht abnehmen.

Kim überhört die Bemerkung. «Könnten Sie mich bitte zum Juwelier fahren, Charlie? Meine Bulgari ist stehengeblieben.»

Ein S400, in dem nicht gesprochen wird, ist gleich doppelt still. Draußen hört man kaum den Hauch eines Motorengeräusches, drinnen nur das Atmen der Insassen. Im stockenden Verkehr braucht Charlie fast eine halbe Stunde bis zum Olivaer Platz. Erst dann bricht Kim ihr Schweigen.

«Worüber haben Sie eigentlich mit meinem Mann gesprochen?», fragt sie.

Da hat sie jetzt aber wirklich lange für gebraucht, denkt Charlie. «Über Maik Schuster. Einen ehemaligen Mitarbeiter Ihres Mannes, der sich das Leben genommen hat.»

«Der Mann, über den gerade alle Zeitungen berichten», stellt sie fest.

«Genau der», bestätigt Charlie. «Ihr Mann hat sich mit Maik Schuster getroffen, und zwar an dem Tag, als der Selbstmord begangen hat. Die Polizei hat mir ein paar Fragen dazu gestellt. Das wollte ich Ihrem Mann nur kurz erzählen.»

Charlie wirft einen Blick in den Rückspiegel, um zu ergründen, ob diese Information in Kims Gesicht irgendeine Reaktion auslöst. Schwer zu sagen.

«Glauben Sie, dass mein Mann für den Tod dieses Menschen verantwortlich ist, so wie es manche Zeitungen behaupten?»

«Ich glaube, wenn jemand sich das Leben nimmt, dann ist das ganz allein seine Sache. Ist irgendwie nicht fair, andere Leute dafür verantwortlich zu machen.»

«Das ist keine Antwort, sondern Ihre prinzipielle Sicht der Dinge», erwidert Kim. «Ich wollte wissen, ob Sie ganz persönlich meinen Mann in diesem konkreten Fall für schuldig halten – zumindest für mitschuldig.»

Im Rückspiegel sieht Charlie, dass sie ihre Brille abnimmt und seinen Blick sucht. Er denkt: Was ist heute Morgen denn nur los? Alle scheinen ihn mit Blicken durchbohren zu wollen. Fühlt sich beinahe an, als würde er dafür bestraft werden, dass er seinen Auftraggeber aushorcht.

«Entschuldigung, wenn ich das so sage, aber es klingt so, als würden *Sie* eine Mitschuld Ihres Mannes am Tod von Maik Schuster für möglich halten.»

«Gute Antwort, Charlie Personenschützer.» Sie setzt die Brille wieder auf und blickt zum Seitenfenster hinaus.

Charlie wundert sich. Wie? War das jetzt alles? Frage, Gegenfrage und dann doch wieder Schweigen?

Sie passieren den Olivaer Platz im Schneckentempo, dann lenkt Charlie die Limousine auf den Ku'damm und parkt wenig später in zweiter Reihe vor einem protzigen Altbau mit weißen Markisen über den bodentiefen Fenstern. Die Ausstellungsstücke scheuen offenbar das Sonnenlicht. Was wohl auch für einige der Käufer gilt. Charlie springt aus dem Wagen, um Kim die Tür zu öffnen.

«Möchten Sie vielleicht auch ein Glas Champagner?», fragt sie beim Aussteigen.

Charlie stutzt.

Kim deutet auf den Eingang des Altbaus, über dem in silbernen Lettern der Name BVLGARI prangt. Er ist auch auf allen Markisen zu lesen und zudem darüber. Sieht aus, als hätte Bulgari panische Angst davor, dass die Kunden den Markennamen vergessen könnten, sobald sie den Laden verlassen haben.

«Wir werden da drinnen ein Glas Champagner angeboten bekommen, während ich darauf warte, dass meine Uhr repariert wird», erklärt sie.

Charlie zögert. Ist das nun ein freundliches Angebot oder eine Falle? Vermutlich ist sie ähnlich clever wie ihr Mann, es kann also nicht schaden, vorsichtig zu sein. «Danke sehr, aber ich möchte einen klaren Kopf behalten.»

«Das ist gut», sagt sie. «In schwierigen Zeiten ist es besonders wichtig, einen klaren Kopf zu bewahren.»

Sie verschwindet in der Bulgari-Filiale. Charlie sieht, dass sie eine Sicherheitsschleuse passiert und von einem Security-Mitarbeiter begrüßt wird.

Zeit, sich zu entspannen, denkt Charlie. Wenn Kim irgendwo in Berlin sicher aufgehoben ist, dann hier, inmitten schwerbewachter Luxusartikel.

Charlie schaut sich um. Er braucht jetzt dringend einen schwarzen Kaffee ohne Schnickschnack. Einen Kaffee, den er obendrein inmitten ganz normaler Leute schlürfen kann. Dafür lässt er gern den exklusivsten Champagner stehen.

«Morgen, Chef!», tönt die Bökh, und Holger denkt: Die hätte vielleicht eine Ausbildung zur Kfz-Mechanikerin machen sollen. Für eine Werkstatt mit Gehämmer, Geschraube und Gebohre wäre ihr Lautstärkepegel genau richtig. Als Kfz-

Meisterin hätte sie bestimmt die gefürchtete Angewohnheit, quer durch die Halle zu brüllen und dabei sogar die rasselnden Pressluftschrauber alt aussehen zu lassen.

Jensen drückt sich hinter ihr durch die Tür. Die beiden setzen sich vor Holgers Schreibtisch und stellen ihre Kaffeetassen ab. Holger hat die gleiche Plörre vor sich stehen. Mit Zucker und viel Milch kann man das Zeug so schnell am Gaumen vorbeischleusen, dass der sich nur ganz kurz angewidert schüttelt.

Jensen kramt in seinen Papieren, dann sagt er: «Also. Eine offizielle Forderung von Maik Schuster an Dr. Heiner Hundt scheint nicht zu existieren. Zumindest haben wir nichts dergleichen gefunden.»

«Bleibt immer noch die Möglichkeit, dass es sich um eine ganz ordinäre Erpressung handelt», fügt Frau Bökh hinzu.

«Was allerdings nicht zu Maik Schusters Bemerkung in der Tiefgarage passen würde», ergänzt Jensen. «Da hat er ja wortwörtlich gesagt: Ich will nur, was uns zusteht. Und das klingt meiner Ansicht nach eher nicht nach einem Erpresser. Hört sich an wie jemand, der sich übervorteilt fühlt.»

«Das Problem ist nur, es fühlen sich momentan mehr als 900 ehemalige Mitarbeiter von Air Brandenburg übervorteilt. Jeder, der seinen Job verloren hat, hätte diesen Satz zu Hundt sagen können», erwidert Holger.

«Stimmt genau», frohlockt Frau Bökh. «Aber nur Maik Schuster hat ihn gesagt. Alle anderen schweigen nämlich.»

Sie lässt den Satz im Raum hängen und wartet auf eine Reaktion von Holger.

Dem ist es noch zu früh, um sich provozieren zu lassen. Er nimmt einen Schluck Kaffee, dann sagt er entspannt: «Ich bin fast sicher, da kommt noch was, Frau Bökh, richtig?»

Die Bökh zieht einen Flunsch.

Sie mag es nicht, wenn sie mit ihren Sticheleien ins Leere läuft. Vermutlich hätte er ihr Fremde-Länder-fremde-Titten-Outfit einfach ignorieren sollen. «Was ist eigentlich aus Ihrem T-Shirt geworden? Sie wissen schon: Fremde Länder und so weiter. Ich hätte geschworen, Sie tragen es heute noch mal, allein um mich ein bisschen zu ärgern.»

Jensens Blick wandert zu Boden.

«Ich wollte niemanden ärgern und niemandem zu nahe treten, sondern nur einen kleinen Witz machen und für ein bisschen frischen Wind sorgen», antwortet Frau Bökh sachlich.

Holger horcht auf. Das klingt, als wäre sie noch anderswo mit ihrem Outfit angeeckt. Interessant. Vielleicht hat die Niermeyer Frau Bökh ermahnt. «Aber?»

«Aber ein junger Kollege fühlte sich durch den Aufdruck sexuell belästigt.»

Holger muss lachen.

«Das ist nicht witzig. Er meinte es völlig ernst.»

«Und für den haben Sie heute kommentarlos die Garderobe gewechselt?»

«Klar. Was denn sonst?»

«Weiß nicht. Würde mich auch nicht wundern, wenn Sie dem Kollegen geantwortet hätten: Komm damit klar, Pussy.»

Jensen hüstelt verlegen.

Bökh nickt anerkennend. «Schade, so spontan war ich leider nicht. Aber das merke ich mir fürs nächste Mal.»

«Lieber nicht», erwidert Holger. «Nachher heißt es noch, ich hätte Ihnen souffliert.»

«Keine Sorge, ich verrate nichts», versichert Bökh.

«Wo wir gerade davon sprechen, dass niemand was verrät», hakt Jensen ein, offensichtlich bemüht, das Thema zu wechseln. «Was Frau Bökh eben sagen wollte, war, dass wir vergeblich versucht haben, von den Verantwortlichen bei Air Brandenburg Antworten zu bekommen. Sämtliche Abteilungsleiter bis rauf zum Vorstand wollen sich grundsätzlich zu keiner Frage äußern, die das Unternehmen betrifft. Wir wurden immer an die gleiche Anwaltskanzlei verwiesen ...» Jensen kramt in seinen Unterlagen. «Und zwar ...»

«Waters & Black», tippt Holger.

«Woher wissen Sie das?»

«Hat mir ein Vögelchen gezwitschert.»

Es klopft. Ohne eine Reaktion abzuwarten, schaut Frau Niermeyer in Holgers Büro. «Kann ich Sie bitte mal kurz sprechen? Es eilt ein wenig.»

«Wir waren eigentlich gerade mitten in einer ...»

«Da sitzt ein junger Mann von Waters & Black in meinem Büro», erklärt Frau Niermeyer. «Und der hat dringenden Gesprächsbedarf.»

«Wir machen später weiter», sagt Holger zu Bökh und Jensen.

Kevin McBannon ist vermutlich Anfang dreißig, sieht aber zehn Jahre jünger aus. Sein dunkelgrauer Anzug sitzt ebenso erstklassig wie der akkurat geschnittene Dreitagebart, der nahtlos in eine Dreitagefrisur übergeht. Ist vermutlich eine Frage der Ökonomie, denkt Holger. So spart der Kerl sich die Friseurbesuche. Vielleicht ist er aber auch nur beim Rasieren abgerutscht und war dann gezwungen, die Sache zu Ende zu bringen.

Holger begrüßt den Besucher mit den Worten: «McBannon, das klingt irisch.»

«Mein Großvater stammt aus der Gegend von Kilkenny», erklärt McBannon. «Aber ich bin in New York geboren. Hell's Kitchen.»

Na, das passt doch, denkt Holger und setzt sich. «Was können wir für Sie tun?»

«Wie ich eben schon Ihrer Vorgesetzten erklärt habe, geht es eigentlich darum, dass Sie etwas *nicht* tun sollen», erwidert McBannon forsch. «Die Kommunikation in der Sache Air Brandenburg läuft ausschließlich über unsere Kanzlei. Wir werden es nicht dulden, dass Ihre Leute weiterhin privat bei irgendwelchen Mitarbeitern herumschnüffeln.»

«Wir schnüffeln nicht, wir ermitteln», wirft Frau Niermeyer scharf ein.

Nicht schlecht, denkt Holger. Sie mag den Schnösel also auch nicht.

«Zum einen konnten wir nicht wissen, dass Ihre Kanzlei die Airline exklusiv vertritt ...», lügt Holger.

«Ach nein? Das wurde Ihnen aber von all jenen, die Sie befragen wollten, immer wieder gesagt. Wann hätten Sie es denn endlich verstanden?» McBannon lässt seinen Aktenkoffer aufschnappen, zieht ein Papier hervor und schiebt es über den Schreibtisch zu Frau Niermeyer. «Wie dem auch sei, für alle Fälle geben wir Ihnen hiermit noch einmal schriftlich, dass sämtliche Anfragen, die auch nur entfernt Air Brandenburg betreffen, an unsere Kanzlei zu richten sind.»

Frau Niermeyer zieht das Papier zu sich heran. Sie ist verstimmt über den Ton und die Art von McBannon, lässt es sich aber nicht anmerken.

«Verbindlichsten Dank», sagt sie mit ausgesuchter Höflichkeit.

«Ich gehe davon aus, Sie wissen inzwischen, dass der Tod

von Maik Schuster kein Selbstmord war und wir deshalb einen Mord aufzuklären haben», sagt Holger.

«Allerdings. Ihre Ermittler waren auch in dieser Hinsicht nicht sehr diskret», bestätigt McBannon.

«Dann vermute ich, auch Ihre Kanzlei hat ein starkes Interesse daran, dass dieser Mord aufgeklärt wird», fährt Holger fort.

«Nein. Da liegen Sie falsch», erwidert McBannon. «Wir betreuen hier eine millionenschwere Insolvenz, und darauf legen wir ganz klar den Fokus. Im Falle eines Selbstmordes hätte man womöglich noch über den daraus resultierenden Imageschaden reden müssen. Aber ein Mord tangiert die Abwicklung der Air Brandenburg nicht – solange Sie den Schuldigen am Tod von Maik Schuster nicht bei der Airline suchen, was nach meinem Kenntnisstand nicht der Fall ist.»

«Wissen Sie, Ermittlungen haben es so an sich, dass sie Fakten zutage fördern, die im besten Fall irgendwann ein Bild ergeben», erklärt Holger. «Wenn wir immer gleich wüssten, wo wir unsere Schuldigen suchen müssen, dann wäre unser Job wesentlich einfacher.»

«Ich verstehe, was Sie meinen, Herr Kommissar. Aber wenn Sie auch nur den leisesten Verdacht gegen einen Mitarbeiter der Airline hegen, dann ist das ein weiterer Grund dafür, dass wir künftig auf die minuziöse Einhaltung unserer Informationswege bestehen müssen. Eine gute Gelegenheit also, Sie beide darauf hinzuweisen, dass wir jeden einzelnen Verstoß gegen unsere *Rules and Regulations* juristisch mit aller Härte verfolgen werden.»

Ihr süßsaures Lächeln kann nicht darüber hinwegtäuschen, dass Frau Niermeyer nun genug von ihrem Besucher hat. «Gut. War das dann alles?»

«Sofern ich mich klar ausgedrückt habe, war das alles», erwidert McBannon.

«Ich denke, das haben Sie», bestätigt Frau Niermeyer.

«Gut, dann wird meine Kanzlei den Polizeichef und den Bürgermeister in diesem Sinne über das Ergebnis dieses Gesprächs informieren. Einverstanden?»

«Ja. Fein», sagt Frau Niermeyer. Man sieht ihr an, dass sie denkt: Fuck you, du Riesenarschloch.

15

In Holgers Schreibtischschublade stapeln sich gut zwei Dutzend Flyer von Lieferdiensten. Er kramt sie hervor, um zu überlegen, womit er seinen Ärger runterspülen soll. Mit knuspriger Pizza? Deftigem Döner? Ente süßsauer?

Er weiß, dass er sämtliche Speisekarten online finden kann – Tagesgerichte inklusive. Und er weiß auch, dass die meisten Menschen das Essen heutzutage bequem mit ein paar Mausklicks bestellen. Trotzdem wühlt er sich lieber zuerst durch die Werbeflyer, um dann bei dem betreffenden Laden anzurufen. Es käme ihm albern vor, klassisches Junkfood per App zu bestellen. Umgekehrt wäre das so, als würdest du bei einem Start-up arbeiten und jeden Morgen mit einem Henkelmann aufkreuzen. Holger fragt sich, wie viele Start-up-Gründer wohl wissen, was ein Henkelmann ist. Bestimmt müssten es die meisten googeln.

Es klopft, und Frau Bökh fragt: «Stör ich?»

«Nein, schon gut», sagt Holger und packt die Speisekarten wieder in den Schreibtisch. Junkfood so früh am Tag ist sowieso keine gute Idee.

«So schlimm?», fragt Bökh.

«Schlimmer. Wir haben einen Maulkorb verpasst bekommen. Sie können den Kollegen sagen, dass wir uns in sämtlichen Angelegenheiten, die Air Brandenburg betreffen, ab sofort an die Kanzlei Waters & Black wenden müssen. Es ist uns offiziell untersagt, Air-Brandenburg-Mitarbeiter zu befragen.»

Bökh setzt sich. «Und für welche Mitarbeiter genau gilt diese Regel?»

«Für alle», antwortet Holger prompt.

«Für alle, die jemals bei Air Brandenburg gearbeitet haben, oder was?»

«Ich verstehe die Frage nicht, Frau Bökh. Alle aktuellen Mitarbeiter von Air Brandenburg sind ja sozusagen ehemalige Mitarbeiter. Seit der Insolvenz sind sie zwar freigestellt, stehen aber immer noch unter Vertrag.»

«Und wenn jemand vor der Insolvenz gegangen ist?»

«Worauf wollen Sie hinaus, Frau Bökh?»

«Auf einen Diplom-Ingenieur namens Ronny Tauber.»

«Und was ist mit dem?»

«Er war der direkte Vorgesetzte von Maik Schuster und Rocco Bitterling.»

«Interessant. Was heißt *war*?»

«Vor gut sechs Monaten ist ihm betriebsbedingt gekündigt worden. Von Insolvenz war da noch keine Rede. Ich frage mich, ob der nun auch unter diese Maulkorb-Regel fällt oder nicht.»

Holgers Laune bessert sich schlagartig. «Das ist zumindest eine Grauzone. Sagen Sie Niclas und Jensen Bescheid. Wir statten Ronny Tauber einen Besuch ab.»

«Und was ist mit mir?»

«Sie kümmern sich in der Zwischenzeit um Waters & Black.

Ich möchte wissen, wie lange Dr. Hundt bereits mit dieser Kanzlei zusammenarbeitet und wer noch von denen vertreten wird. Vielleicht finden Sie irgendetwas, das uns weiterhilft.»

«Alles klar», sagt Frau Bökh und grinst. «Wenn Sie mich mitnehmen würden, dann könnten wir meinen Mini nehmen.»

«Ich weiß», sagt Holger. «Deshalb nehme ich Jensen mit.»

Ronny Tauber wohnt am Ortseingang des brandenburgischen Städtchens Birkenwerder, kurz vor Oranienburg. Wenn man ordentlich auf die Tube drückt, dann schafft man die Strecke von Tempelhof aus in 40 Minuten. Niclas braucht eine knappe halbe Stunde. Holger denkt: Wenn jetzt alle fahren wie die Henker, dann hätte ich auch Bökhs Mini nehmen können. Allerdings muss er zugeben, dass der Dienstwagen geräumiger ist und solider wirkt als Frau Bökhs rasende Salatkiste.

Der schmucklose Klinkerbau trägt eines dieser neuen Hightech-Dächer, die aussehen wie mit Pomade eingerieben. Vermutlich haben die Schindeln einen Lotuseffekt: Schmutz und Wasser haften nicht auf der spiegelglatten Oberfläche, weshalb das Dach immer wie neu aussieht. Bestimmt muss es nur alle hundert Jahre mal kurz abgestaubt werden, wenn überhaupt. Vielleicht sind es diese Dächer, die von all dem hier mal übrig bleiben werden, denkt Holger. In Tausenden von Jahren werden Archäologen hier keine Ruinen finden, dafür aber Dachschindeln, die glänzen, als wären sie frisch aus dem Baumarkt.

Das Grundstück ist riesig und ein Paradies für Kinder. Neben dem Haus stehen ein Trampolin und eine Tischtennisplatte. Am Ende des romantisch verwilderten Gartens ist eine Schaukel zu erkennen. Holger könnte darauf wetten, dass hinter dem Haus noch eine Rutsche und ein Sandkasten versteckt sind.

Nach langem Klingeln öffnet ein müder Mittvierziger in Unterwäsche und Badeschlappen die Tür. Im Hintergrund ist der Fernseher zu hören.

Jensen geht auf Abstand. Männer in Unterwäsche sind nicht das, was er sich unter einer hygienisch optimalen Begegnung vorstellt. «Ronald Tauber?»

«Wer will das wissen?», fragt der Angesprochene.

Jensen zeigt seinen Dienstausweis vor. «Die Polizei. Wir möchten Ihnen gern ein paar Fragen stellen. Dürfen wir reinkommen?»

«Darf ich den erst mal sehen?», fragt Tauber.

Widerwillig gibt Jensen dem schmuddeligen Typen in Unterwäsche seine Marke.

Tauber begutachtet den Ausweis, dann sagt er: «Worum geht's denn überhaupt?»

«Wir untersuchen den Mord an Maik Schuster», erklärt Holger.

«Dürfen wir dann vielleicht jetzt kurz reinkommen?», fügt Jensen hinzu.

«Maik ist ermordet worden?» Tauber wirkt erschrocken.

«Lesen Sie keine Zeitung?», fragt Jensen.

Tauber tritt zur Seite und macht eine einladende Handbewegung. «In letzter Zeit eher selten. Ich bin beruflich und privat gerade in einer etwas schwierigen Phase. Da kommt manches zu kurz.»

Jensen wirft einen flüchtigen Blick auf Taubers Boxershorts.

Der errät den Gedanken: «Ich weiß schon, was Sie sagen wollen. Mein Erscheinungsbild ist in letzter Zeit auch etwas zu kurz gekommen. Das gilt übrigens auch für den Haushalt.»

Holger hört Jensen, der als Erster das Haus betritt, «Auweia» sagen.

Drinnen sieht es aus, als hätte eine Teenagerbande eine Orgie gefeiert. Der Couchtisch ist mit leeren Flaschen übersät. Entweder hat Ronny Tauber sich in den letzten Wochen völlig wahllos mit Bier, Wein und Schnaps versorgt, oder es gibt unten eine Kellerbar, und er versucht gerade, sie leer zu trinken.

Das Wohnzimmer ist völlig vermüllt: Neben und hinter dem Sofa stapeln sich Pizzakartons und Plastikverpackungen anderer Lieferdienste. Der Boden ist gepflastert mit Chipstüten, Keksverpackungen, Schokoladenpapieren und allerlei Kram. Einiges davon scheint sich festgetreten zu haben.

«Gibt's hier keine Küche?», fragt Holger.

«Doch. Dahinten», antwortet Tauber. «Ich hab zuerst sogar versucht, mir was zu kochen. Aber ich bin wohl nicht sonderlich begabt.»

Holger signalisiert Jensen mit einem Kopfnicken, dass der sich doch kurz den Zustand der Küche ansehen soll. Widerwillig macht Jensen sich auf den Weg.

Im Fernsehen läuft eine Realityshow, in der gerade stark übergewichtige Kandidaten von durchtrainierten Motivationstrainern demotiviert werden.

«Können wir das vielleicht mal etwas leiser stellen?», fragt Holger.

«Würde ich ja gern», erwidert Tauber. «Aber leider kann

ich die Fernbedienung nicht finden. Inzwischen glaube ich, meine Frau hat nicht nur die Kinder und das Auto mitgenommen, sondern auch diese verdammte Fernbedienung.»

Holger geht zum Fernseher und zieht den Stecker. Stille.

Tauber muss grinsen. «Dass ich da nicht selbst draufgekommen bin. Ich meine, immerhin bin ich ja Diplom-Ingenieur.»

Auch auf den beiden Sesseln, die dem Sofa gegenüberstehen, stapelt sich der Müll. Tauber verschafft sich Platz, indem er den Unrat einfach beiseiteschiebt und sich dann in den Sessel plumpsen lässt. Staub wirbelt auf. Viel Staub. Tauber macht eine einladende Handbewegung. «Aber bitte. Setzen Sie sich doch. Zu trinken kann ich Ihnen leider nichts anbieten. Ich hab nur noch eine Flasche Doppelkorn im Haus, und die brauche ich heute noch für mich selbst.»

Holger zögert. Das Sofa sieht nicht sehr einladend aus. Es war mal beige, vielleicht sogar weiß. Jetzt ist es schmutzig grau und mit Flecken übersät.

Die Küche muss in einem ähnlich desolaten Zustand sein. Holger erkennt es an den Einmalhandschuhen, die Jensen trägt, als er zurückkommt.

«Die Pfanne können Sie wegwerfen», sagt Jensen zu Tauber. «Und einige der Töpfe wahrscheinlich auch.»

Tauber winkt ab. «Mein Leben ist aus den Fugen geraten. Die Pfanne ist ganz bestimmt mein geringstes Problem.»

«Kennen Sie jemanden, der Ihnen helfen könnte, hier mal klar Schiff zu machen?», fragt Jensen. «Wenn Sie so weiterwursteln, dann haben Sie bald auch noch ein Ungezieferproblem.»

Tauber überlegt kurz, dann sagt er zu Holger: «Was waren

das für Fragen, die Sie mir stellen wollten? Ich hab leider nicht viel Zeit. Der Doppelkorn muss weg, und RTL kann auch nicht ewig auf mich verzichten.»

«Sie haben bis vor sechs Monaten bei der Air Brandenburg gearbeitet», stellt Holger fest und setzt sich auf die freie Armlehne des zweiten Sessels.

Tauber nickt. «Wartungsabteilung. Qualitätssicherung und Kontrolle. Ich bin ein Brandenburger der ersten Stunde. Das hier ist meine Heimat. Zum Glück war ich noch ein Kind, als die Mauer fiel. Ich konnte die Schule zu Ende machen, studieren und dann ins Ausland gehen. Ich hab bei Boeing gelernt, Seattle. Und da wäre ich wohl heute noch, wenn nicht vor zwölf Jahren die Air Brandenburg gegründet worden wäre. Ich war sofort Feuer und Flamme, wollte dabei sein, und zwar von Anfang an. Und sie haben mich genommen. Und dann vor sechs Monaten vor die Tür gesetzt. Einfach so. Nach zwölf Jahren. Ende der Geschichte.»

«Wieso wurden Sie gekündigt?», fragt Jensen.

«Betriebsbedingte Gründe», erwidert Tauber schmallippig.

«Und was habe ich mir darunter vorzustellen?», fragt Holger.

Tauber überlegt. «Hören Sie, ich habe einen Vertrag unterschrieben, der mich zum absoluten Stillschweigen über innerbetriebliche Angelegenheiten verpflichtet, und diese Verpflichtung gilt auch über meine Betriebszugehörigkeit hinaus. Dic haben mir zwar die versprochene Abfindung nicht bezahlt – und jetzt wo die Airline insolvent ist, werde ich mein Geld ganz bestimmt nicht mehr kriegen –, aber kürzlich war ein Anwalt hier, und der hat mir noch mal erklärt, dass die Verschwiegenheitsklausel trotzdem Bestand hat. Wenn ich dagegen verstoße, klagen die mich in Grund und Boden.»

«Kam dieser Anwalt zufällig von Waters & Black?», will Holger wissen.

Tauber nickt. «Klar, woher denn sonst?»

«Die Verschwiegenheitspflicht gilt nicht im Falle von Whistleblowing», mischt Jensen sich ein. «Sollten Sie uns über Missstände bei Air Brandenburg unterrichten, die Ihre Vorgesetzten betreffen, so wäre das nicht automatisch ein Verstoß gegen die Verschwiegenheitsklausel.»

Holger nickt anerkennend. Entweder Kollege Jensen bildet sich abends heimlich weiter, oder er blufft nur gut. Beides okay. «Herr Tauber, wir haben Grund zu der Annahme, dass Maik Schuster versucht hat, einen Vorgesetzten zu erpressen. Gab es Missstände bei der Air Brandenburg, von denen Maik Schuster wusste und die er als Druckmittel gegen das Management hätte verwenden können?»

«Ist er deshalb umgebracht worden?», fragt Tauber.

«Das wissen wir noch nicht», antwortet Holger. «Aber es wäre durchaus möglich.»

Tauber blickt zu Jensen. «Stimmt das mit dem Whistleblowing?»

«Na ja, es gibt diese Ausnahme», sagt Jensen. «Ob die Regel auch auf Ihren Fall zutreffen würde, kann ich Ihnen natürlich nicht versprechen.»

Toll, denkt Holger. Erst macht er eine Welle, aber wenn es drauf ankommt, rudert er wieder zurück.

Tauber ist mit der Antwort dennoch zufrieden. «Sie sind immerhin ehrlich. Bei diesem Typen von Waters & Black hatte ich das Gefühl, er lügt, wenn er den Mund aufmacht.»

«Heißt das, Sie sagen uns, was Sie wissen?», fragt Holger.

Tauber strafft sich. «Es gab eine Anweisung, angeblich von ganz oben. Wir wurden instruiert, binnen zwei Wochen die Wartungszeiten zu halbieren – oder anders gesagt: doppelt so viele Maschinen abzufertigen wie zuvor. Und das bei gleicher Personalstärke. Alternativ hätte man unsere Abteilung dichtgemacht und die Wartungsleistungen outgesourct.»

«War diese Vorgabe realistisch?», fragt Jensen.

«Sagen wir mal so: Wenn Sie im Service Unmögliches verlangen, dann müssen im schlimmsten Fall ein paar Kunden auf ihren Tomatensaft verzichten. Bei uns ging es ans Eingemachte. Wenn ein Ruder klemmt oder das Fahrwerk nicht ausfährt, dann sind das keine Luxusprobleme. So was kann Menschenleben kosten.»

«Sie wollen andeuten, dass der Vorstand von Air Brandenburg aus Gründen der Kostenersparnis die Sicherheit der Passagiere aufs Spiel gesetzt hat?», fragt Holger.

«Nicht nur der Passagiere», erwidert Tauber. «Rocco wäre vielleicht noch am Leben, wenn er nicht ständig Doppelschichten geschoben hätte, um die Mehrarbeit zu kompensieren. Irgendwann zermürbt dich der Stress, und dann machst du einen Fehler. In seinem Fall war es ein tödlicher Fehler.»

«Wurde diese Anweisung von oben schriftlich gegeben?», fragt Holger.

Tauber lacht. «Das glauben Sie doch wohl selbst nicht, oder? Ich hab hinter vorgehaltener Hand in der Mittagspause davon erfahren, dass der Vorstand solche Pläne schmiedet. Das war alles nur Hörensagen von Leuten, die vom Board vorgeschickt wurden, aber die Message war trotzdem völlig klar: Die werden unsere Abteilung dichtmachen, wenn wir nicht binnen kürzester Zeit die neuen Ziele erreichen.»

«Aber das war keine offizielle Order vom Vorstand», hakt Holger nach.

Tauber schüttelt den Kopf. «Die feinen Herren haben sich oft auf diese Weise den Rücken freigehalten. Wenn irgendwas schiefgeht, kann man es anderen in die Schuhe schieben. Als Rocco den Unfall hatte, da hieß es, er habe gegen die Arbeitsvorschriften verstoßen. Dabei hat er nur versucht umzusetzen, was der Vorstand von uns wollte. Aber dann wurde gesagt, er habe eigenmächtig entschieden, ständig unbezahlte Überstunden zu machen. Soweit ich weiß, gab es deswegen sogar Probleme mit der Versicherung. Die wollten das nicht als Arbeitsunfall einstufen. Ich weiß gar nicht, wie die Sache ausgegangen ist.»

«Was ist das für eine Versicherung?», fragt Holger.

«Techniker der Air Brandenburg werden auf Firmenkosten versichert. Der Job ist nicht ganz ungefährlich. In besseren Zeiten hat sich die Leitung der Airline deshalb dazu entschlossen, diese Risiken abzusichern.»

«Wissen Sie, um welche Summe es bei Rocco ging?»

«Klar», sagt Tauber. «Ich war nicht nur sein Vorgesetzter, wir haben uns auch gut verstanden. Nach Roccos Unfall hab ich mich dafür eingesetzt, dass die Witwe die ihr zustehenden 175 000 Euro bekommt. Vermutlich bin ich deshalb betriebsbedingt gekündigt worden. Maik hat meinen Posten kommissarisch übernommen. Ich glaube, da war den Bossen längst klar, dass alles den Bach runtergeht.»

«Haben Sie eine Ahnung, was es gewesen sein könnte, das Maik gegen den Vorstand in der Hand hatte? Gab es vielleicht doch eine schriftliche Anordnung, eine Aktennotiz oder etwas in dieser Richtung?»

Tauber schüttelt den Kopf. «Nein. Und selbst wenn, dann

würden Sie darauf mit Sicherheit nicht die Unterschrift eines tatsächlich Verantwortlichen finden.»

Holger ist der Platz auf der Sessellehne unbequem. Er steht auf. «Danke, Herr Tauber, Sie haben uns sehr geholfen. Können wir etwas für Sie tun?»

Tauber schüttelt den Kopf. «Ich komm schon zurecht. Wenn ich erst diese riesengroße Enttäuschung runtergespült habe, dann mache hier klar Schiff, ziehe mir ein frisches Hemd an und suche mir einen neuen Job. Und danach werde ich meine Frau auf Knien anflehen, zu mir zurückzukommen. Wird schon.»

Holger nickt. «Guter Plan. Viel Glück dafür.»

Frau Bökh wirkt aufgekratzt, als sie Holger und Jensen die Ergebnisse ihrer Recherche präsentiert. Vielleicht hat sie heimlich mit ihrem Mini ein paar Runden ums Revier gedreht, überlegt Holger. Daher der Adrenalinschub.

«Zusammengefasst kann man sagen, dass der Slogan stimmt, den ich mal aufgeschnappt habe: Waters & Black machen wirklich jeden Dreck – solange die Bezahlung stimmt. Für Hundt erledigen sie seit über 20 Jahren die Drecksarbeit. Als er CEO der Airline wurde, war eine seiner ersten Amtshandlungen ein Exklusivvertrag des Unternehmens mit Waters & Black.»

«Nicht überraschend», denkt Holger laut.

«Aber ich hab noch was herausgefunden», frohlockt die Bökh. «Wenn man die Begriffe Unfall, Auftragsmord und Markarov in unsere Datenbank eingibt, dann spuckt die einem zwei Namen aus: Vasili Petrochek aus der Ukraine und Alejandro Garcia aus Puerto Rico.»

«Und was sagt uns das?», fragt Holger.

«Erst mal nichts», erwidert die Bökh. «Petrochek sitzt in einem Hochsicherheitsgefängnis in Kiew, Garcia ist nach seinem letzten Job untergetaucht. Vielleicht in Australien, vielleicht auf Hawaii, vielleicht ist er aber auch längst wieder in Europa, womöglich sogar in Deutschland. Man weiß es nicht.»

«Ich wiederhole meine Frage, Frau Bökh: Was sagt uns das?»

«Das sagt uns, dass wir mit großer Wahrscheinlichkeit wissen, wer unser Auftragsmörder ist. Denn raten Sie mal, von wem sich Alejandro Garcia juristisch beraten lässt, wenn er in Schwierigkeiten steckt?»

«Waters & Black», sagen Holger und Jensen wie aus einem Mund.

Frau Bökh freut sich: «Soll ich eine Fahndung rausgeben?»

Holger fragt sich, welche schlafenden Hunde das nun wieder wecken wird.

«Sekunde. Ich muss nachdenken», sagt er. «Und ich glaube, dabei brauche ich 'ne Currywurst.»

16

Holger hat Niclas gebeten, in die Passauer Straße zu fahren. Gleich neben dem KaDeWe gibt es einen Imbiss, wo man besonders gute Currywurst bekommt.

Jetzt stehen sie in zweiter Reihe, und Holger beobachtet durch das geöffnete Wagenfenster eine Schulgruppe, die sich mit Cola und Fritten eindeckt.

Man könnte meinen, er würde auf den richtigen Moment warten, um nicht anstehen zu müssen. Aber das stimmt nicht. Eben, da war eine Weile gar nichts los, und Holger hat trotzdem keine Anstalten gemacht rüberzugehen. Während die Kunden kommen und gehen, sitzt er einfach nur da und beobachtet die andere Straßenseite.

«Soll ich Ihnen vielleicht was holen?», fragt Niclas.

«Nö, danke», antwortet Holger.

«Ich wette, Sie können sich nicht entscheiden», sagt Niclas. «Das kenne ich gut, geht mir auch so. Manchmal, da würde ich gerne eine Currywurst essen, hab aber gleichzeitig wahnsinnig Lust auf Fritten mit doppelt Mayo. Beides zusammen kann ich mir figurbedingt aber nicht erlauben. Ich muss dann also überlegen, ob ich lieber auf die Fritten mit Mayo verzichte oder auf die Currywurst. Klar, es gäbe da noch den faulen Kompromiss, die doppelte Portion Mayonnaise wegzulassen oder alternativ eine kleine Portion Pommes mit einer kleinen Portion Mayonnaise zu bestellen, aber dann dürfte ich dazu ja genau genommen auch nur eine halbe Currywurst essen. Ich sage Ihnen, es ist gar nicht so einfach, in solchen Momenten die richtige Entscheidung zu treffen. Ich mache es dann immer so, dass ich ...»

«Niclas?», unterbricht Holger.

«Ja, Chef?»

«Ich versuche tatsächlich gerade nachzudenken, allerdings geht es dabei nicht um mein Mittagessen.»

«Oh», sagt Niclas. «Dann halte ich wohl besser die Klappe, oder?»

«Danke.»

Womit Niclas recht hat, ist, dass Holger eine schwierige Wahl treffen muss. Liebend gern würde er Dr. Hundt zum Mord an Maik Schuster befragen. Das wäre allerdings ein klarer Verstoß gegen die Maulkorbregel, die Kevin McBannon, der Wadenbeißer von Waters & Black, heute Morgen verkündet hat. Nicht nur Holger müsste mit empfindlichen Konsequenzen rechnen, bestimmt würde auch Frau Niermeyer den Zorn der Anwälte zu spüren bekommen.

Außerdem kann Holger nicht davon ausgehen, dass ein Gespräch mit Hundt ihm neue Erkenntnisse liefern würde. Holger würde also einen Riesenärger in Kauf nehmen, und das wahrscheinlich für nichts und wieder nichts.

Andererseits weiß er aus langjähriger Erfahrung, dass die Ermittlungsarbeit zu einem gewissen Teil auf Intuition beruht. Manchmal tauchen im Gespräch mit einem Verdächtigen scheinbar belanglose Hinweise auf, die sich später als entscheidende Puzzlestücke erweisen. Er möchte nicht riskieren, dass ihm ein solches Puzzlestück durch die Lappen geht.

«Okay», sagt er. «Ich hol mir jetzt 'ne Currywurst. Möchten Sie auch eine?»

«Nein danke», sagt Niclas.

«Gut. Dann können Sie ja schon mal wenden. Wir fahren in die Wangenheimstraße und statten Dr. Hundt einen Besuch ab.»

Holger ist überrascht, weil Hundt ihm persönlich die Tür öffnet. «Wo steckt denn Ihr unfreundlicher Bodyguard?»

«Der fährt meine Frau gerade zu einem Termin», antwortet Hundt. «Und mir gegenüber war er bislang nie unfreundlich. Vielleicht haben Sie ihn ja geärgert.»

«Möglich», antwortet Holger. «Kann ich Sie kurz sprechen?»

Hundt steht in der Tür, als hätte er Charlies Job übernommen. «Eigentlich habe ich keine Zeit. Ich arbeite gerade. Worum geht's denn?»

«Um den Mord an Maik Schuster. Ich vermute, Ihre Anwälte haben Sie bereits darüber informiert, dass es Mord war.»

Hundt nickt. «Meine Anwälte haben mir auch gesagt, dass die Kommunikation in dieser Angelegenheit ausschließlich über die Kanzlei läuft.»

«Das stimmt», antwortet Holger. «Aber ich war sowieso gerade in der Gegend, und da dachte ich, wir könnten Zeit sparen. Ich meine, warum sollen wir Fragebögen hin- und herschicken, wenn man das Thema in einem kurzen Gespräch erledigen kann?»

Hundt zögert. Er ist misstrauisch. Aber mit dieser Reaktion hat Holger gerechnet.

«Kein Problem», sagt er. «Wenn Waters & Black Ihnen nicht erlaubt, direkt mit der Polizei zu sprechen, dann habe ich dafür volles Verständnis. Ich lasse Ihren Anwälten die Fragen schriftlich zukommen. Entschuldigen Sie die Störung.»

Holger macht auf dem Absatz kehrt, dann setzt er sich gemächlich in Bewegung. Seine Worte waren mit Bedacht gewählt. Wenn Holger richtigliegt, dann lässt Hundt sich von niemandem auf der Welt etwas vorschreiben, schon gar nicht von seinen eigenen Anwälten. Dann geschieht, was Holger sich erhofft hat: Hundts Ego ist größer als seine Bedenken.

«Fünf Minuten», verkündet der Manager. «Mehr Zeit habe ich wirklich nicht.»

Holger dreht sich um. «Fünf Minuten werden sicher reichen.»

Wenig später sitzen sie in Hundts Büro, und Holger kommt gleich zur Sache: «Haben Sie eine Idee, weshalb Maik Schuster ermordet worden sein könnte?»

«Nein. Woher soll ich das wissen?», antwortet Hundt. «Ich habe ihn kaum gekannt.»

«Wissen Sie, ob er Feinde hatte? Oder irgendwelche Probleme, weil er sich vielleicht mit den falschen Leuten angelegt hat?»

Hundts Gesicht zeigt keine Regung, aber seine Augen mustern Holger aufmerksam.

«Was meinen Sie? Mit der Mafia oder so was?»

«Keine Ahnung. Sagen Sie es mir.»

«Das kann ich nicht», erwidert Hundt. «Wie schon gesagt: Wir kannten uns kaum.»

«Stimmt, das sagten Sie bereits», erwidert Holger und

lässt eine lange Gesprächspause entstehen, ganz so, als hätten sie für dieses Treffen alle Zeit der Welt.

Demonstrativ schaut Hundt auf seine Uhr. «Wenn das alles ist, dann würde ich gern weitermachen, Herr Kommissar.»

Holger nickt und wartet, bis Hundt aufgestanden ist, um ihn zu verabschieden, dann fragt er: «Haben Sie veranlasst, dass die Wartungsintervalle der Flugzeuge halbiert werden, obwohl das mit Sicherheitsrisiken für die Mitarbeiter und die Fluggäste von Air Brandenburg verbunden war?»

Hundt steht da wie ein Pennäler, den man mit der entscheidenden Prüfungsfrage auf dem falschen Fuß erwischt hat. «Wie bitte?»

«Hat Maik Schuster Sie erpresst, Herr Dr. Hundt?», setzt Holger seelenruhig nach.

Langsam, sehr langsam lässt Hundt sich wieder in den Sessel sinken. Er braucht ein paar Sekunden, um seine Fassung zurückzugewinnen. Aber dann ist er wieder ganz der kühl denkende und pragmatisch agierende Manager. «Das Gespräch ist beendet, Herr Brinks. Wenn Sie noch weitere Fragen haben, wenden Sie sich bitte an Waters & Black.»

Nun ist es Holger, der aufsteht. «Das werde ich tun. Vielen Dank für Ihre Zeit, Herr Dr. Hundt.»

Auf dem Weg zum Revier ist Holger bester Dinge. Seine Intuition sagt ihm, dass Hundt schuldig ist. Was Holger nun also braucht, sind Beweise. Es wird nicht einfach, die zu beschaffen, das ist klar. Aber es ist auch kein Ding der Unmöglichkeit. Selbst ein Mann wie Hundt macht Fehler.

Holgers Handy klingelt. Es ist Sandra. «Schatz! Was machst du gerade?»

«Du hast gute Laune», stellt sie fest. «Das freut mich. Leider muss ich sie dir gleich ein bisschen verderben.»

«Was ist passiert?»

«Ich hab gerade einen Anruf aus der Redaktion bekommen. Ich soll einen Artikel über eine originelle Protestaktion schreiben.»

«Eine originelle Protestaktion?» Holger schwant etwas. «Da protestiert aber nicht wieder meine Mutter, oder?»

«Leider doch, und zwar diesmal zusammen mit ihrem Lover. Die beiden haben ein Doppelzimmer im Mercure bezogen und werden die kommenden Tage im Bett verbringen, um gegen die Abfindungspraxis bei Air Brandenburg zu protestieren.»

«Hast du gerade gesagt, dass sie die kommenden Tage im Bett verbringen werden?» Holger schwant schon wieder etwas. Er hat ein schemenhaftes Bild vor Augen, das er aber nicht einordnen kann.

Sandra hilft ihm auf die Sprünge. «John Lennon und Yoko Ono haben auch mal so was veranstaltet, um gegen den Vietnamkrieg zu protestieren.»

Stimmt, denkt Holger. An dieses Bild hat er sich gerade vage erinnert. «Hatte Yoko Ono sich was übergezogen?»

Sandra lacht. «Hatte sie. Ob das auch für deine Mutter gilt, weiß ich aber nicht. Wir werden es erfahren, denn die beiden haben die Presse eingeladen. Die Tür steht jedem offen, der Fotos, ein Interview oder auch nur einen Ratschlag möchte.»

«Ich dachte, Jean-Pierre schuldet dem Hotel noch einen Batzen Geld. Wieso dürfen die da Hof halten? Hat Mutter Jean-Pierres Schulden bezahlt?»

«Vermutlich nicht», antwortet Sandra. «Die beiden sind

eine gute Publicity für das Hotel, ich gehe davon aus, sie bekommen deshalb weiter Kredit.»

«Toll», sagt Holger. «Und am Ende müssen wir die Rechnung bezahlen, damit die beiden nicht im Knast landen.»

«Vielleicht haben wir Glück, und das Zimmer wird so berühmt wie die Suite von John und Yoko im Amsterdamer Hilton. Dann drückt das Management bestimmt ein Auge zu.»

«Ich fahr gleich mal hin», sagt Holger seufzend und ertappt sich bei dem Gedanken, dass er seine Mutter besser mal im Knast gelassen hätte.

Auf dem Weg zum Potsdamer Platz hat Kim geschwiegen. Charlie lenkt die Limousine in die Tiefgarage unter dem Mandala-Hotel, in dessen Spa Kim eine Private Suite gemietet hat, um mit einer Freundin ein paar Stunden zu relaxen.

Charlie parkt den Wagen in unmittelbarer Nähe des Fahrstuhls und will gerade aussteigen, um ihr behilflich zu sein, da sagt sie: «Sie sind nicht nur Bodyguard, oder? Sie sind auch Privatermittler.»

Charlie rutscht das Herz in die Hose. Hat sie etwa gemerkt, dass er versucht hat, ihren Mann auszuhorchen?

«Kommt drauf an, aber ja. Prinzipiell schon», antwortet er. «Warum fragen Sie?»

«Weil ich einen Ermittler brauche», antwortet sie.

Charlie ist erleichtert. «Gern, aber ich fürchte, da müssen Sie sich ein bisschen gedulden. Gerade bin ich exklusiv als Bodyguard tätig. Und die Aufgabe nimmt mich ziemlich in Anspruch.»

Sie schmunzelt. «Wie hoch ist Ihr Tagessatz als Ermittler?»

Wenn ich ihr jetzt meine üblichen dreihundert Mäuse nenne, dann kann ich auch gleich zugeben, dass die Bruce-

Willis-Geschichte erfunden ist, denkt Charlie. Er überlegt, ob er fünfhundert aufrufen soll. Oder lieber gleich siebenhundert?

Sie kommt ihm zuvor. «Sind tausend pro Tag genug?»

«Wenn der Job nicht so gefährlich ist wie mein aktueller, dann auf jeden Fall», antwortet Charlie erfreut und denkt: Wenn das so weitergeht, dann kann ich mir wirklich bald eine eigene Wohnung leisten – oder sämtliche Pokerschulden auf einmal zurückzahlen.

Sie zieht einen Umschlag aus ihrer Tasche und legt ihn auf die vordere Armablage.

Charlie schweigt.

«Das sind fünftausend Euro. Ich möchte, dass Sie für mich ermitteln. Finden Sie heraus, ob mein Mann ein Mörder ist.»

Jetzt ist Charlie perplex. «Ich soll gegen Ihren Mann ermitteln?»

Er blickt in den Rückspiegel, aber sie weicht seinem Blick aus, indem sie nachdenklich aus dem Seitenfenster schaut. «Die Anwälte, die heute Morgen da waren, haben gesagt, dass der Fall Maik Schuster kein Selbstmord war, sondern Mord.»

«Und Sie denken, Ihr Mann hat was damit zu tun?»

«Ich weiß es nicht, aber für Leute, die sprichwörtlich über Leichen gehen, ist es manchmal nur ein kleiner Schritt von der Theorie zur Praxis. Wissen Sie, ich habe immer geahnt, dass seine Hybris meinem Mann eines Tages das Genick brechen könnte. Womöglich ist es jetzt so weit.»

Charlie schaut in den Rückspiegel, aber sie vermeidet weiterhin den Blickkontakt.

«Ich habe in letzter Zeit viel über Loyalität nachgedacht», fährt sie fort. «Ich glaube, Loyalität geht immer einher mit Respekt. Ich kann loyal zu jemandem stehen, auch wenn dieser Mensch etwas tut, was ich nicht gutheiße. Aber wenn ich den Respekt verliere, dann löst sich auch meine Loyalität in Luft auf.»

Jetzt wendet sie den Kopf nach vorn und schaut Charlie direkt in die Augen. «Was ich sagen will, ist: Ich habe versprochen, meinem Mann zur Seite zu stehen, aber ich habe nicht versprochen, mit ihm unterzugehen.»

Charlie hält ihrem Blick stand. Es kommt ihm vor, als hätte sie gerade mehr von sich preisgegeben als in sämtlichen Gesprächen zuvor. Das irritiert ihn. Sagt sie die Wahrheit? Oder will sie ihn einlullen? Hat ihr Mann sie gebeten, ihm eine Falle zu stellen?

Charlie weiß, dass Kim in vielerlei Hinsicht anders ist als ihr Lebenspartner. Dennoch hätte sie es niemals so lange mit ihm ausgehalten, wenn sie nicht aus ähnlichem Holz geschnitzt wäre. Außerdem dürfte es schon andere Krisen gegeben haben, in denen sie nicht sicher sein konnte, ob ihr Mann sie politisch und finanziell überleben würde. Wenn Kim Charlie um Hilfe bittet, dann kann das also zwei Gründe haben: Entweder sie will seine Loyalität auf die Probe stellen – oder aber sie weiß etwas, das Charlie noch nicht weiß.

«Ihr Mann hat sich mir gegenüber immer fair verhalten», sagt Charlie. «Ehrlich gesagt fände ich es undankbar, ihm nachzuspionieren, weil seine Frau die vage Befürchtung hat, er könnte ein Verbrechen begangen haben. Verstehen Sie mich bitte nicht falsch, wenn es um Seitensprünge und solche Sachen geht, dann kann man meinetwegen auf ein bloßes Verdachtsmoment hin ermitteln. Aber Mord ist kein Kinderspiel. Für einen solchen Verdacht braucht man schon etwas Handfestes. Zumindest mehr als eine Ahnung.»

Sie presst die Lippen aufeinander, dann sagt sie: «Es geht

um einen Arbeitsunfall vor etwa drei Monaten und um einen Stick mit einer Sprachdatei, vor der sich alle fürchten. Die Aufnahme könnte einige Leute aus dem Vorstand in ziemlich große Bedrängnis bringen.»

«In wie große Bedrängnis?», fragt Charlie.

«Das will ich von Ihnen wissen», antwortet Kim.

Charlie überlegt kurz, dann nimmt er den Umschlag an sich und steckt ihn ein. «Soll ich Sie begleiten?»

Kim schüttelt den Kopf. «Nicht nötig, der Fahrstuhl hält direkt im Spa. Sie können in der Lobby auf mich warten. Da ist es etwas gemütlicher als hier unten.»

«Haben Sie einen Termin?» Die kleine, drahtige Blondine an der Rezeption des Mercure Hotels lächelt freundlich.

«Nein. Brauche ich denn einen?», fragt Holger verblüfft.

«Aber ja!», antwortet sie lachend. «Anita und Jean-Pierre sind sehr gefragt.»

«Anita und Jean-Pierre», wiederholt Holger dezidiert.

«Ja. Die beiden träumen von einer besseren Welt ohne gesellschaftliche Normen und Hierarchien. Deshalb sollen alle sie mit Vornamen ansprechen. Titel und Anreden sind Werkzeuge der Unterdrückung, sagen Anita und Jean-Pierre.»

«Aha», sagt Holger. «Und wann haben diese Sozialromantiker mal Zeit für mich?»

Die drahtige Blondine lächelt und greift nach einem Blatt Papier, das eng bekritzelt ist und offenbar die Wochenagenda von Anita und Jean-Pierre auflistet. «Mal sehen, was ich für Sie tun kann, aber ich sage Ihnen gleich, das wird nicht einfach. Jetzt gerade ist meines Wissens eine Vertreterin der örtlichen DKP oben. Danach ...» Sie geht die Liste durch und schüttelt dabei immer wieder den Kopf. «Nein, ich fürchte, heute wird das leider nichts mehr.» Sie schaut in die nächste Spalte, schüttelt wieder den Kopf, dann in die übernächste. «Wie wäre es mit übermorgen?»

Holger überlegt kurz, dann zieht er seinen Dienstausweis aus der Tasche und schiebt ihn über den Empfangstresen. «Mir fällt gerade ein, dass ich doch einen Termin habe, und zwar praktischerweise jetzt gleich. Geben Sie mir bitte die Zimmernummer und sagen Sie der Dame von der kommunistischen Partei, dass ich ihre Audienz kurz mal unterbrechen muss. Fünf Minuten, mehr nicht.»

Wenig später öffnen sich die Fahrstuhltüren, Holger betritt den vierten Stock und traut seinen Augen kaum. Der Flur ist voller Menschen, die auf eine Audienz bei Anita und Jean-Pierre warten. Hauptsächlich scheinen sich Vertreter der Berliner Subkultur eingefunden zu haben: Nachtschwärmer, Hausbesetzer, Aktionskünstler und selbsternannte Gurus, aber Holger kann auch einige Pressevertreter ausmachen. Er überlegt, ob er rasch den Rückzug antreten soll, aber da ist es bereits zu spät. Ein Typ mit Pferdeschwanz, den Holger als Radiojournalisten abgespeichert hat – leider weiß er nicht mehr, von welchem Sender –, hält ihm ein Aufnahmegerät vor die Nase und fragt: «Nanu, was macht denn die Mordkommission bei einem Flower-Power-Event? Ist es jetzt schon kriminell, einfach nur im Bett zu liegen, Herr Kommissar?»

Holger sieht, dass auch die anderen Pressevertreter aufmerksam werden, und entscheidet sich für ein Täuschungsmanöver. «Keine Sorge, das hier ist nicht meine Baustelle. Ich muss in diese Richtung.» Er deutet ans Ende des Flures. «Eine Zeugenvernehmung. Reine Routine. Sie können mich aber gern begleiten, wenn Sie möchten.»

Die Presse lässt von ihm ab, als sie das Wort Routine hört. Holger marschiert rasch den Gang entlang, um sich durchs Treppenhaus davonzustehlen. Das war knapp, denkt er und ist froh, dass die Sache noch mal gutgegangen ist.

Leider hört er in diesem Moment, wie die Tür geöffnet wird. Eine ihm wohlvertraute Stimme ruft: «Puffelchen! Bist du das?»

17

Holger bricht der Schweiß aus, er beschleunigt seinen Schritt.

«Puffelchen! Nun warte doch mal! Ich bin's! Deine Mutter!»

Er bleibt stehen. Das war's. Seine Flucht endet genau hier, denn spätestens jetzt weiß jeder der Anwesenden, wer ihn da gerade bei seinem Spitznamen ruft. Schade, denkt Holger. Zehn, höchstens fünfzehn Sekunden hätte er noch gebraucht, um das rettende Treppenhaus zu erreichen und die Presse abzuhängen.

Jetzt kann er damit rechnen, dass morgen sein Foto neben einem Bild seiner nackten Mutter in der Zeitung zu sehen sein wird. Außerdem können es die anwesenden Journalisten wahrscheinlich kaum erwarten, der Weltöffentlichkeit seinen Spitznamen zu verraten. Ab heute ist er Kommissar Puffelchen, der freundliche Windbeutel aus der Mordkommission. Und das wird er dann wohl auch bis zum Ende seiner Tage bleiben.

Langsam dreht Holger sich um.

Seine Mutter steht in der Tür ihres Hotelzimmers und macht eine einladende Handbewegung. «Schön, dich zu sehen, Puffelchen. Komm doch kurz rein und sag Jean-Pierre guten Tag.»

Immerhin trägt sie ein Nachthemd, denkt Holger. Es ist zwar zu kurz und viel zu rosa, aber es ist ein Nachthemd. Bei näherem Hinsehen muss er allerdings feststellen, dass der Stoff praktisch durchsichtig ist. Es handelt sich in Wirklichkeit um ein Negligé. Auch heute trägt Anita also nur unwesentlich mehr als nichts.

Holger schaut in die Gesichter der anwesenden Presseleute. Eine Mischung aus Faszination, Abscheu und Entsetzen spiegelt sich darin wider. Aber Holger weiß, wenn der erste Schreck überwunden ist, werden sich alle über eine grandiose Story freuen: Die Hippiebraut aus dem Mercure entpuppt sich als Mutter eines leitenden Kommissars der Mordkommission. Die Puffelchen-Artikel werden sich praktisch von selbst schreiben.

Als die Zimmertür hinter ihm ins Schloss fällt, hat er die Assoziation, dass es sich um ein Gefängnistor handelt. Bis zum heutigen Tage war er ein angesehener Kriminalhauptkommissar, ab jetzt ist er Polizist Puffelchen.

«Kannst du mir bitte erklären, was das sollte, Mutter?»

Anita zuckt mit den Schultern. «Was meinst du denn?»

«Dein Auftritt gerade. Du kannst mich nicht vor all diesen Leuten behandeln, als wäre ich ein Kind», erklärt Holger.

«Aber du bist doch mein Kind, Puffelchen ...»

«Hör auf mit Puffelchen!», blafft Holger.

Anita hebt mahnend den Zeigefinger. «Nicht in diesem Ton, junger Mann. Ich bin immer noch deine Mutter. Und wenn du dich wie ein Kind benimmst, dann musst du dich nicht wundern, wenn du wie eines behandelt wirst.»

Holger geht ein Licht auf. Eigentlich sind es gleich mehrere, man könnte sagen: ein ganzer Weihnachtsbaum. Er begreift nämlich in genau diesem Moment – und vielleicht zum ersten Mal in seinem Leben –, dass es ein völlig aussichtsloses Unterfangen ist, die eigene Mutter zu erziehen. Die Menschheit kann Atome spalten, zu den Sternen fliegen und vielleicht eines Tages sogar dem Tod ein Schnippchen schlagen. Was sie aber nie schaffen wird, ist, Mütter zu erziehen.

Eben noch wollte Holger Anita und Jean-Pierre dazu überreden, ihre Protestaktion abzubrechen und das Hotelzimmer zu räumen. Er hätte sogar die Zeche für sie bezahlt. Jetzt weiß er, dass er den Dingen ihren Lauf lassen muss, weil er den Lauf der Dinge nämlich sowieso nicht aufhalten kann.

«Du hast recht», sagt er schicksalsergeben. «Vergiss einfach, was ich gesagt habe. Außerdem bin ich in Eile. Ich wollte nur kurz nach euch sehen. Aber es ist gar nicht so einfach, einen Termin bei euch zu kriegen.»

«Aber für dich haben wir doch immer Zeit», sagt Anita und huscht zu Jean-Pierre unter die Decke, der bestätigend nickt. «Schreib doch beim nächsten Mal eine SMS, okay? Und kannst du draußen bitte Bescheid sagen, dass es jetzt weitergeht? Sei mir nicht böse, aber wir hinken ein bisschen dem Zeitplan hinterher.»

Holger kommt sich wie die Sprechstundenhilfe vor, als er über den Flur ruft: «Der Nächste, bitte!»

Dann geht er langsam und, weil er darum bemüht ist, die Fassung zu bewahren, erhobenen Hauptes zu den Fahrstühlen. Die Menge weicht vor ihm zurück, als würde sie einem Pestkranken Platz machen.

Als Holger die Lobby betritt, klingelt sein Handy.

Es ist Charlie. «Bist du bereit für gute Neuigkeiten?»

«Aber unbedingt», sagt Holger wahrheitsgemäß.

«Ich hab was für dich.»

«Dann schieß mal los.»

Charlie erzählt von seinem Gespräch mit Kim und ihrer Bitte, gegen ihren Mann zu ermitteln.

«Interessant. Hast du den Job angenommen?»

«Natürlich habe ich den angenommen, was denkst du denn? Im Gegensatz zu dir bezahlt sie mich immerhin.»

«Und hattest du den Eindruck, dass sie wirklich nicht weiß, was diese Sprachdatei beinhaltet?», fragt Holger.

«Schwer zu sagen. Da es sich angeblich um hochbrisantes Material handelt, dürfte Hundt daran gelegen sein, dass möglichst wenige Menschen davon wissen.»

«Seine Frau eingeschlossen?»

«Ich glaube, das betrifft gerade seine Frau», erwidert Charlie. «Hundt denkt vermutlich, je weniger sie weiß, desto besser für sie.»

«Leuchtet ein», sagt Holger. «Ist allerdings sehr schade. Wenn deine Auftraggeberin uns einen winzigen Tipp geben könnte, wo dieser Stick zu finden ist, dann wäre das eine große Hilfe.»

«Vielleicht weiß ja unser Sniper, wo sich der Stick befindet», unkt Charlie.

Daran hat Holger eben auch schon gedacht. «Er ist kein Sniper, sondern wahrscheinlich nur ein trauriger Alkoholiker, der die Nerven verloren hat.»

«Wir sollten ihn trotzdem danach fragen», sagt Charlie.

«Davon, dass WIR ihn fragen, kann überhaupt keine Rede sein.»

«Ach komm, Holger, nicht schon wieder diese Nummer. Das ist nicht nur dein Fall, sondern auch meiner. Also musst du mich auch mitarbeiten lassen.»

Holger weiß, dass Charlie recht hat. «Okay. Allerdings werde ich dir keine Extrawürste braten. Ich fahre jetzt sofort nach Moabit. Hast du Zeit oder nicht?»

«Glücklicherweise habe ich tatsächlich zwei Stunden Zeit», frohlockt Charlie.

«Okay. Und wo steckst du gerade?»

«Im Mandala am Potsdamer Platz.»

«Nobel. Bin in zehn Minuten da.»

Die Tränensäcke von Manuel Schuster lassen vermuten, dass er in der letzten Nacht viel geweint und wenig geschlafen hat. Er ächzt, als er sich schwerfällig zu Charlie und Holger an den Tisch setzt.

«Hab Ihnen jemanden mitgebracht», sagt Holger. «Charlie ist der Kerl, den Sie angeschossen haben. Er arbeitet als Personenschützer für Dr. Hundt.»

«Echt? Sie arbeiten für einen solchen Mistkerl?»

«Von irgendwas muss ich ja meine Miete zahlen», erwidert Charlie und kassiert einen Augenroller von Holger. Stimmt, das Beispiel war nicht gut gewählt.

«Tut mir echt leid, dass ich Sie erwischt habe», sagt Manuel und blickt Charlie aus traurigen Augen an. «Ich wollte wirklich niemanden verletzen. Geht es Ihnen denn schon wieder besser?»

Charlie winkt ab. «Jaja. Alles in Ordnung. Danke.»

«Ich hoffe, Sie werden schnell wieder gesund», fügt Manu hinzu. «Wenn es irgendetwas gibt, was ich für Sie tun kann ...»

Das ist ja mal ein reizender Attentäter, denkt Charlie. «Vielen Dank, aber ich komm zurecht.»

Manuel Schuster versucht sich an einem Lächeln, es verrutscht ihm jedoch. «Und gibt's was Neues im Fall meines Bruders?»

«Gut, dass Sie fragen», antwortet Holger. «Wir glauben, Maik hat Dr. Hundt mit einem Stick unter Druck gesetzt, auf dem sich eine Sprachdatei befindet.»

«Was soll das heißen? Unter Druck gesetzt? Wollen Sie damit sagen, er hat ihn erpresst?»

«Wie kommen Sie darauf?», fragt Charlie.

«Weil es sich so angehört hat», antwortet Manuel Schuster.

«Dann wissen Sie also, dass dieser Stick existiert?», fragt Holger.

«Nein, ich weiß nichts von einem Stick. Ich hab ja nicht mal einen Computer.»

«Haben Sie so etwas wie ein Schließfach?»

Manuel nickt. «Ja, da liegen aber nur meine Goldbarren und Diamanten drin. Leider kein Stick.»

«Gibt es einen Spind bei Ihrem Arbeitgeber?»

Manuel schüttelt den Kopf. «Ich hab Ihren verdammten Stick nicht. Und wenn ich ihn hätte, dann würden Sie ihn garantiert bekommen. Glauben Sie etwa, ich will nicht wissen, wer Maik umgebracht hat?»

Holger und Charlie schweigen beredt.

«Moment mal, Sie glauben, dass ich den Stick gefunden und behalten habe? Um was zu tun? Hab ich auch versucht, diesen Hundt zu erpressen?»

«Haben Sie?», fragt Holger.

«Nein. Hätte ich dann auf ihn geschossen und mich danach der Polizei gestellt? Das macht doch keinen Sinn. Hier im Gefängnis kann ich schließlich nichts ausrichten.»

«Es würde Sinn machen, wenn Sie einen Komplizen hätten», sagt Charlie. «Das vermeintliche Attentat auf Dr. Hundt wäre dann ein Ablenkungsmanöver gewesen, damit wir keinen Verdacht schöpfen.»

Manuel Schuster schüttelt fassungslos den Kopf. «Oh Mann, so mies muss man erst mal denken. Ist das so bei der Polizei, dass ihr grundsätzlich allen Menschen nur das Schlechteste zutraut?»

Das würde Charlie auch mal interessieren. Fragend schaut er zu Holger.

Der wiegt unschlüssig den Kopf hin und her. «Es ist zwar nicht so, dass die Polizei bevorzugt Menschenfeinde einstellt. Aber man erspart sich Enttäuschungen, wenn man nicht nur an das Gute im Menschen glaubt.»

Manuel Schuster lehnt sich zurück und verschränkt die Arme vor der Brust. «Kann man Hundt mit diesem Stick überhaupt drankriegen?»

«Das hoffe ich», sagt Holger. «Liegt natürlich auch daran, wie belastend das Material ist, das wir darauf finden.»

«Lassen Sie mich eigentlich laufen, wenn rauskommt, dass Hundt meinen Bruder ermordet hat?»

«Würde ich gern», antwortet Holger. «Aber die beiden Fälle werden getrennt voneinander beurteilt.»

«Sie kriegen bestimmt mildernde Umstände», fügt Charlie aufmunternd hinzu. «Ein cleverer Anwalt wird es so darstellen, dass Sie angetrunken und mit den Nerven völlig am Ende waren. Und dann komme ich und erzähle, dass Sie sich vorbildlich um mich gekümmert haben. Täter-Opfer-Ausgleich und so weiter.»

«Hm», sagt Manuel.

«Aber dazu brauchen wir erst einmal den Stick», wendet Holger ein.

«Vielleicht hatte Maik ja ein Schließfach, von dem ich nichts wusste», überlegt Manuel.

«Werden wir herausfinden», sagt Holger.

Wenig später sind sie auf dem Rückweg zum Potsdamer Platz, und Holger hat bereits telefonisch angeordnet, jeden Quadratzentimeter von Maik Schusters Wohnung auf den Kopf zu stellen. Außerdem sollen Bökh und Jensen herausfinden, ob Maik ein Schließfach besaß oder wo sonst er den Stick hätte verstecken können.

«Und was soll ich machen?», fragt Charlie.

«Du kannst gern der Stammkneipe von Manuel Schuster einen inoffiziellen Besuch abstatten», sagt Holger. «Uns kennen die da nämlich bereits.»

«Du denkst, Manuel könnte den Stick da geparkt haben?»

«Gut möglich. Die Leute hinterlegen alle möglichen Sachen in Bars und Kneipen. Wir haben da schon Tatwaffen und Koffer voller Geld und Drogen gefunden. Komischerweise halten viele den Platz hinterm Tresen für einen völlig sicheren Ort.»

«Vielleicht liegt es daran, dass man sich in seiner Stammkneipe wie zu Hause fühlt», überlegt Charlie. «Man hat das Gefühl, da kann einem nichts passieren.»

«Würde passen», sagt Holger. «Die ‹Schaumkrone› war Manuel Schusters zweites Wohnzimmer.»

«Der Laden heißt Schaumkrone? Echt jetzt? Originell.»

Holger muss grinsen. «Wenn du schon den Namen originell findest, dann wird dich die Inneneinrichtung begeistern.»

«Plaste und Elaste?», fragt Charlie.

«Aber vom Feinsten.»

Kim will den Abend zu Hause verbringen, um sich von ihrem Wellness-Nachmittag zu erholen, und ihr Mann hat noch einige Telefonate nach Übersee zu erledigen, was er der Zeitverschiebung wegen zu später Stunde machen möchte.

Charlie kann sich also freinehmen, um nach Königs Wusterhausen zu fahren und der ‹Schaumkrone› einen Besuch abzustatten.

Zuvor rekapituliert er jedoch noch einmal den Abend des Anschlags. Das heißt, er wiederholt seinen Sprint: durch den Vorgarten, dann ums Haus herum und schließlich in die Humboldtstraße, wo er versucht hat, einen Blick auf das Auto des flüchtenden Schützen zu erhaschen. Dabei stoppt er die Zeit: 39 Sekunden. Beim zweiten Versuch schafft er es in 36 Sekunden. Dann, beim dritten Durchlauf, lässt er sich ein bisschen mehr Zeit, um jene Sekunden zu simulieren, in denen er überlegen musste, was er als Nächstes tun wird. Diesmal braucht er 42 Sekunden.

Anschließend stellt Charlie sich an genau jenes Fenster im benachbarten Rohbau, wo auch der Schütze stand. Wieder stoppt Charlie die Zeit, diesmal nimmt er den Fluchtweg des Schützen: vom ersten Stock runter ins Erdgeschoss, dann quer über das Grundstück auf die Lynarstraße, weil der direkte Weg auf die Humboldt durch eine hohe Mauer versperrt ist. Die schafft nicht mal Charlie, also wäre sie für Manuel ein Ding der Unmöglichkeit. Anschließend rennt Charlie von der Lynar in die Humboldt und dann bis dahin, wo er den Wagen hat davonbrausen sehen: 45 Sekunden.

Bei einem weiteren Versuch steuert Charlie die Lynarstraße direkt an, indem er nicht quer übers Grundstück läuft, sondern über einen Schotterweg, der als Zufahrt für die Baufahrzeuge dient: 50 Sekunden. Noch ein Versuch, quer übers Grundstück, Charlie gibt alles: 43 Sekunden.

Nach Luft schnappend, geht er zurück in den Rohbau. Dort schnappt er sich einen 25-Kilo-Zementsack und wiederholt das Experiment. Diesmal braucht er 72 Sekunden, um zum Fluchtwagen zu gelangen.

Charlie wiegt 83 Kilo, mit Zementsack macht das 108 Kilo. Das sind immer noch mindestens zehn Kilo weniger, als Manuel Schuster wiegt. Selbst wenn Manuel so schnell gewesen wäre wie er, dann hätte Charlie dennoch als Erster am Fluchtwagen sein müssen. Wer auch immer ihm an jenem Abend durch die Lappen gegangen ist, er muss fitter und schneller gewesen sein als der Mann, der von sich behauptet, den Anschlag verübt zu haben.

Als Charlie die Schaumkrone betritt, muss er grinsen. Holger hat nicht zu viel versprochen. Vermutlich war die Berliner Mauer noch im Bau, als die Schaumkrone zuletzt renoviert wurde. Und jetzt darf hier nichts mehr rausgerissen werden, weil dabei so viele Schadstoffe aus DDR-Zeiten freigesetzt würden, dass man die halbe Stadt evakuieren müsste. Wobei die Gäste eigentlich sitzen bleiben könnten. Die meisten sehen so aus, als könnten sie ein paar zusätzliche Schadstoffe locker wegstecken. Charlie setzt sich an die Theke und streicht über den Kunststoffbelag, als wäre es Palisander. Was dieser Tresen wohl schon erlebt hat? Vermutlich könnte er nächtelang schaurig-schöne Geschichten erzählen.

«Was trinken?», fragt der Wirt, ein früh gealterter Mittfünfziger, dem ein paar verblasste Tattoos aus den fleckigen Hemdsärmeln ragen.

«Was haben Sie denn da?», fragt Charlie zurück.

«Hauptsächlich Alkohol», antwortet der Wirt.

«Das ist doch gut», sagt Charlie und stellt sich vor, wie er einen perfekt temperierten Riesling mit feiner Säure bestellt, aber eine lauwarme, halb trockene Plörre in einem Römerglas mit grün gefärbtem Klumpfuß bekommt. «Ich nehm 'n Bier.»

«Hasseröder vom Fass?»

Charlie nickt.

Der Kerl macht sich an die Arbeit.

«Ich bin ein Bekannter von Manuel Schuster», sagt Charlie, als der Wirt ihm das Bier vor die Nase stellt.

«Ach ja? Hab Sie hier noch nie gesehen.» Es klingt nicht direkt feindselig, aber freundlich geht anders.

«Wir kennen uns noch nicht so lange», sagt Charlie.

«Sind Sie 'n Bulle oder so was?»

«Privatermittler», sagt Charlie. «Ich bin mit Manuels Anwalt befreundet, und ich bin hier, weil ich Manuel helfen will.»

Der Wirt ist immer noch skeptisch. «Was wollen Sie denn wissen?»

«Hat Manuel hier noch einen offenen Deckel?»

Der Wirt nickt, greift unter den Tresen, zieht ein Stapel Bierdeckel hervor und schaut sie kurz durch. Dann hat er den richtigen gefunden. «84,60 Euro. Wozu brauchen Sie den? Um zu wissen, was er getrunken hat?»

Charlie schüttelt den Kopf. «Ich übernehme das. Manuel hat mich darum gebeten.»

Der Wirt nickt bedächtig, dann legt er Manuels Deckel neben den von Charlie. «Bestellen Sie ihm schöne Grüße von uns.»

«Mach ich gern», sagt Charlie. «Hat Manuel eigentlich

sonst noch was hier deponiert? Vielleicht einen Umschlag mit einen Zweitschlüssel, für den Fall, dass er seinen mal verliert?»

Der Wirt schüttelt den Kopf. «Manuel ist keiner, der vorausplant. Im Gegenteil. Eigentlich ist er jemand, der immer mit Vollgas in den nächsten Schlamassel brettert. Er hat ein Herz aus Gold, und einige haben das ausgenutzt, Frauen insbesondere. Ich weiß allein von dreien, die ihm das Herz gebrochen haben. Deswegen hat er hier am Tresen auch immer Überstunden geschoben, wenn Sie wissen, was ich meine. Ich glaube, der Einzige, der ihn nie enttäuscht hat, war sein Bruder Maik.»

Charlie legt einen Hunderter auf den Tresen. «Stimmt so. Und danke für Ihre Hilfe.»

Der Wirt schiebt den Hunderter zurück. «Schon okay. Geht aufs Haus. Sorgen Sie nur dafür, dass Manu nicht im Knast landet. Das hat er einfach nicht verdient.»

18

Holger ist früh aufgestanden und zur Bäckerei spaziert, wo er ofenfrische Croissants ergattern konnte. Auf dem Rückweg hat er sich Zeitungen besorgt, ein halbes Dutzend Berliner Blätter. Er will allein sein mit einer Tasse Kaffee und einem Croissant, wenn er sich anschaut, wie hohe Wellen sein gestriger Besuch im Hotel Mercure geschlagen hat. Und da er mit sehr hohen Wellen rechtet, atmet er tief durch, bevor er den Lokalteil des Tagesspiegels aufschlägt.

Der Bericht über Anita und Jean-Pierre ist nicht so reißerisch aufgemacht, wie Holger vermutet hätte. Es gibt ein sittsames Foto des Protest-Paares im Bett und einen sachlichen Artikel, der etwa eine Viertelseite umfasst. Was es jedoch nicht gibt, ist ein Bild von Holger. Und nicht nur das, er ist mit keinem Wort erwähnt. Kein Puffelchen, kein Satz darüber, dass er gestern im Mercure aufgekreuzt ist.

Glück gehabt, denkt Holger und schnappt sich die Morgenpost. Zu seiner Überraschung auch hier das gleiche Bild. Über Anita und Jean-Pierre wird berichtet, aber wieder kein Wort über Holger. Fahrig blättert Holger die B.Z. durch. Ein Foto von Anita und Jean-Pierre im Bett, darunter ein Zitat:

«Wir protestieren mit Liebe gegen eine Politik des Hasses». Aber auch hier: kein Foto, keine Erwähnung von Holger.

Geschafft und erstaunt lässt er sich im Stuhl zurückfallen. Was ist hier los?

Sandra, die gerade die Treppe heruntergekommen ist und sich einen Kaffee genommen hat, setzt sich zu ihm. Sie sieht die Zeitungen und weiß, was das bedeutet. Er hat ihr nicht nur von der Puffelchen-Geschichte erzählt, sondern auch von seiner Befürchtung, zum Ziel von Spott und Häme zu werden.

«Nichts», sagt Holger, bass erstaunt. «Die schreiben kein Wort über mich. Hast du deine Kollegen etwa gebeten, die Sache totzuschweigen, oder was ist passiert?»

Sandra lächelt. «Ich vermute mal, da hat jemand aus dem Pressekodex zitiert. Da heißt es unter anderem, dass wir das Privatleben der Menschen achten. Und dieser Grundsatz soll sogar für Polizeihauptkommissare gelten. Ich meine, wenn der Umgang einer Mutter mit ihrem Sohn nicht privat ist, was dann?»

Holger fällt ein Stein vom Herzen. Keine dummen Bemerkungen auf dem Revier, kein Spießrutenlaufen, keine langen Diskussionen mit Frau Niermeyer. Es spart ihm eine Menge Zeit, dass die Presse sein kleines Puffelchenproblem unter den Teppich kehrt.

Er beugt sich zu seiner Frau und gibt ihr einen Kuss. «Danke.»

«Wer sagt denn, dass ich es war, die ein bisschen rumtelefoniert hat?»

Zufrieden beißt Holger in sein Croissant. «Wer auch immer es war, ich schulde ihm oder ihr ein luxuriöses Abendessen.»

Sandra lächelt. «Dann war ich's vielleicht doch.»

«Ach, Sie schon wieder», sagt Manuel Schuster, als Charlie den Besuchsraum betritt. «Oder wohnen Sie jetzt auch hier?»

«Nö», sagt Charlie und setzt sich. «Im Gegensatz zu Ihnen würde ich mich nicht freiwillig einbuchten lassen.»

Manuel Schuster wirkt irritiert. «Wieso denn freiwillig?»

«Ich habe gestern Ihren Fluchtweg rekonstruiert und dabei festgestellt, dass Sie mir unmöglich durch die Lappen gegangen sein können. Wer auch immer auf mich geschossen hat, war wesentlich sportlicher, als Sie es sind.»

Schuster grinst. «Vielleicht sieht man es mir nur nicht an, dass ich flink wie eine Gazelle bin, wenn es drauf ankommt.»

«War mir klar, dass Sie nicht einfach zugeben würden, dass ich recht habe.»

«Wenn es Ihnen klar war, warum sind Sie dann hier?»

«Um Sie zu warnen.»

«Wovor?»

«Derjenige, den Sie decken, ist in ebenso großer Gefahr wie Sie selbst. Für Hundt wird es langsam eng. Ich würde ihm so ziemlich alles zutrauen, spätestens seit bekannt ist, dass Maik ermordet wurde.»

Charlie sieht, dass seine Worte Wirkung zeigen. Manuel gerät ins Grübeln.

«Ich kann Ihnen helfen. Und ich kann demjenigen helfen, der tatsächlich auf mich geschossen hat. Aber dazu müssten Sie kooperieren.»

Manuel nickt bedächtig. «Mal angenommen, es stimmt, dass ich jemanden decke – könnten Sie dafür sorgen, dass die Polizei keinen Wind davon bekommt?»

«Warum wollen Sie unbedingt für einen anderen den Kopf hinhalten?»

«Könnten Sie oder nicht?»

Charlie zögert. Holger wird keinen Unschuldigen vor Gericht stellen, damit ein Schuldiger davonkommt. Und obwohl Charlie oft dafür zu haben ist, Regeln und Gesetze zu biegen oder zu umgehen, kann er Holger in diesem Fall sogar verstehen. «Ich werde die Polizei so lange draußen halten wie möglich. Aber ich kann Ihnen nicht versprechen, dass diese Sache unter uns bleibt.»

Manuel lehnt sich zurück und verschränkt die Arme vor der Brust. «Dann tut's mir leid.»

«Und es ist Ihnen gleichgültig, dass Sie und der wahre Attentäter ins Visier von Dr. Hundt geraten könnten?»

Er lässt die Arme sinken und lehnt sich wieder vor. «Logisch ist mir das nicht gleichgültig. Aber mein Bruder ist tot. Und was ich hier mache, ist der letzte Gefallen, den ich ihm noch tun kann. Ich weiß, er hätte das so gewollt.»

Charlie macht sich erneut auf den Weg nach Königs Wusterhausen, diesmal, um mit Jenny Bitterling zu reden. Als er seinen Gran Torino in den Mittelweg steuert und die gleichförmigen kleinen Häuschen mit den gleichförmigen kleinen Gärtchen sieht, kommt er sich etwas deplatziert vor. Hier parken fast nur Familienkutschen. Mit einem amerikanischen Straßenkreuzer wird man bestimmt für einen Drogendealer gehalten. Charlie sucht sich einen Parkplatz und geht zu Fuß weiter.

Er hat eben in einem kleinen Café an der Spree drei Milchkaffee und ein Schokocroissant gebraucht, um Manuel Schusters letzten Satz zu enträtseln. Und dann war ihm klar, dass Jenny Bitterling die Sniperin gewesen sein muss. Das hat Manuel mit dem letzten Gefallen gemeint, den er seinem toten Bruder getan hat: Maik wollte Jenny und den Kindern helfen, und er ist dafür das Risiko eingegangen, Hundt massiv unter Druck zu setzen. Vermutlich war Maik das seinem besten Freund Rocco schuldig. Deshalb hätte er niemals zugelassen, dass Jenny ins Gefängnis wandert. Und nun ist es Manuel, der das mit allen Mitteln zu verhindern versucht.

Dass Jenny Bitterling die Sniperin gewesen sein soll, schien Charlie zuerst ziemlich weit hergeholt. Dann aber stellte er fest, dass auch die Umstände der Tat perfekt zu Jenny passten: Sie hatte wahrscheinlich einen Schlüssel zu Maiks Apartment. Vielleicht kümmerte sie sich um alles, wenn Maik und Manuel nicht da waren. Auf diese Weise hatte sie jedenfalls auch Zugriff auf das Gewehr.

Außerdem hat Maik ihretwegen mit Dr. Hundt gesprochen, weshalb sie entgegen ihrer Behauptung nicht nur wusste, worum es ging, sondern auch, mit wem Maik sich angelegt hatte.

Und dann war plötzlich nicht nur Maik tot – mit ihm war auch ihre letzte Hoffnung auf eine halbwegs glückliche Zukunft gestorben. Ihre ganze Wut und Verzweiflung müssen sich an diesem Abend Bahn gebrochen haben.

Als Jenny die Haustür öffnet, sagt Charlie: «Hallo, ich bin Charlie Brinks. Sie haben kürzlich auf mich geschossen. Haben Sie kurz Zeit, um mit mir darüber zu reden?»

Seine Überrumpelungstaktik zündet nicht ganz, zeigt aber trotzdem Wirkung.

Jenny wird blass, dann stottert sie: «Äh? Was? Wie bitte?»

«Ich habe mit Manuel gesprochen», sagt Charlie ruhig. «Keine Sorge, ich bin nicht von der Polizei, ich bin Privatdetektiv. Ich will wirklich nur mit Ihnen reden.»

Sie sieht ihn mit großen Augen an, ein paar Sekunden nur, aber Charlie kommt es wie eine Ewigkeit vor. Dann bricht sie in Tränen aus.

Charlie begreift, dass da gerade eine tonnenschwere Last von ihren Schultern fällt. Seit dem Anschlag ist sie bestimmt völlig mit den Nerven runter, hat sich Tag für Tag aufs Neue zusammengerissen. Bestimmt ist sie jedes Mal tausend Tode gestorben, wenn es an der Tür geklingelt hat, weil sie fürchten musste, dass ihr die Polizei doch noch auf die Schliche gekommen ist.

Notdürftig trocknet sie die Tränen mit dem Ärmel ihres Sweatshirts. Dann bedeutet sie Charlie mit einer Kopfbewegung, dass er hereinkommen soll.

Charlie, den gerade die Wölbung ihres Bauches daran erinnert, dass sie ihr zweites Kind erwartet, bekommt ein schlechtes Gewissen, Sniperin hin oder her. «Wenn Sie wollen, dann können wir auch gern ein anderes Mal reden.»

Sie winkt ab. «Schon gut. Ich bin beinahe froh, dass es endlich raus ist. Wollen Sie einen Tee? Ich hab gerade welchen aufgesetzt.»

«Gern», antwortet Charlie und geht mit ihr ins Haus.

Jenny schlägt vor, sich ins Wohnzimmer zu setzen, aber Charlie findet es ganz gemütlich in der Küche, wo er ihr Gesellschaft leistet, während sie Tee eingießt. Gegenüber der L-förmig angeordneten Küchenzeile steht ein Tisch, an dem zwei Stühle und ein Hochstuhl Platz haben. Hier saßen Rocco, Jenny und der kleine Rocco junior, um die gemeinsamen Mahlzeiten einzunehmen. Im nächsten Jahr wird hier statt des zweiten Stuhls ein zweiter Hochstuhl stehen.

Charlie spürt einen Kloß im Hals. Das Haus längst nicht abbezahlt, den Mann unlängst zu Grabe getragen und zwei kleine Kinder zu ernähren. Kein Wunder, dass diese Frau die Nerven verloren hat.

«Zucker oder Honig?»

«Weder noch. Danke.» Er bemerkt den harten Zug um ihren Mund und fragt sich, ob sie den schon immer hatte oder ob sie ein weicherer Typ war, als Rocco sich in sie verguckt hat.

Sie stellt den Tee auf den Küchentisch und setzt sich Charlie gegenüber. «Wo habe ich Sie denn erwischt?»

Charlie versteht nicht ganz.

«Die Kugel. Wo hat die Kugel Sie erwischt?»

«Am Arm», sagt Charlie. «Ein Streifschuss. Halb so wild.»

«Tut mir trotzdem leid. Eigentlich wollte ich niemanden verletzen.» Sie überlegt kurz, schüttelt dann den Kopf. «Nein, das stimmt nicht. Ich hab in Kauf genommen, dass es Verletzte gibt. Ich bin an diesem Abend nach Berlin gefahren, um mich an Hundt zu rächen. Erst hat er mir den Mann genommen und jetzt auch noch den besten Freund. Ich wollte Hundt Angst machen, und ich wollte ihn am Boden sehen. Er sollte spüren, wie es sich anfühlt, wenn man verzweifelt ist.»

Charlie nippt an seinem Tee. Irgendein Kräutertee, den Jenny nur minimal hat ziehen lassen. Schmeckt wie heißes Wasser mit einem leichten Hauch Himbeergeschmack.

«Lecker», lügt Charlie.

«Schwangerschaftstee», erklärt Jenny. «Beruhigt und entwässert.»

«Kann ich beides gut gebrauchen», sagt Charlie.

Ein Lächeln. Es lässt für einen Sekundenbruchteil den harten Zug um ihren Mund verschwinden. Der war also nicht immer da.

«Ob er verzweifelt war, kann ich Ihnen nicht sagen. Ich weiß aber, dass Sie ihn am Boden hatten, er musste sich unter seinem Schreibtisch verkriechen, um nicht von Ihren Kugeln erwischt zu werden.»

Sie presst die Lippen aufeinander. «Ich hätte ihn töten können, nicht wahr?»

Charlie nickt. «Um ein Haar wäre Ihnen das geglückt. Rein zufällig, versteht sich.»

Sie reibt sich die verheulten Augen, verschmiert dabei die spärlichen Reste ihres Make-ups. «Diese Sache war einfach nur eine Riesendummheit, ich weiß. Ich hab mich so ohnmächtig gefühlt, und ich war so wütend. Immerhin hab ich Glück im Unglück gehabt – ich hätte an diesem Abend zur Mörderin werden können.»

«Ich vermute, auch das hätte Manuel auf sich genommen», sagt Charlie.

«Die Polizei hat gesagt, er könnte mit einem blauen Auge davonkommen.»

«Schon möglich. Momentan handelt es sich um gefährliche Körperverletzung. Dafür gibt es eine Bewährungsstrafe oder ein paar Monate Gefängnis. Aber darauf muss er sich schon einstellen. Ist allerdings ein Spaziergang im Vergleich zu gefährlicher Körperverletzung mit Todesfolge. Die hätte ihm garantiert ein paar Jahre eingebracht.»

«Ich bin Manu unendlich dankbar, dass er das auf sich nimmt. Und ich bete jeden Abend dafür, dass er nicht ins Gefängnis muss. Wir hätten einfach akzeptieren sollen, dass diese Welt leider nicht gerecht ist. Dann wäre Maik noch am Leben, Manu säße nicht im Gefängnis, und ich wäre genauso arm, wie ich es jetzt auch bin.»

«Erzählen Sie doch mal von vorn», sagt Charlie.

«Alles hat mit Roccos Unfall angefangen. Die Abteilung sollte plötzlich doppelt so viel leisten, es kamen aber keine neuen Mitarbeiter. Maik und Rocco haben es so gemacht wie in den Anfangstagen bei der Air Brandenburg: Sie haben die Ärmel hochgekrempelt und sich dafür krummgelegt, die neuen Ziele zu erreichen. Rocco war völlig überarbeitet, als es zu dem Unfall kam.» Sie stockt und kämpft mit den Tränen.

Charlie wartet geduldig, bis sie weitersprechen kann.

«Klar hat er selbst entschieden, die Zusatzschichten zu machen, aber nur weil es diese Anweisung von oben gab. Trotzdem wollte die Versicherung nicht zahlen. Die sagten, es sei kein regulärer Arbeitsunfall, weil Rocco auf eigene Faust entschieden habe, bis spät in die Nacht zu arbeiten, und das sei fahrlässig gewesen.»

«Um wie viel Geld ging es?», fragt Charlie.

«Um sehr viel», antwortet Jenny. «Die hätten 175 000 Euro zahlen müssen. Davon könnten wir nicht nur ein paar Jahre leben, sondern auch die Raten fürs Haus bezahlen. Im Moment sieht es so aus, dass wir bald auf der Straße stehen. Unser ganzes Erspartes steckt in diesem Haus, das ist dann auch noch futsch.»

«Und deshalb hat Maik Ihnen geholfen», vermutet Charlie.

«Er war schon vorher für uns da, hat mit der Versicherung gesprochen und in der Firma alle Hebel in Bewegung gesetzt. Als dann klar war, dass nichts mehr gehen würde, hat Maik sich an den Vorstand gewendet, ist aber auch da nicht weitergekommen. Zu diesem Zeitpunkt hatte er die Abteilung bereits übernommen, weil sein Vorgänger gekündigt worden war. Maik sollte die Übergabe der Arbeiten an einen externen Dienstleister koordinieren. Es war ihm versprochen worden, dass er und die verbliebenen Arbeiter neue Verträge bei diesem Dienstleister bekommen würden. Aber auch das war eine Lüge.»

Charlie hat seinen Tee ausgetrunken, schiebt die Tasse zur Seite.

«Möchten Sie noch einen?»

«Danke nein, ich will es nicht übertreiben mit dem Entwässern. Außerdem interessiert mich, wie es weiterging.»

«Eines Nachts hatte Maik mal wieder lange gearbeitet. Er war auf dem Weg nach draußen, und weil die Toiletten auf seiner Etage gerade gereinigt wurden, hat er die Toilette auf der Konferenzetage benutzt. Dabei hat er ein Gespräch zwischen Hundt und einem anderen Vorstandsmitglied belauscht. Die beiden haben über die bevorstehende Insolvenz der Airline gesprochen. Da hat Maik geistesgegenwärtig sein Handy hervorgezogen und alles aufgezeichnet.»

«Worüber haben die beiden noch gesprochen?»

«Über die Abwicklung von Maiks Abteilung. Die Leute sollten ausgebootet werden. Es war nie geplant gewesen, ihnen neue Verträge zu geben. Und die Verdoppelung der Serviceleistung war auch nur ein Manöver, um die Leute weichzukochen und zum Wechsel zu bewegen. Hundts Kollege hatte Sorge, dass das herauskommen könnte, aber Hundt versicherte ihm, dass es keine schriftlichen Aufzeichnungen vom Vorstand gebe. Niemand würde belangt werden können. Und niemand müsste um seine Abfindung fürchten.»

«Harte Nummer», sagt Charlie.

Jenny nickt. «Können Sie sich vorstellen, wie es sich anfühlt, wenn man weiß, dass der eigene Mann wegen eines taktischen Spielchens gestorben ist? Und nur damit ein paar Leute, die sowieso reich sind, noch reicher werden?»

«Ich kann zumindest verstehen, warum Sie Hundt am Boden sehen wollten.»

«Mir hätte klar sein müssen, dass Maik ein viel zu ehrlicher Kerl ist, um es mit Hundt aufzunehmen. Maik hat mir gesagt, dass er Hundt mit dem aufgezeichneten Gespräch entweder erpressen oder in den Knast schicken könnte. Beides wollte er nicht. Er wollte nur, was uns zustand. Hundt sollte die Auszahlung der 175 000 Euro an mich veranlassen, dann hätte er das aufgezeichnete Gespräch bekommen. Maik hatte eine Kopie auf einen Stick gezogen. Hundt wollte das Geld aber lieber in bar übergeben, angeblich weil es sich um sein privates Geld handelte. Maik war einverstanden.» Jenny stockt. «Den Rest der Geschichte kennen Sie ja.»

«Maik ist zu dem Treffen gefahren», sagt Charlie. «Hatte er da den Stick bei sich?»

«Klar. Alles war wie vereinbart. Maik hat darauf vertraut, dass 175 000 für Hundt nur ein Taschengeld sind. Ich meine, der Mann bekommt mehr als 11 Millionen Euro für die Abwicklung von Air Brandenburg. Was sind für so jemanden 175 000 Euro? Außerdem haben wir nichts verlangt, was uns nicht zusteht, auch das hat Maik immer wieder betont.»

«Wissen Sie, wo sich das Original der Aufnahme befindet?»

Jenny wirkt irritiert. «Was denn für ein Original?»

«Die Datei, die auf dem Handy war.»

«Die hat Maik gelöscht, nachdem er die Kopie auf den Stick gezogen hat.»

«Und er hat keine weitere Kopie gemacht?»

«Nein. Maik wollte nicht mit gezinkten Karten spielen. Er hat sich nicht als Erpresser gesehen, weil er nur gefordert hat, was uns zusteht. Und er wollte auch in Zukunft kein Erpresser werden. Der Stick wäre eine immerwährende Versuchung gewesen, noch mehr Geld von Hundt zu verlangen. Deshalb hat Maik immer gesagt, dass die Sache vom Tisch ist, wenn wir bekommen haben, was uns zusteht.»

«Ich weiß», sagt Charlie und denkt daran, dass er genau diesen Satz in der Tiefgarage gehört hat.

«Das Schlimmste für mich ist, dass Hundt mit all dem davonkommen wird», sagt Jenny traurig.

Das ist noch nicht raus, findet Charlie, schweigt aber.

19

Es ist spät. Charlie schickt Holger eine SMS:

Noch wach?

Dann klingelt das Handy.

«Was gibt's denn?», fragt Holger.

«Liegst du schon im Bett?»

«Du rufst an, um dich nach meiner Nachtruhe zu erkundigen?»

«Ich dachte, weil du doch berufstätig bist.»

«Was willst du, Charlie?»

«Ich steh vorm Haus. Falls du noch wach bist, könnten wir kurz reden.»

«Wie hört es sich denn für dich an? Würdest du sagen, ich bin noch wach?»

«Ja, denke schon. Und? Liege ich richtig?»

«Ich sitze auf der Terrasse. Komm einfach durch den Garten.»

«Auf der Terrasse? Ist das nicht ein bisschen kühl?», fragt Charlie.

«Doch», erwidert Holger. «Aber es gibt ja Decken. Außerdem wird der Wein nicht so schnell warm.»

«Wieso ziehst du nicht einfach auf die Terrasse?», fragt Charlie. «Das ist doch sowieso dein Lieblingsplatz zu jeder Jahreszeit. Du könntest dir ein schickes Feldbett unter die Markise stellen.»

Holger drückt das Gespräch weg, weil Charlie nun in Hörweite ist. Gerade schält sich seine Silhouette aus dem Halbdunkel. «Ich fände es aber nicht so toll, wenn wir beide in meinem Garten leben würden.»

Charlie muss grinsen. «Apropos. Kümmert sich eigentlich jemand um mein Haus, während ich weg bin?»

«Was liegt denn an? Hast du Kabelfernsehen bestellt oder so was?»

«Nein, aber es muss ab und zu mal durchgelüftet werden. Ich hab doch im November das Dach gedämmt. Sonst gibt es irgendwann Stockflecken.»

Neben Holgers Weinglas steht ein zweites. Er gießt ein.

«Hast du mich etwa erwartet?», fragt Charlie.

«Sandra ist schon ins Bett gegangen. Du kannst ihr Glas und ihre Decke haben.»

Charlie setzt sich. «Perfekt.»

«Du kommst nicht umsonst so spät hier vorbei», unkt Holger.

Charlie schüttelt den Kopf. «Nein. Ich hab was für dich.»

«Jetzt sag bloß, der Stick lag tatsächlich in der Schaumkrone.»

«Das leider nicht», sagt Charlie. «Aber ich weiß jetzt, dass Manuel Schuster nicht auf Dr. Hundt geschossen hat. Ich hab unsere Verfolgungsjagd rekonstruiert. Nie im Leben wäre Schuster mir durch die Lappen gegangen. Er kann es einfach nicht gewesen sein.»

«Das vermute ich schon länger», erwidert Holger. «Dummerweise wird er trotzdem so lange im Knast sitzen, wie er selbst das Gegenteil behauptet und sich kein anderer Schuldiger findet.»

«Wie wäre es, wenn ich den wahren Sniper gefunden hätte?»

Holger, der gerade im Begriff ist, an seinem Glas zu nippen, hält inne. «Hast du?»

«Du bist nicht zuständig, was den Schützen betrifft, oder?»

«Das kommt auf das Motiv an. Aber es ist nicht ungewöhnlich, dass die Mordkommission ermittelt, wenn jemand auf Leute schießt. Worauf willst du hinaus?»

«Du müsstest mir versprechen, dass du den Namen des Schützen für dich behältst. Manuel deckt ihn, und das soll auch so bleiben.»

«Kann ich nicht. Du verlangst von mir, dass ich den Falschen einbuchte, während ein Krimineller frei herumläuft.»

«Erstens hast du mit Manuel bereits den Falschen eingebuchtet», erwidert Charlie. «Und zweitens heißt der eigentliche Bösewicht Dr. Hundt. Er wollte den Stick und ist dafür über die Leiche von Maik Schuster gegangen.»

«Hat das der Sniper erzählt?», fragt Holger.

«Hundt ist der Schuldige», beharrt Charlie. «Das wissen wir beide.»

«Du hörst dich schon an wie Mutter», sagt Holger. «Aber es stimmt. Hundt ist unser Mann. Es gibt nur das winzige Problem, dass wir ihm nichts nachweisen können.»

«Vielleicht müssen unsere Methoden kreativer werden», schlägt Charlie vor.

«Ich bin Polizist, Charlie. Meine Methoden sind leider nur so kreativ, wie es die gesetzlichen Spielräume zulassen. Aber wie wäre es, wenn du noch mal mit Manuel Schuster sprichst? Sag ihm, dass wir auf seiner Seite stehen. Wenn der Sniper Informationen für uns hat, die wir gegen Hundt verwenden könnten, dann wäre uns doch allen geholfen.»

Charlie überlegt, dann nickt er. «Gute Idee. Werde ich machen.»

Er steht auf und beginnt, in den nächtlichen Garten zu schlendern. «Danke für den Wein. Ich mach mich dann mal wieder auf den Weg, sonst kürzt mir mein Auftraggeber noch das Honorar.»

Wenig später hat ihn die Dunkelheit verschluckt. Holger hört, wie der V8 des Gran Torino anspringt und sich das dumpfe Grollen des Motors langsam entfernt.

Der Kommissar gießt sich bedächtig noch einen Schluck Wein nach. Bevor Charlie kam, war Holger kurz davor, ins Bett zu gehen.

Jetzt muss er nachdenken.

Manuel Schuster grinst, als Charlie den Besucherraum betritt. «Möchten Sie sich nicht doch hier ein Zimmer nehmen? Ich meine nur, weil Sie dann nicht jeden Tag so weit fahren müssen, um mich zu sehen.»

«Macht mir nichts aus», sagt Charlie und setzt sich. «Ich hätte uns sogar Croissants und Cappuccino mitgebracht, aber das erlauben die hier leider nicht.»

Manuel winkt ab. «Danke. Ich hatte heute schon ein labbriges Brot mit Schmierkäse. War besser, als es sich anhört. Aber wie Sie wissen, muss ich ja sowieso ein bisschen auf meine Linie achten.»

«Ich war gestern bei Jenny», sagt Charlie und macht eine Kunstpause, um seinem nächsten Satz Nachdruck zu verleihen. «Sie war es, die auf mich geschossen hat.»

Charlie bemerkt ein kurzes, ängstliches Flackern in Manuels Augen, als er fortfährt: «Und wissen Sie auch, was mich drauf gebracht hat? Ihr letzter Satz gestern.»

Manuels Schockstarre löst sich rasch wieder auf. Er versucht ein lässiges Lachen, aber man hört die Anspannung, die darunter liegt. «Echt jetzt? Sie denken wirklich, dass eine schwangere, alleinerziehende Mutter eine Stunde lang durch die Gegend fährt, nur um wild herumzuballern und damit ein paar Jahre Knast zu riskieren? Glauben Sie mir, Jenny hat mehr Grips in der Birne. Was wäre aus den Kindern geworden, wenn man sie erwischt hätte? Allein deshalb wäre sie doch niemals darauf gekommen, einen solchen Schwachsinn zu veranstalten.»

«So ähnlich hat sie es auch genannt», erwidert Charlie. «Aber Menschen tun nun mal schwachsinnige Dinge, besonders wenn sie wütend oder verzweifelt sind.»

Manuel ahnt, das Charlie die Wahrheit sagt, aber dennoch greift er nach dem letzten Strohhalm. «Sie bluffen doch nur.»

Charlie schüttelt langsam den Kopf. «Jenny hat mir alles erzählt. Ich vermute, auch Sie kennen die Details: Zuerst hat Rocco diesen tödlichen Unfall, die Versicherung will nicht zahlen, und dann wird Maik eines Nachts zufällig Zeuge eines brisanten Gesprächs und zückt geistesgegenwärtig sein Handy, um alles aufzuzeichnen. Muss ich noch mehr sagen?»

Manuel lässt sein Kinn auf die Brust sacken. «Scheiße.»

«Nicht unbedingt», erwidert Charlie. «Ich habe Ihnen gesagt, dass ich auf Ihrer Seite stehe. Ich will Dr. Hundt genauso drankriegen wie Sie.»

Manuel hebt den Kopf. «Vergessen Sie's. So Typen wie der sind einfach zu gerissen für diese Welt. Die schlüpfen durch jedes Netz. Ich meine, was muss denn noch alles passieren? Rocco ist tot, Maik ebenso, Jenny weiß nicht, wie es weitergehen soll, und ich sitz im Knast, um ihr wenigstens das zu ersparen.»

«Aber die Indizien sprechen gegen Hundt. Momentan hat die Polizei nur Verdachtsmomente. Mit einer Aussage von Jenny würde sich das grundlegend ändern. Ich glaube, wir hätten dann eine echte Chance, ihn doch noch zu erwischen.»

«Oder er zieht wie immer den Kopf aus der Schlinge, und am Ende muss Jenny in den Knast, weil sie den Anschlag auf Hundt zugegeben hat.»

Manuels Theorie ist nicht von der Hand zu weisen. Charlie schweigt.

Sein Gegenüber beugt sich vor. «Seien Sie kein Arsch. Lassen Sie alles so, wie es ist. Ob ich hier drinsitze oder auf irgendeinem Barhocker, interessiert nun wirklich niemanden. So kann ich wenigstens Jenny helfen. Und vielleicht specke ich sogar ein paar Kilo ab.»

Holger hat Besuch von Waters & Black erwartet, allerdings nicht so früh. Kevin McBannon sitzt bereits zwanzig Minuten vor Dienstbeginn im Besprechungsraum, damit ihm der Kommissar auf keinen Fall durch die Lappen geht.

Während Holger sich Kaffee eingießt und die Plörre dann großzügig mit Milch und Zucker streckt, lässt er Frau Bökh nachfragen, ob der frühe Gast ebenfalls Kaffee möchte. Zu gern würde Holger dem arroganten Schnösel eine Tasse von dem verbrannten Zeug servieren, das hier alle täglich tapfer in sich hineinschütten.

Leider verzichtet McBannon. Er hätte gern ein stilles Wasser, aber bitte, wenn möglich, mit einem Spritzer Zitronensaft.

«Zitronen sind leider alle, die letzten haben wir gestern Mittag für unsere Caipirinhas verbraucht», sagt Holger, als er den Konferenzraum betritt. «Aber was kann ich sonst für Sie tun?»

«Für Caipirinha verwendet man Limetten», erwidert McBannon ungerührt.

Mist, denkt Holger. So was passiert auch nur, wenn Weintrinker witzig sein wollen.

«Aber ich glaube, Sie wissen, warum ich hier bin», fährt McBannon fort.

«Ich vermute, wegen meines jüngsten Besuches bei Dr. Hundt.»

«Ich hatte Sie gewarnt. Was glauben Sie, was ich jetzt tun werde?»

Holger zuckt mit den Schultern. «Sagen Sie es mir.»

«Ich könnte Sie verklagen. Sie und diese ganze Abteilung.»

«Dann wären Sie nicht hier, sondern würden es einfach tun, oder?»

«Vielleicht interessiert mich davor noch, was Sie gestern geritten hat, meine eindeutige Warnung in den Wind zu schlagen.»

«Hab ich doch gar nicht», sagt Holger lammfromm. «Ich habe Dr. Hundt sogar angeboten, den offiziellen Weg zu gehen, aber er hielt das nicht für nötig.»

«Sie haben ihn mit Vorwürfen konfrontiert, die mich vermuten lassen, dass Sie gegen meinen Mandanten ermitteln. Ist das so? Steht er unter Verdacht?»

«Wie schon bei unserem letzten Gespräch angedeutet:

Wir ermitteln immer in alle Richtungen», sagt Holger. «Leider weiß man ja vorher nie, wo man graben muss.»

McBannon nippt an seinem Wasser, stellt das Glas zurück auf den Tisch und schiebt es von sich weg, als hätte es die Grippe. «Apropos graben. Wir haben auch mal ein bisschen gegraben und sind da auf eine interessante Sache gestoßen. Wie Sie sicher wissen, hält sich Ihre Mutter momentan im Mercure Hotel auf, wo sie das Bett mit einem ehemaligen Air-Brandenburg-Mitarbeiter teilt. Die beiden veranstalten dort eine Protestaktion, über deren Geschmack man streiten kann, die aber völlig legal ist. Insofern also kein Problem. Würden Sie als leitender Ermittler jedoch einen konkreten Verdacht gegen eine Führungskraft der Air Brandenburg hegen – sagen wir mal gegen Dr. Hundt –, dann könnten Ihre Vorgesetzen darin einen Zielkonflikt sehen. Ihre Mutter hat sich immerhin an die Spitze der Protestbewegung gesetzt. Sie wären damit eindeutig persönlich involviert.»

So ein kleines Arschloch, denkt Holger. Der angebliche Zielkonflikt interessiert den nicht die Bohne. Das ist nur ein Vorwand, damit McBannon der Niermeyer die Sache mit Anita petzen kann. Wie war das doch gleich? *Waters & Black – wir machen jeden Dreck*. McBannon macht dem inoffiziellen Slogan gerade alle Ehre.

«Dr. Hundt ist ein freier Mann», sagt Holger. «Er hat von mir weder irgendwelche Auflagen bekommen, noch haben wir ihm eine Vorladung geschickt. Gäbe es einen konkreten Verdacht, dann wäre das anders.»

«Das freut mich zu hören», sagt Kevin McBannon. «Wobei ich nichts anderes erwartet habe. Wenn Sie mir jetzt noch versprechen, ab sofort die vereinbarten Kommunikationswege einzuhalten, dann sind wir hier für heute auch schon fertig.»

«Gern», sagt Holger. «Ich möchte Sie nur noch bitten, mir die Antworten auf unsere schriftlich gestellten Fragen ebenfalls schriftlich zukommen zu lassen.»

McBannon steht auf. «Abgemacht. Das kommt mir sehr entgegen. Je klarer und unmissverständlicher wir kommunizieren, desto besser.»

«Erstens das», erwidert Holger. «Und zweitens kann ich mir dann Ihren Anblick ersparen. Das wiederum kommt mir sehr entgegen.»

McBannon verzieht keine Miene. «Fein. Dann hätten wir das ja auch geklärt. Danke fürs Wasser, Herr Kommissar.»

Kim lässt sich in aller Frühe zum Savignyplatz chauffieren, wo ein Ernährungsberater residiert, der angeblich schon den Speiseplan der niederländischen Königsfamilie optimiert hat. Er soll auch Kims Essgewohnheiten überprüfen und perfektionieren.

Charlie weiß zwar nicht, was Kim in dieser Hinsicht noch besser machen will, zumal sie sich ohnehin wie eine Spitzensportlerin ernährt, aber da er selbst für einen saftigen Burger und ein eiskaltes Bier jeden Fitnesssalat stehen lassen würde, darf er da sowieso nicht mitreden.

Kims früher Ausflug kommt ihm jedoch sehr gelegen, denn so kann er sich in Ruhe von ihr verabschieden.

Er hat schlecht geschlafen letzte Nacht. Und heute früh, bei einem perfekten Kaffee aus Hundts perfekter Kaffeemaschine, ist ihm klargeworden, dass er so nicht weitermachen kann. Nicht nach dem, was er gestern erfahren hat.

«Ich möchte mich von Ihnen verabschieden», sagt er zu

Kim, als er den Wagen an der Ecke Knesebeckstraße zum Halten bringt. «Ich werde kündigen. Sobald wir wieder zurück sind, rede ich mit Ihrem Mann. Kutschi ... also ich meine Herr Kutscher, wird sicher schnell Ersatz für mich schicken. Ich gehe deshalb davon aus, dass heute mein letzter Tag bei Ihnen ist.»

Er hält ihr den Umschlag hin, den sie ihm im Mandala gegeben hat. «Danke für Ihr Vertrauen, aber Sie werden verstehen, dass ich unter diesen Umständen Ihren Auftrag nicht annehmen kann. Hier haben Sie Ihr Geld zurück.»

Kim nimmt den Umschlag an sich. Sie ist sichtlich irritiert. «Sie schmeißen den Job von heute auf morgen hin? Woher dieser plötzliche Sinneswandel?»

«Ach, mir sind da nur ein paar Dinge klargeworden», antwortet Charlie nebulös.

Als er ihr fragendes Gesicht sieht, fügt er hinzu: «Ich würde sagen, es ist eine persönliche Angelegenheit.»

Sie überlegt. «Was Ihnen da klargeworden ist, hat aber nicht zufällig etwas mit dem zu tun, worum ich Sie gebeten habe, oder?»

Charlies Schweigen ist ihr Antwort genug. Sie legt den Umschlag auf die Armlehne. «Sie können das Honorar behalten, beantworten Sie mir nur ein paar Fragen.»

«Die Antworten, die Sie gern hätten, kann ich Ihnen nicht geben», erwidert Charlie.

«Ich erwarte keine Fakten. Es geht mir nur um Ihre persönliche Meinung.»

Passiert auch nicht alle Tage, dass ihm jemand fünf Riesen für seine Meinung bezahlt. Dabei interessieren sich Charlies Klienten oft für seine persönliche Einschätzung. Die am häufigsten gestellte Frage betrogener Ehefrauen lautet: Finden

Sie, dass die andere einen sympathischen Eindruck macht? Wie dem auch sei, noch keiner hat Charlie für seine Meinung derart fürstlich bezahlt.

Kim reißt ihn aus seinen Gedanken. «Glauben Sie, dass mein Mann ein Mörder ist?»

Charlie überlegt immer noch, ob er ihr Angebot annehmen soll. Dann nickt er langsam. «Ja, das glaube ich. Meiner Meinung nach hat Ihr Mann den Mord an Maik Schuster in Auftrag gegeben. Aber das kann man ihm nicht nachweisen.»

«Wenn Sie das so sagen, klingt es wie ‹noch nicht›», meint Kim.

Charlie zuckt mit den Schultern. «Ein gut eingefädelter Auftragsmord ist schwer zu beweisen. Aber es gibt immer eine Schwachstelle. Es muss nur eine Kleinigkeit misslingen, und schon sitzt du lebenslang hinter Gittern. Ein entscheidender Faktor ist deshalb, ob die Nerven aller Beteiligten mitspielen. Aber so wie ich das einschätze, hat Ihr Mann Nerven wie Drahtseile.»

«Abgesehen davon, ob er ungeschoren davonkommt oder nicht – noch einmal: Sie persönlich sind davon überzeugt, dass mein Mann ein Mörder ist?»

«Das ist der Grund, weshalb ich den Job hinschmeiße.»

Kim öffnet die Tür. «Danke für alles, Charlie Personenschützer. Sie brauchen nicht auf mich zu warten, ich habe später noch etwas zu erledigen.» Sie schenkt ihm ein kurzes Lächeln. «Machen Sie's gut.»

Die Tür fällt ins Schloss, Kim hat den Umschlag liegen lassen. Charlie fragt sich, wer sie war, bevor sie Frau Dr. Hundt wurde. Ob sie der Frau von damals wohl gern noch einmal begegnen würde?

Er startet den Motor.

Charlie wundert sich, als Kutschi bei der Villa Hundt die Haustür öffnet. Und er wundert sich noch mehr über Kutschis Schmierentheater: «Charlie, wie konnten Sie mir das nur antun? Ich habe Ihnen vertraut! Und jetzt erfahre ich von meinem wichtigsten Klienten, dass Ihre beeindruckende Vita frei erfunden ist. Von wegen Job bei Bruce Willis, dafür aber ein Bruder, der bei der Polizei arbeitet und meinem Klienten unangenehme Fragen stellt. Verdammt, Charlie! Was haben Sie sich nur dabei gedacht?»

Charlie ahnt, was vor sich geht. «Ist Dr. Hundt da?»

«Im Arbeitszimmer», antwortet Kutschi, um einen strengen Ton bemüht. «Sie haben eine Minute Zeit, um sich zu entschuldigen, danach werden wir beide gemeinsam Ihre Sachen holen, und Sie händigen mir die Schlüssel aus. Ab sofort übernehme ich persönlich die Betreuung von Dr. Hundt.»

Charlie lässt sich von Kutschi zu Hundt eskortieren, der hinter seinem Schreibtisch hockt wie ein ungnädiger Schulrektor.

«Herr Kutscher hat mir versichert, dass Ihr Arbeitsvertrag Sie zu absolutem Stillschweigen verpflichtet.»

Charlie muss ein Lachen unterdrücken. Vertrag? Was denn für ein Vertrag?

«Ich hoffe, Sie haben sich an diese Klausel gehalten, denn sonst müssten Sie mit Post von meinen Anwälten rechnen.»

«Keine Sorge», sagt Charlie und findet, dass er damit genug gesagt hat.

Das findet Hundt offenbar auch, denn er nickt. «Gut. Herr Kutscher wird sich um alles Weitere kümmern. Danke dafür, dass Sie mir und meiner Frau das Leben gerettet haben. Und jetzt entschuldigen Sie mich bitte, ich habe zu tun.» Hundt macht keine Anstalten, aufzustehen und Charlie die Hand zu geben.

«Keine Ursache», sagt Charlie.

Zehn Minuten später wirft er seine Tasche in den Gran Torino und ist froh, einen der bestbezahlten Jobs, die er je hatte, los zu sein.

Als er den Motor starten will, klingelt sein Handy. Es ist Holger. «Was gibt's?»

«Da war so ein Typ von Waters & Black bei mir im Büro. Die Anwälte von Hundt haben herumgeschnüffelt. Ich wollte dich nur warnen: Könnte sein, dass deine Tarnung auffliegt.»

«Jep», sagt Charlie. «Ist gerade passiert.»

20

Charlie frühstückt in einem Café am Ku'damm. Ist einer dieser Läden, die an eine Mensa erinnern. Ein großer, heller Raum mit praktischen Möbeln und hohem Lärmpegel. Viele Touristen, viele junge Leute, viel Laufkundschaft, die meisten Angestellte, die sich Kaffee und Sandwiches fürs Büro besorgen.

Eigentlich sind solche Läden nicht Charlies Kragenweite. Er mag es ruhig, gemütlich und überschaubar. Aber heute hat er Lust, im Strom des Lebens zu baden. Die Leisetreterei und Langeweile in der Hundt'schen Villa waren nämlich auch nicht sein Ding. Jetzt hat er das Gefühl, ein Mausoleum verlassen zu haben und endlich wieder Sonne auf der Haut zu spüren. Deshalb fühlt er sich heute inmitten lärmender Schüler, stillender Mütter, stoischer Rentner und genervter Bedienungen pudelwohl.

Der Lärmpegel ist zwar hoch, aber nicht hoch genug, um Charlies innere Stimme zu übertönen. Die wird nicht müde, ihm zuzurufen, dass er den Fall Maik Schuster nicht einfach so ad acta legen kann. Auch wenn Manuel ihn darum gebeten hat, alles so zu lassen, wie es ist – Charlie kennt die Wahrheit. Und sie wird ihn verfolgen. Seine innere Stimme wird ihn immer daran erinnern, dass er eine alleinerziehende Mutter sang- und klanglos ihrem Schicksal überlassen hat. Andererseits hat Manuel recht: Es ist ein Risiko, Hundt herauszufordern, und dieses Risiko würde nicht Charlie tragen, sondern Jenny.

Noch auf dem Weg nach Königs Wusterhausen überlegt Charlie, ob sein Plan nicht doch zu riskant ist. Sollte er nach dem Gespräch mit Jenny auch nur den leisesten Zweifel daran hegen, dass alles gut für sie ausgehen wird, dann hat sich die Sache erledigt.

«Was ist das denn für ein Plan?», fragt Jenny, als die beiden sich bei einer Tasse Schwangerschaftstee gegenübersitzen.

«Im Grunde geht es darum, Maiks Job zu Ende zu bringen», erklärt Charlie. «Hundt kann nicht wissen, dass Maik wirklich restlos alle Kopien der Sprachdatei vernichtet hat. Maik könnte eine allerletzte Datensicherung gemacht haben, die er löschen wollte, sobald das Geld ausgezahlt worden wäre.»

«Und diese Datensicherung habe ich zufällig gefunden?», mutmaßt Jenny.

«Genau. Nur ist jetzt die Datei für Dr. Hundt doppelt brisant. Sie beweist nicht nur, dass er sich als Vorstandsvorsitzender die Finger schmutzig gemacht hat, sie belastet ihn auch schwer im Mordfall Maik Schuster.»

«Sie wollen also Dr. Hundt erpressen», stellt Jenny nüchtern fest. «Maik hatte mit einem ähnlichen Plan kein Glück. Was macht Sie so sicher, dass ich die Sache überleben werde?»

«Ich hoffe, dass selbst ein Dr. Hundt Skrupel hat, eine alleinerziehende und obendrein schwangere Mutter aus dem Weg zu räumen, nur wegen einer vergleichsweise kleinen

Geldsumme. Außerdem würde der Einsatz damit für ihn beinahe unermesslich hoch werden, denn die Verbindung zwischen Ihnen und Maik würde die Polizei auf direktem Weg zu Hundt führen. Und ich glaube, diesmal könnte die Kripo ihn drankriegen.»

«Verstehe», sagt Jenny. «In dieser Variante bin ich nur leider schon tot. Meine Frage war eigentlich, warum Sie glauben, dass ich die Sache überleben könnte.»

Charlie nippt an seinem Schwangerschaftstee. Er hat ihr dieses Szenario bewusst geschildert, um ihr klarzumachen, was auf dem Spiel steht. Vielleicht hofft er insgeheim sogar, dass sie seinen Plan rundherum ablehnt. «Ich glaube, dass Sie die Sache überleben werden, weil ich ab dem Moment, wo Sie Hundt kontaktiert haben, nicht mehr von Ihrer Seite weichen werde.»

«Sie wollen mein Bodyguard werden?», fragt sie erstaunt.

«Genau, und zwar so lange, bis das Geld eingetroffen ist und Sie sich mit Ihrem Sohn in einen ausgedehnten Urlaub mit unbekanntem Ziel verabschiedet haben.»

Sie lächelt versonnen. «Urlaub. Das klingt zu schön, um wahr zu sein.»

«Ich kann Ihnen nur leider nicht hundertprozentig versprechen, dass die Sache glattläuft», sagt Charlie. «Falls Sie auch nur den leisesten Zweifel hegen ...»

«Zufällig weiß ich, dass Sie kein so schlechter Bodyguard sind», wirft sie ein.

«Damit könnten Sie richtigliegen. Trotzdem mache ich Fehler.»

«Denken Sie, ich schaffe es überhaupt, Hundt glauben zu machen, dass ich diese Sprachdatei besitze?»

«Auch das müssen Sie selbst einschätzen. Denken Sie in

Ruhe über alles nach. Und nehmen Sie sich Zeit. Ich müsste sowieso noch ein paar Dinge erledigen, bevor wir die Sache angehen. Falls Sie das Risiko eingehen wollen, rufen Sie mich an. Falls nicht, auch gut. Ehrlich gesagt weiß ich nicht, ob ich es tun würde, wenn ich an Ihrer Stelle wäre.»

«Okay», sagt sie gedehnt. «Ich lasse es mir durch den Kopf gehen.»

Holgers Erfahrung ist, dass Tage, die nicht gut anfangen, meistens auch nicht besonders gut weitergehen. Nur die allerwenigsten Tage schaffen es, einen schlechten Start aufzuholen. Nach dem Gespräch mit McBannon ist Holger deshalb gespannt, aus welcher Richtung ihn die nächsten Probleme anspringen werden.

Sein Handy klingelt. Anita. Was die Probleme betrifft, würde die Richtung stimmen. «Guten Morgen, Mutter.»

«Ich möchte Anzeige erstatten. Wegen Freiheitsberaubung und Erpressung. Und wegen Nötigung und Beleidigung.»

«Das hier ist die Mordkommission, Mutter. Wenn du keine Leiche hast, dann kann ich nichts für dich tun.»

«Jetzt sei doch nicht immer so spießig wie dein Vater», faucht Anita. «Du musst uns helfen. Die wollen uns wegen Zechprellerei festnehmen lassen. Stell dir das mal vor! Kaum ebbt das Interesse an unserer Protestaktion minimal ab, schon legt man uns die Daumenschrauben an. Das geht doch nicht!»

Holger muss grinsen. Anita und Jean-Pierre haben es also nicht geschafft, John und Yoko den Rang abzulaufen. «Doch. Das geht, Mutter. Wenn ihr eure Rechnung nicht bezahlt, dann dürfen sie euch anzeigen.»

«Ja, und jetzt?» Sie klingt ehrlich ratlos.

Holger denkt an das Gespräch mit McBannon und fragt sich, ob er zwei Fliegen mit einer Klappe schlagen kann. «Ich könnte vielleicht versuchen, die Sache geradezubiegen. Aber dann müsstet ihr mir versprechen, dass ihr die Protestaktionen beendet. Dich ständig aus dem Knast oder aus irgendwelchen anderen Schwierigkeiten rausholen, das schaffe ich auf die Dauer schon rein zeitlich nicht.»

«Protest ist ein demokratisches Grundrecht. Das kannst du mir nicht verbieten.»

«Will ich auch nicht, Mutter. Nur bist du dann auf dich allein gestellt. Ich hau dich nämlich nicht heute im Mercure raus, um dich morgen dann doch wieder im Knast zu besuchen. Und das Gleiche gilt für deinen Steward.»

Schweigen am anderen Ende der Leitung. Anita denkt offenbar nach. Dann schnauft sie genervt. «Okay. Einverstanden. Unser Protest bringt ja doch nichts. Jean-Pierre und ich haben wirklich alles versucht, aber dem Großkapital sind wir völlig gleichgültig. Und die Presse hat uns auch nur benutzt. Heute bist du gut für eine Schlagzeile, morgen lassen sie dich wieder fallen. Wozu also der ganze Aufwand?»

«Nur noch mal zum Mitschreiben», sagt Holger. «Wenn ich euch jetzt aus dem Mercure hole, dann kommt ihr beide mit mir nach Hause, und ab sofort sind eure Protestaktionen Geschichte, richtig?»

«Ja, doch», sagt Anita genervt. «Bist du schwer von Begriff, oder was?»

Nils Holmgren, der Direktor des Mercure Hotels, empfängt Holger in einem Büro, das an ein Jugendzimmer erinnert: helles Laminat, helle Holzmöbel und hellgelb gestrichene

Wände. Alles hier schreit dir entgegen, dass es einen freundlichen Eindruck machen will. Noch freundlicher ist nur Herr Holmgren selbst.

«Was kann ich für Sie tun?», fragt er und scheint sich schon sehr darauf zu freuen, Holger gleich helfen zu dürfen.

«Sie wollen meine Mutter und ihren Lebensgefährten wegen Zechprellerei anzeigen», sagt Holger.

«Das ist richtig», antwortet Holmgren mit einem breiten Lächeln und blättert in einer mehrseitigen Rechnung. «Wie mir meine Assistentin eben mitgeteilt hat, belaufen sich die Auslagen für Zimmer 407 inzwischen auf 2750 Euro. Darin enthalten ist die ebenfalls noch offene Rechnung von Herrn Choupet.»

«Choupet? Meinen Sie Jean-Pierre?», hakt Holger nach.

«Genau. Jean-Pierre Choupet», bestätigt Holmgren irritiert. «Hatten Sie nicht gerade gesagt, er sei der Lebensgefährte Ihrer Mutter?»

«Doch, aber ich kannte bislang nur seinen Vornamen», sagt Holger. «Eltern erzählen einem heutzutage ja kaum noch was.»

Holmgren nickt beflissen. «Falls Sie gekommen sind, um die Rechnung zu begleichen, dann könnte ich Ihnen dahingehend entgegenkommen, dass wir auf eine Anzeige verzichten würden. Immerhin haben Ihre Mutter und Herr Choupet dem Hotel ein wenig Publicity beschert. Deshalb drücken wir da gern ein Auge zu.»

«Ich glaube, es war sogar eine Menge Publicity», sagt Holger. «Genug jedenfalls, um uns auch bei der Rechnung noch etwas entgegenzukommen, oder?»

Holmgren überlegt kurz, dann sagt er: «Okay. Sollen wir

einfach sagen, 2000 Euro glatt? Und wir vergessen die Sache.»

Holger wiegt den Kopf hin und her. «Wie teuer ist Jean-Pierre eigentlich die Sache in Ihrer Hotelbar zu stehen gekommen?»

Holmgren blättert. «1650 Euro. Wissen Sie, es sind eine Menge Flaschen zu Bruch gegangen, außerdem ein gläserner Einlegeboden. Die Kosten für Reinigung und Entsorgung haben wir freundlicherweise gar nicht mit eingerechnet.»

«Na ja, die Gegenseite hat ja sicher auch so viel bezahlt, oder?», fragt Holger.

Holmgrens höfliches Lächeln erstirbt. «Welche Gegenseite?»

«Ich habe gehört, dass Jean-Pierre von Mitarbeitern einer anderen Airline provoziert wurde. Diese Leute werden Sie doch sicher auch zur Verantwortung gezogen haben, oder etwa nicht?»

Holmgrens Mundwinkel zucken nervös. Sie scheinen lächeln zu wollen, schaffen es aber gerade nicht. «Nun, Herr Choupet war stark angetrunken, was man von seinen Kollegen nicht behaupten konnte.»

Holger findet langsam Gefallen an dem Verhör von Nils Holmgren. Ist doch mal eine schöne Abwechslung. «Und Sie glauben, weil Jean-Pierre angetrunken war, ist er automatisch für den entstandenen Schaden verantwortlich?»

«Ähm. Nicht direkt», antwortet Holmgren zögerlich. «Aber ich meine, er hat den Schaden ja auch allein und eigenhändig verursacht.»

«Ja. Aber hätte er das auch, wenn er nicht provoziert worden wäre?»

Holmgren überlegt, dabei blättert er noch mal die Rechnung durch. «Wenn ich Herrn Choupet die Hälfte der Kosten für den kleinen Vorfall in der Bar erlasse, dann kommen wir auf 1175 Euro, sagen wir 1000 Euro glatt. Wäre das für Sie in Ordnung?»

«Absolut», sagt Holger und wartet, bis Holmgren erleichtert aufgeatmet hat, bevor er hinzufügt: «Um was für Provokationen ging es eigentlich bei diesem kleinen Zwischenfall in der Bar?»

Holmgrens Mundwinkel zucken bedenklich. «Keine Ahnung, warum fragen Sie?»

«Weil ich gehört habe, dass da auch rassistische Äußerungen gefallen sein sollen. Wie an seinem Namen unschwer zu erkennen, kommt Jean-Pierre nicht von hier. Er ist Korse und gehört somit auch innerhalb von Frankreich zu einer Minderheit.»

Holmgrens Mundwinkel zucken im Takt einer Maschinengewehrsalve. «Und was soll das heißen?»

Holger zieht die Schultern hoch. «Keine Ahnung, aber falls Jean-Pierre auf die Idee kommen sollte, die Sache publik zu machen, dann könnte das negative Schlagzeilen für Ihr Hotel bedeuten. Ich meine, die Presse weiß ja jetzt, wo sie Jean-Pierre finden kann.»

Holmgren presst die Lippen aufeinander, was immerhin das Zucken seiner Mundwinkel beendet. «Wissen Sie, was? Wir machen das jetzt folgendermaßen: Sie zahlen nur den Zimmerpreis inklusive Frühstück. Den Roomservice und die Angelegenheit in der Bar übernehme ich. Das wären dann ...» Er tippt die Zahlen in einen klobigen Tischrechner. «354 Euro. Allerdings müssen Sie mir versprechen, dass die Sache damit erledigt ist, und das gilt auch für den Vorfall in der Bar. Ich will nichts von rassistischen Äußerungen in meinem Hotel hören. Und ich wäre Ihnen außerdem sehr verbunden, wenn Sie die beiden sofort mitnehmen könnten.»

«Einverstanden», sagt Holger und zückt seine EC-Karte. «In zwanzig Minuten sind Sie sie los.»

Anita und Jean-Pierre wünschen sich nach den Aufregungen der letzten Tage vor allem eins: Ruhe. Holgers Gartenhaus scheint ihnen der ideale Platz zu sein, um Abstand zu gewinnen, durchzuatmen und wieder zu Kräften zu kommen.

«Das kann ich euch aber nicht versprechen», sagt Holger, als die beiden mit ihren Koffern schnurstracks zum Gartenhaus marschieren. «Wahrscheinlich braucht Charlie das Häuschen selbst. Soweit ich weiß, hat er den Job als Bodyguard an den Nagel gehängt.»

«Na und?», erwidert Anita. «Es ist nicht Charlies, sondern immer noch dein Gartenhaus. Also bestimmst du, wer darin wohnen darf. Charlie kann ja auch bei euch im Haus schlafen. Oder ins Hotel ziehen. Als Vasall des Großkapitals hat er bestimmt eine hübsche Stange Geld verdient.»

«Es ist zwar mein Gartenhaus», bestätigt Holger. «Aber Charlie genießt so eine Art Wohnrecht. Ich meine, immerhin hat er das Dach gedämmt und alles repariert. Das muss ich ja irgendwie honorieren.»

Gerade will Anita nach der Türklinke greifen, da öffnet sich die Tür von innen, und Charlie erscheint. «Tag zusammen – ich habe alles gehört. Das Dach ist zwar jetzt gedämmt, aber die Schallisolierung der Wände steht leider noch aus.» Er grinst Holger an. «Danke übrigens für den Teil mit dem Wohnrecht.»

«Da bist du ja», sagt Holger und wirkt beinahe erleichtert, Charlie zu sehen.

«Ja, aber ich bin auch gleich wieder weg», sagt Charlie, schultert eine schwerbeladene Sporttasche, die aussieht, als hätte er sie auf dem Müll gefunden, und sagt zu Anita und Jean-Pierre: «Ihr könnt das Gartenhaus haben, zumindest vorerst.»

«Bleibst du jetzt doch länger bei Hundt?», fragt Holger verwundert.

«Nein, mein Job als Bodyguard ist durch», antwortet Charlie. «Aber Mutter hat recht. Ich habe eine hübsche Stange Geld verdient, und davon werde ich jetzt mal ein paar Scheine unter die Leute bringen. Also, wir sehen uns die Tage.»

Holger nickt irritiert. «Okay. Dann mal viel Spaß.»

«Danke, werde ich haben», sagt Charlie und schlendert zum Gartentor.

Als das Grollen des Gran Torino langsam leiser wird, steht Holger immer noch da und überlegt, was er von Charlies spontanen Freizeitplänen halten soll. Sein Bruder ist bestimmt kein vor Leidenschaft glühender Ermittler, andererseits wundert es Holger dann doch, dass Charlie mitten in einem Fall die Koffer packt. Ein Fall im Übrigen, von dem er immer betont hat, dass es ihr gemeinsamer ist.

Anita reißt Holger aus seinen Gedanken. «Wir bräuchten noch frische Bettwäsche, Puffelchen. Und ein zweites Kopfkissen. Und kannst du uns bitte eine große Kanne Früchtetee aufsetzen?»

«Leider seid ihr nicht mehr im Mercure Hotel», sagt Holger forsch. «Für den Roomservice müsst ihr also selbst sorgen. Außerdem schuldet ihr mir noch 350 Mücken. Bevor wir über Früchtetee und andere Annehmlichkeiten reden, sollten wir uns darüber unterhalten, wann Jean-Pierre den Rasen mähen möchte.»

Holger erwartet keine Antwort. Reicht ihm völlig, dass es Anita die Sprache verschlagen hat.

Auf der Terrasse kommt Lucas ihm entgegen. Als er Anita und Jean-Pierre bemerkt, die am Gartenhaus herumwuseln, fragt er: «Sind die etwa immer noch hier?»

«Schon wieder», sagt Holger. «Aber sie wollen im Gartenhaus bleiben. Im Haus ist die Luft also momentan rein.»

Lucas umklammert den Halteriemen seines Rucksacks und überlegt.

«Wo warst du eigentlich die letzten Tage?» Holger sieht, dass Lucas die Frage als Provokation empfindet, und fügt rasch hinzu: «Musst du nicht sagen. Ich hab nur aus Interesse gefragt.»

Lucas regt sich wieder ab. «Bei Freddy.»

Holger nickt zufrieden. Freddy hat auch schon mal eine Weile bei ihnen gewohnt, als er mit seinen Eltern Stress hatte. Passt. «Dann grüß ihn bitte mal. Und ebenfalls schönen Gruß an seine Eltern.»

Lucas nimmt den Rucksack ab und stellt ihn sich zwischen die Beine. «Du bist nicht sauer, dass ich einfach so zu Freddy gezogen bin?»

Holger zuckt mit den Schultern. «Du bist kein Kind mehr. Außerdem würde ich hier ab und zu auch gern ausziehen, wenn ich könnte.»

Lucas grinst. «Ärger mit den Eltern? Kenn ich.»

21

Charlies Sporttasche sieht nicht umsonst aus, als hätte er damit auf der Straße gelebt. Sie war monatelang hinter Werkzeug und altem Plunder auf dem staubigen Dachboden des Gartenhauses versteckt. Charlie hat zwar einen Teil seiner Ausrüstung ständig bei sich, aber sollte sein Wagen je gestohlen werden – was bei einem Gran Torino nicht unwahrscheinlich ist –, dann wäre es schlecht, wenn die Diebe im Auto nicht nur eine geladene Sig Sauer finden würden, sondern auch genug Munition, um damit einer längeren Belagerung standzuhalten, sowie allerlei militärisches Gerät, darunter eine Nachtsichtbrille und eine kugelsichere Weste. Aus diesem Grund hatte Charlie die Idee, den größten Teil seiner Ausrüstung in einer unauffälligen Sporttasche im Gartenhaus zu deponieren.

Warum er den Kram ausgerechnet heute holt, weiß er selbst nicht so genau. Charlie geht davon aus, dass Hundt ein Mann vernünftiger Entscheidungen ist. Es besteht also kein Grund, sich auf den Abend mit Jenny vorzubereiten, als müsste man in den Krieg ziehen. Aber er will auf alle Eventualitäten vorbereitet sein.

Die Wahrheit ist: Charlie hat Angst. Angst, dass er sich irren und Hundt doch nicht so rational handeln könnte wie von Charlie vorhergesagt. Angst aber auch, dass er dem Job nicht gewachsen ist. Wenn die Sache schiefgeht, wird Charlie seines Lebens nicht mehr froh.

Anders als Charlie scheint Jenny fest entschlossen. In ihrer SMS stand:

> Ich habe mich entschieden und will den Plan durchziehen – am liebsten noch heute.

Charlie glaubte in ihrer Eile ein Zeichen von Unsicherheit zu erkennen. Sah so aus, als würde sie die Sache schnell hinter sich bringen wollen. Er schrieb ihr zurück, es sei nicht gut, die Dinge zu überstürzen.

Ihre Antwort-SMS überraschte ihn mit einem pragmatischen Grund:

> Ich will nichts überstürzen, aber Rocco jr. übernachtet heute sowieso bei einem Freund aus der Kita. Warum warten?

Jetzt sitzen Jenny und Charlie sich am Küchentisch gegenüber, flankiert von zwei Tassen Schwangerschaftstee. Zwischen ihnen liegt Jennys schnurloses Festnetztelefon wie der Jackpot bei einem Pokerspiel. Charlies kugelsichere Weste hängt über Roccos Kinderstuhl. Jenny fragt, ob es tatsächlich was bringe, sich dieses Ding überzuziehen. Er antwortet schulterzuckend, dass man sich auch mit einer solchen Weste eine tödliche Kugel einfangen könne. Völlig sicher sei man eben nie.

«Tja, offenbar hat man deutlich weniger unter Kontrolle, als man denkt», antwortet Jenny. «Mein Mann hat auf eine Versicherung vertraut, die ihn im entscheidenden Moment im Stich gelassen hat. Sein bester Freund hat darauf vertraut, einen fairen Deal auszuhandeln, und diesen Irrtum mit dem Leben bezahlt. Man weiß nie, was kommt.»

Charlie kann ihr da nur zustimmen. Das sagt er aber nicht laut. Stattdessen will er ihr ein allerletztes Mal auf den Zahn fühlen. «Noch können wir den Plan einfach vergessen. Überlegen Sie also in Ruhe, ob Sie das hier wirklich tun wollen. Wenn Sie erst mit Hundt telefoniert haben, dann gibt es kein Zurück mehr.»

Jenny nippt an ihrem Tee. Charlie bemerkt, dass sie völlig ruhig wirkt.

«Darf ich Ihnen was sagen, Charlie?»

«Aber klar.»

«Sie reden jetzt schon wieder Ihren eigenen Plan schlecht. Können Sie das vielleicht mal lassen? Dieses ständige Hin und Her geht mir ein bisschen auf die Nerven. Ich verstehe ja, dass Sie Angst um mich haben. Ich habe auch Angst. Nicht um mich, aber um Rocco und um mein ungeborenes Kind. Aber ich vertraue darauf, dass das Schicksal es zur Abwechslung auch mal gut mit mir meint. Und ich vertraue besonders auf Sie.» Sie lächelt. Einer der seltenen Momente, in denen der harte Zug um ihren Mund verschwindet. «Im Gegensatz zu Maik hab ich einen Bodyguard. Noch dazu einen der besten, die man kriegen kann.»

Große Worte, denkt Charlie. «Selbst der beste Bodyguard macht mal einen Fehler.»

«Ja. Ich weiß. Wir alle machen Fehler, Charlie. Mein Mann hat einen tödlichen Fehler gemacht, sein bester Freund ebenso. Vielleicht machen wir jetzt gerade auch einen Riesenfehler. Aber was ist die Alternative?»

«Am Leben bleiben?», fragt Charlie.

Sie lacht bitter und schluckt ein paar Tränen herunter.

«Wissen Sie, Rocco und ich, wir haben fast nie gestritten. Nicht weil wir ein so unglaublich harmonisches Paar waren, sondern weil er jedem Streit aus dem Weg gegangen ist. Er war mit wenig zufrieden und dachte, wenn er nicht zu viel fordert, dann lässt man ihm sein kleines Glück. Als sie bei der Airline die Schichten verdoppelt und verdreifacht haben, da wollte ich, dass Rocco sich beschwert. Ich fand, er sollte das schon aus Prinzip nicht mit sich machen lasen. Aber wie immer hat er den Kopf eingezogen und gesagt, dass er die Arbeit schon irgendwie schaffen wird. Das war kein heldenhafter Einsatz von ihm, das war schlicht Feigheit. Nur niemandem auf die Füße treten, nur nicht unangenehm auffallen. Und jetzt ist Rocco tot, und sein Mörder bekommt Millionen.» Sie greift nach dem Telefonhörer. «Ich werde jetzt Hundt anrufen und ihm meine Forderungen mitteilen. Und ich vertraue einfach mal darauf, dass es irgendwo in diesem Universum doch noch Gerechtigkeit gibt.»

Charlie schiebt einen Zettel mit Hundts Telefonnummer über den Tisch.

«Wie bin ich an seine Nummer gekommen?», fragt Jenny.

«Das ist nicht die Nummer von Dr. Hundt», antwortet Charlie. «Sondern die seiner Anwälte. Sagen Sie denen, wer Sie sind und dass Sie eine Aufnahme besitzen, die Maik Dr. Hundt geben wollte. Er soll Sie deshalb schnellstmöglich zurückrufen.»

Jenny nickt und beginnt zu wählen.

Es dauert gerade mal fünf Minuten, bis Hundt sich zurückmeldet. «Mein Anwalt hat mir gesagt, dass Sie wichtige Informationen für mich haben.»

«Ich habe eine Kopie der Aufnahme, wegen der Maik ermordet wurde», sagt Jenny. Sie klingt ruhig und bestimmt.

Macht sie gut, findet Charlie.

«Was wollen Sie?», fragt Hundt.

«Was schon Maik von Ihnen wollte», antwortet Jenny. «Nur das, was mir zusteht.»

«Maik wollte mehr, er wollte Gerechtigkeit. Wie ist es bei Ihnen? Geht es Ihnen nur ums Geld, oder sind Sie auch auf Gerechtigkeit aus?»

«Das Geld wäre mir Gerechtigkeit genug. Es würde dafür sorgen, dass meine Kinder und ich nicht auf der Straße landen. Dass wir das Haus abbezahlen können. Und dass ich die kommenden Jahre ohne finanzielle Probleme überstehen und mich auf meine Kinder konzentrieren kann. Ja, das fände ich gerecht.»

Charlie lehnt sich zurück. Das macht sie sogar sehr gut.

Hundt schweigt, offenbar denkt er nach.

«Was Ihnen passiert ist, tut mir leid», sagt er dann. «Ich gebe Ihnen eine Viertelmillion, wenn die Sache damit endgültig erledigt ist.»

Jennys Augen werden größer, fragend sieht sie Charlie an. Der nickt.

«Was soll ich sagen? Einverstanden.»

«Sind Sie heute Abend zu Hause?»

«Bin ich.»

«Ich schicke Ihnen jemanden vorbei. So gegen zehn.»

Charlie verzieht das Gesicht. Zehn findet er ein bisschen spät.

«Geht es auch früher?», fragt Jenny.

«Zehn Uhr», wiederholt Hundt. Sein Tonfall duldet keinen Widerspruch. «Ich will, dass mein Kurier möglichst wenig Aufmerksamkeit erregt. Er wird das Geld in bar bei sich haben. Halten Sie die Datei bereit.»

«Okay», sagt Jenny.

«Alles Gute für Sie», wünscht Hundt und legt auf.

Jenny lässt den Hörer sinken. Erwartungsvoll sieht sie Charlie an.

Der nickt anerkennend. «Das haben Sie sehr gut gemacht. Um nicht zu sagen, perfekt.»

«Und jetzt?», fragt Jenny.

«Warten wir auf Ihr Geld», antwortet Charlie.

Holger sitzt auf der Terrasse, genießt die Stille und ein Glas Chablis. Warm ist es nicht, aber auch nicht richtig kalt. Im Grunde ideal für jemanden, der allein auf der Terrasse sitzen und in Ruhe ein Glas Wein trinken möchte. Wäre es wärmer, dann würde jetzt draußen fürs Abendessen gedeckt werden, und Holgers besinnlicher Moment ginge im Geschirrgeklapper unter. Aber zum Glück ist es ja eigentlich zu kalt, um den Abend im Freien zu verbringen. Zufrieden nippt Holger am Wein.

Drinnen bereitet Jean-Pierre mit Hilfe von Sandra und Anita ein Meeresfrüchte-Risotto zu. Schon immer wäre er lieber sein eigener Chef in einem kleinen, französischen Bistro gewesen als Steward bei Air Brandenburg.

Holger betrachtet das noble Abendessen als Geste der Dankbarkeit für seinen Einsatz im Mercure. Und er weiß diese Geste wirklich zu schätzen, zumal der Chablis, den er gerade entkorkt hat, bestimmt ganz hervorragend zum Essen passen wird. Wenn das Risotto nur halb so gut ist, wie es die Schwärmereien von Anita vermuten lassen, dann dürfte es tatsächlich ein netter Abend werden.

Zumindest der näheren Zukunft könnte Holger also entspannt und optimistisch entgegensehen.

Aber tief in ihm drin, da nagt der Ärger über den Fall Maik Schuster. Dabei ist Hundt nicht der erste Kriminelle, den Holger laufen lassen muss, weil die Beweise nicht ausreichen. Als Polizist lernst du schon früh, damit klarzukommen, dass die Gegenseite manchmal cleverer ist – oder einfach nur mehr Glück hat.

Was Holger ärgert, ist, dass Hundt nicht davonkommen wird, weil er clever ist oder Glück hat, sondern weil er keinerlei Skrupel kennt. Das ist Holger bei ihrem letzten Gespräch klargeworden. Er wusste plötzlich nicht nur, dass Hundt schuldig ist, er wusste auch, dass er alles – und das heißt wirklich alles – tun würde, um als Sieger aus diesem Kampf hervorzugehen.

Charlie kommt ihm in den Sinn. Holger fragt sich, ob er es seinem kleinen Bruder gleichtun und die Sache rasch ad acta legen sollte. Einfach tief durchatmen, und weiter geht's. Er muss an seine heutige Begegnung mit Charlie denken. Wie der locker seine Sachen gepackt und sich verabschiedet hat – beneidenswert. Er selbst kann nicht so schnell loslassen. Wobei auch Charlie normalerweise nicht so schnell einen Fall aus den Zähnen lässt.

Sandras Stimme reißt Holger aus den Gedanken. «Essen ist fertig.»

«Danke. Ich komme.» Holger wischt den Gedanken an Charlie beiseite. Ein Meeresfrüchte-Risotto, begleitet von einem schönen Chablis, ist ein guter Anfang, um mit dem Grübeln aufzuhören.

Während seiner Zeit als Bodyguard bei Sandler & Sandler hat Charlie gelernt, wie man Tauschgeschäfte absichert. Häufiger, als man denkt, möchten ganz normale Geschäftsleute

Deals unter Ausschluss der Öffentlichkeit machen. Und während Berufskriminelle Drogen- und Schwarzgeldgeschäfte mit eigenen Leuten absichern, bevorzugen halbwegs seriöse Geschäftsleute bei ähnlichen Gelegenheiten die Hilfe professioneller Aufpasser.

Charlie weiß also, wie es läuft. Zuerst musst du dir den Ort ansehen, an dem der Tausch stattfinden soll. Du musst die Fluchtwege kennen und wissen, wo Gefahren lauern. Dann überlegst du dir, wie der Tausch vonstattengehen soll. Ziel ist es, die potenziellen Gefahren für deinen Klienten so klein wie möglich zu halten. Schließlich überlegst du dir einen Plan für den Fall, dass es zu unerwarteten Schwierigkeiten kommt, und noch einen Plan B für den Fall, dass Plan A in die Hose geht.

Charlie beginnt also mit der Arbeit, indem er sich ein genaues Bild von Jennys Haus macht. Im Erdgeschoss befinden sich die Küche, das große Wohnzimmer, ein Gästebad und der Flur, von dem aus man auch das Kellergeschoss und die erste Etage erreichen kann. Die Treppe nach unten ist mit einem Schutzgitter versehen, damit die Putzmittel in der Waschküche oder das Werkzeug im Hobbyraum vor Rocco junior sicher sind. Daneben gibt es noch ein improvisiertes Büro mit Akten und einem alten Schreibtisch sowie eine Rumpelkammer, in der außer Möbeln und Krimskrams auch ein Crosstrainer vor sich hin gammelt.

In der ersten Etage befinden sich das Elternschlafzimmer, Rocco juniors Kinderzimmer und ein momentan als Ankleidezimmer genutzter Raum, der später wohl ebenfalls ein Kinderzimmer werden wird. Alle Räume sind, ebenso wie das große Badezimmer, vom Flur aus erreichbar.

Die Einrichtung ist ähnlich wie das Haus selbst: praktisch

und preiswert. Die meisten Möbel kommen vom Discounter, ein paar Sachen scheinen aus den 70ern zu stammen und somit Erbstücke zu sein.

Im Vergleich zu den Fenstern in der unteren Etage sind die oberen nicht abschließbar. Der Balkon vor dem Elternschlafzimmer mit Blick in den Garten könnte zwar theoretisch ein Einfallstor sein, aber Charlie würde sein letztes Hemd darauf verwetten, dass Hundts Kurier an der Vordertür klingeln wird. Sollte er in böser Absicht kommen, dann wäre ihm das zunächst nicht anzumerken. So würde Charlie es machen: Alle in Sicherheit wiegen und in einem günstigen Moment zuschlagen.

Die abschließbaren Fenster im Erdgeschoss sind beruhigend. Vor der Terrassentür lässt Charlie die Rollläden runter, ebenso vor der Balkontür im Obergeschoss. Im Untergeschoss gibt es zwei Lichtschächte, die mit Gittern und schweren Vorhängeschlössern gesichert sind. Charlie überprüft alles und ist zufrieden.

Bliebe noch die Haustür. Sie ist robust und dreifach gesichert. Es gibt das reguläre Türschloss, ein zusätzliches Bügelschloss und eine Kette, mit der man die Tür einen Spaltbreit öffnen kann, um sich mit einem Besucher Auge in Auge zu unterhalten, ohne ihm gleich Einlass zu gewähren. Es gibt kein Türfenster, durch das man sehen könnte, was draußen passiert, was Charlie ganz recht ist. Ein solches Fenster zeigt ja auch jedem da draußen, was drinnen geschieht. Leider gibt es auch keinen Türspion. Der wäre nicht schlecht gewesen, um sehen zu können, was im Eingangsbereich passiert.

Charlies Plan ist folgender: Jenny soll sich dort aufhalten, wo ihr garantiert nichts passieren kann – im Keller. Von da aus, quasi auf dem unteren Treppenabsatz hockend, wird sie mit Hundts Kurier sprechen, während Charlie im Erdgeschoss das Geld entgegennimmt. Dabei wird er sich nicht zu erkennen geben, weshalb der Kurier annehmen muss, dass er Jenny die Geldbündel durch die nur einen Spaltbreit geöffnete Tür reicht. Ist das Geld übergeben, bekommt Hundts Kurier einen Umschlag, der einen alten Stick enthält, auf dem sich eine Sprachnachricht von Jenny befindet. Sie sagt ihm, dass keine weiteren Kopien von Maiks Aufnahmen existierten und Hundt sicher sein könne, dass sie ihn nicht wieder behelligen werde.

Plan A: Sollte der Kurier in feindlicher Absicht kommen, wird Jenny auf Zuruf von Charlie sofort im Waschkeller verschwinden und die dortige Stahltür verriegeln. Charlie macht derweil den Eindringling unschädlich. Da Jenny sie nicht benötigt, kann er die Schutzweste tragen. Außerdem wird er seine Waffe während des Deals entsichert griffbereit haben.

Plan B: Charlie unterliegt Hundts Schütze zwar, kann ihn aber entweder in die Flucht schlagen oder lange genug aufhalten, bis die Polizei eingetroffen ist. Die wird von Jenny gerufen, sobald sie sich im Keller verbarrikadiert hat. Dort liegt ihr Handy neben dem von Charlie. Beide haben Empfang, beide sind aufgeladen. Falls eines aus irgendwelchen Gründen schlappmacht, wird das andere funktionieren.

Jenny findet, dass Charlie ein bisschen viel Aufwand betreibt. Findet er auch, aber man kann nie vorsichtig genug sein. Wenn der Deal glatt über die Bühne gegangen sein wird, dann freut er sich, dass er sich die Arbeit umsonst gemacht hat.

Als um Punkt 10 Uhr die Türklingel schrillt, sind Charlie und Jenny auf ihren Posten.

Charlie öffnet die Tür, ohne sich zu zeigen. Die Sicherungskette rastet ein.

«Ja, bitte?», fragt Jenny von der Kellertreppe aus. Es hört sich tatsächlich so an, als würde sie direkt hinter der Tür stehen.

«Ich bringe das Geld», sagt eine Stimme mit starkem spanischem Akzent. «Aber Sie müssen mir aufmachen. Der Koffer passt nicht durch diesen kleinen Spalt.»

«Nehmen Sie die Geldbündel aus dem Koffer und werfen Sie sie einzeln in den Flur», sagt Jenny. «Wenn das Geld im Haus ist, dann reiche ich Ihnen den versprochenen Umschlag nach draußen.»

Der Mann vor der Tür scheint zu überlegen. Nach einer Weile fragt er: «Sind Sie allein?»

Instinktiv weicht Charlie ein Stück von der Tür zurück und wendet sich zum Treppenabsatz, um Jenny zu bedeuten, dass sie diese Frage nicht beantworten soll.

Leider kommt sie ihm zuvor. «Bin ich. Und haben Sie auch wie vereinbart das Geld dabei?»

Charlie schwant nichts Gutes, als er sich wieder zur Tür dreht. Im gleichen Moment ist draußen das Geräusch einer schallgedämpften Pistole zu hören. Binnen einer Sekunde durchschlagen drei Projektile die Haustür. Zwei davon zerfetzen Charlies Schutzweste, eines bohrt sich in seine Schulter. Während er noch zu realisieren versucht, was gerade passiert ist, klingelt ihm das panische Schreien von Jenny in den Ohren.

22

Charlie geht zu Boden wie ein Boxer nach einem schweren Haken. Zuerst haut es ihm die Füße weg, dann fällt er ungebremst auf den Rücken. Die Schutzweste schwächt den Sturz nur unwesentlich ab. Er sieht, wie das Blut aus seiner Schulter sickert, spürt aber keinen Schmerz.

Wieder sind Schüsse zu hören. Diesmal zielt der Killer auf das Türschloss. Querschläger zischen durch den Flur.

Charlie bemerkt, dass sich die oberste Treppenstufe in Höhe seines Kreuzes befindet. Sein gesamter Oberkörper ragt über den Treppenabsatz hinaus ins Leere. Er spürt, dass er im Begriff ist, das Gleichgewicht zu verlieren. Panisch greift er nach einer Querstrebe des Treppengeländers, aber zu spät. Seine Finger bekommen das Holz nicht zu fassen, und er schlittert kopfüber die Kellertreppe hinab.

Die Rutschpartie ist schmerzhaft, denn jede Stufe verpasst ihm einen Schlag ins Genick und pumpt einen Schwall Blut aus seiner Schulter.

Jennys Schreien ist zu einem verzweifelten Winseln geworden. Von oben ist zu hören, wie der Killer die Tür einzutreten versucht. Offenbar hat sich das zerschossene Schloss verhakt. Noch wehrt es sich beharrlich dagegen, den Kerl ins Haus zu lassen, aber lange wird es nicht mehr durchhalten.

Charlies Rutschpartie endet kurz vor dem unteren Treppenabsatz, weil es ihm gelingt, seine linke Fußspitze an einer Querstrebe einzuhaken. Er sieht Jenny. Aus Charlies Perspektive steht sie auf dem Kopf. Sie schluchzt, ist schneeweiß im Gesicht, zittert am ganzen Leib und hat natürlich Plan A ebenso vergessen wie Plan B. Charlie sieht sofort, dass sie unter Schock steht. Sinnlos, sie zur Mitarbeit bewegen zu wollen. Bestimmt würde sie nicht einmal zuhören, wenn er ihr was sagte.

Charlie fingert nach seiner Pistole. Scheiße, denkt er. Verdammte Scheiße! Wo zur Hölle ist denn nur meine Knarre? Dann sieht er sie. Sie liegt am oberen Treppenabsatz, der Griff ragt über die letzte Stufe hinaus.

Jetzt ist oben das Geräusch von splitterndem Holz zu hören. In wenigen Sekunden wird das Schloss den Geist aufgeben, und dann geht alles ganz schnell: Wenn der Killer erst freie Bahn hat, dann dauert es keine fünf Sekunden, bis Charlie ein toter Mann ist. Und in diesem Moment sind auch die letzten fünf Sekunden im Leben von Jenny angebrochen.

Charlies Arm zittert. Der Blutverlust, der Sturz und die Angst um Jenny zwingen ihn zu Boden, aber er will und muss aufstehen. Er beginnt, sich am Geländer hochzuziehen, um zu seiner Pistole zu gelangen.

Die Tür gibt ein letztes Ächzen von sich, dann spuckt sie kapitulierend das Schloss und die Klinke in den Flur.

Charlie hat seine Waffe fast erreicht. Schon berühren seine Fingerspitzen den Griff, aber in diesem Moment wird sie von einem Lederstiefel zur Seite gekickt, und am Ende der Treppe erscheint ein kantiger Typ mit kurzgeschorenem

Schädel und kalten Augen. «Wo ist die Aufnahme, die ich hier abholen soll?»

Jennys Schluchzen wird wieder lauter.

Der Kerl hebt die Pistole und zielt auf ihren Kopf, während seine Augen auf Charlie gerichtet sind. «Wo ist die Aufnahme?»

«Es gibt keine Aufnahme», sagt Charlie. «Es war alles nur ein Bluff.»

Der Kerl lässt den Lauf seiner Pistole zu Charlies Kopf wandern. «Wirklich? Umso besser.»

«Ja! Bitte glauben Sie mir. Sie müssen uns nicht töten. Wir haben rein gar nichts gegen Ihren Auftraggeber in der Hand.»

Der Mann am Kopf der Treppe zeigt keine Regung.

«Wenn Sie mich nicht gehen lassen können, dann wenigstens die Frau», bittet Charlie. «Sie ist schwanger. Bitte.»

Der Killer nickt. «Ich weiß, dass sie schwanger ist. Aber ich habe einen Auftrag.» Er zieht die Schultern hoch. Sieht nicht nach echtem Bedauern aus, eher mechanisch. «Ist nichts Persönliches. Ich mach hier nur meinen Job.» Er zielt auf Charlies Stirn und sagt: «Ist vielleicht besser, wenn ihr beide jetzt die Augen schließt.»

Hinter sich hört Charlie das leise Wimmern von Jenny. Wenn jetzt kein Wunder geschieht, dann hat er gleich den Tod einer Schwangeren auf dem Gewissen. Beinahe beruhigend, dass er zuvor selbst den Löffel abgeben wird.

«Hände hoch!»

Charlie fragt sich, ob er das wirklich gehört hat oder ob ihm sein mit Stresshormonen geflutetes Gehirn nur einen Streich spielt. Im selben Moment wirbelt der Killer herum, und es fallen zwei Schüsse, die so nahe beieinanderliegen, dass sie wie ein einziger Schuss klingen. Aber eben nur beinahe.

Atemlos beobachtet Charlie den Killer. Der steht einfach nur da, als wäre er mitten in der Bewegung eingefroren. Dann sackt er plötzlich in sich zusammen und stürzt gegen die Treppenbrüstung. Sieht so aus, als würde er in den Treppenschacht fallen. Sicherheitshalber hebt Charlie den freien Fuß, um den Stürzenden abzufangen. Der leblose Körper prallt jedoch außen an der Brüstung ab und landet im Flur. Rasch bildet sich ein Rinnsal Blut. Es läuft unterhalb der Treppenbrüstung an der Bodendecke entlang in den Keller.

Charlies Erfahrung sagt ihm, dass der Mann tot ist. Oder zumindest so gut wie tot. Zuerst der Kollaps nach dem Schuss, dann der sofortige Blutverlust – die Kugel scheint ein lebenswichtiges Organ getroffen zu haben.

Aber was ist mit dem Schützen, der dem Killer die Kugel verpasst hat? «Hallo? Ist da jemand?»

Er hört ein Atmen, das mehr ein Keuchen ist.

«Hallo?», ruft Charlie erneut.

Er will sich aufrichten, aber der Arm an der angeschossenen Schulter fühlt sich taub an. Außerdem hat er Angst, der zitternden und apathisch vor sich hin stierenden Jenny geradewegs vor die Füße zu fallen.

Aus dem Flur ist ein Husten zu hören. Gespannt wartet Charlie auf eine Reaktion.

«Kollegen ... sind ... gleich ... da.» Die Worte werden mehr gespuckt als gesprochen.

«Holger?» Charlie kann es kaum fassen. «Holger? Bist du das?»

Die Antwort ist ein Gemurmel, das Charlie nicht verstehen kann. «Was sagst du?»

Erneutes Gemurmel.

«Ich hab dich immer noch nicht verstanden. Geht es dir gut?»

Wieder ein Ächzen und Husten, dann sagt Holger zwar mit schwerer Zunge, aber halbwegs flüssig: «Ich habe gerade gesagt, dass du ein gottverdammter Idiot bist, Charlie Brinks.»

Charlie würde gern erwidern, dass sein Bruder wie so oft übertreibt, aber er weiß, dass Holger diesmal goldrichtig liegt. «Gott sei Dank, dass du gekommen bist.»

Holgers Reaktion ist ein missmutig klingendes Grummeln.

«Hat er dich schlimm erwischt?»

Wieder das Grummeln.

«Wie hast du mich überhaupt gefunden?», fragt Charlie. Es geht ihm nicht darum, eine Antwort auf diese Frage zu bekommen, er will nur, dass Holger nicht ohnmächtig wird.

Keine Reaktion.

«Holger?» Charlie horcht, und weil er nun auch das Keuchen seines Bruders nicht mehr hören kann, fügt er hinzu: «Holger? Alles okay mit dir? Sag bitte was, damit ich weiß, dass es dir gut geht.»

Wieder keine Reaktion.

Charlie spürt leichte Panik in sich aufsteigen. «Holger! Sag was! Du darfst nicht einschlafen, hörst du? Du musst wach bleiben. Bleib bei mir! Sag was!»

Charlie hört ein ebenso müdes wie spöttisches Lachen, dann sagt Holger leise: «So ein Idiot, so ein verdammter.»

Charlie muss grinsen. Solange sein Bruder noch schimpft, ist alles okay.

Holger erwacht in einem Krankenhausbett. Das Zimmer ist geräumig, und doch auch wieder nicht geräumig genug, um es mit seinem missratenen Bruder zu teilen. Der liegt ein Bett weiter mit einem frischen Schulterverband, grinst breit und verkündet: «Wie schön. Mein Lebensretter ist endlich wach.»

Holger hebt die Bettdecke, um zu sehen, ob noch alles an ihm dran ist. Er bemerkt einen Bauchverband, ansonsten scheint er in Ordnung zu sein.

«Bauchschuss», erklärt Charlie, immer noch grinsend. «Allerdings ist die Kugel quer eingetreten, weshalb sie keine wichtigen Organe verletzt hat. Man könnte sagen, dein Bauchfett hat Schlimmeres verhindert. Gratuliere.»

«Wie geht's Jenny?», fragt Holger.

Charlies Grinsen verschwindet. «Sie hat einen leichten Schock, ist aber mit dem Schrecken davongekommen. Dem Kind geht's auch gut. Hab eben noch mal mit dem Arzt gesprochen.»

Holger nickt. «Ein Glück.»

«Ja, ein Glück», bestätigt Charlie. «Und du hattest völlig recht. Ich war wirklich ein Idiot. Ich weiß auch nicht, was ich mir dabei gedacht habe, diese Sache allein durchzuziehen. »

«Nicht nur ein Idiot, diesmal warst du ein echter Vollidiot», präzisiert Holger. «Aber es hilft nichts, beim nächsten Mal wirst du wieder was Idiotisches machen, und so wird das immer weitergehen, bis du eines Tages mal kein Glück hast. Ich hoffe nur, dass ich diesen Tag überlebe.»

Charlie beißt sich auf die Unterlippe. «Schon gut, Holger. Wir wissen beide, dass du recht hast. Aber du weißt auch, warum ich es getan habe. Zwei Menschen sind tot, eine Familie ist zerstört, aber der Mörder läuft immer noch frei herum.»

«Alejandro Garcia?», fragt Holger erstaunt.

«Wer ist das? War das der Killer?»

Holger nickt.

«Nein, der nicht. Der ist mausetot. Du hast ihn mitten ins Herz getroffen. Ich rede vom ehrenwerten Dr. Hundt.»

«Schade», sagt Holger. «Ich hatte gehofft, Garcia hätte überlebt. Dann könnten wir ihn jetzt verhören.»

«Ärger dich nicht», sagt Charlie. «Ich glaube nicht, dass er geplaudert hätte.»

«Vielleicht wäre er auf einen Deal eingegangen», erwidert Holger. «Zumindest hätten wir versuchen können, Hundt mit der Info zu bluffen, dass sein Killer ausgepackt hat.»

«Apropos bluffen», sagt Charlie. «Ich hab eine Idee, wie wir Hundt noch drankriegen können. Während du geschlafen hast, hab ich mir einen Plan überlegt.»

«Soso, du hast dir einen Plan überlegt», stellt Holger tonlos fest.

«Ja, sogar einen sehr guten Plan», bestätigt Charlie zufrieden.

«Ich würde jetzt gern laut lachen», sagt Holger. «Aber ich fürchte, dann reißt mir die Bauchdecke auf.»

«Willst du ihn dir nicht wenigstens mal anhören?», fragt Charlie.

«Ganz sicher nicht», antwortet Holger. «Bei deinem letzten Plan wären wir beide um ein Haar draufgegangen, zusammen mit der schwangeren Mutter eines Kindergartenkindes. Ich glaube, du solltest deine Pläne mal kritisch hinterfragen. Oder überleg dir wenigstens, warum der letzte in die Hose gegangen ist, bevor du einen neuen machst.»

Charlie winkt ab. «Das war nur Pech. Mein neuer Plan ist viel besser.»

«War das schon die ganze Fehleranalyse?», fragt Holger. «Du hattest einfach nur Pech?»

«Ja. Was denn sonst? Der Plan hätte auch klappen können.»

Holger seufzt. «So wird das nix, Charlie. So wird das nix.»

«Also, mein Plan ist folgender ...», beginnt Charlie.

Holger unterbricht ihn prompt: «Wie ich schon gesagt habe, ich will nichts davon wissen. Wenn du mal wieder kurz davor bist, von einem Auftragskiller umgelegt zu werden, rechne nicht damit, dass ich vor Ort sein werde, um deinen Arsch zu retten.»

«Aber ich brauch dich», sagt Charlie. «Ohne deine Hilfe werden wir Hundt nicht drankriegen.»

«Ohne meine Hilfe wärst du jetzt nicht mehr am Leben.»

«Eben. Ich schulde dir also was. Deshalb rufe ich Hundt an und sage ihm, dass ich für Jenny den Bodyguard gemacht habe und dass ich es war, der seinen Killer umgelegt hat.»

Holger merkt auf. «Und was soll das bringen?»

«Er weiß, dass er mich nicht einfach aus dem Weg räumen kann, also wird er diesmal zahlen. Ich werde ihm sagen, dass die Übergabe bei ihm stattfindet. Ich bin sicher, er wird es nicht riskieren, mich in den eigenen vier Wänden umzulegen.»

«Und bei dieser Gelegenheit wird er dir selbstverständlich gestehen, dass er mehrere Morde in Auftrag gegeben hat», spottet Holger.

«Ganz genau», erwidert Charlie. «Glaub mir, ich weiß inzwischen, wie er tickt. Ich krieg das hin. Aber dazu müssen deine Leute mich amtlich verwanzen und alles mitschneiden.»

«Vergiss es, Charlie. Für so was brauche ich eine richterliche Genehmigung. Und wenn der Plan auffliegt, dann ist Hundt endgültig vom Haken.»

«Das wäre er doch sowieso», sagt Charlie. «Aber keine Sorge, mein Plan wird funktionieren. Und das mit der Genehmigung kannst du umgehen, wenn ich den Einsatz als privater Undercover-Ermittler auf meine Kappe nehme. Ich würde als Hundts Ex-Bodyguard also dein Zeuge im Mordfalls Maik Schuster werden. Du musst mir nur mit dem Equipment aushelfen. Mein technischer Fundus reicht da leider nicht.»

Holger überlegt. Der Plan ist tatsächlich nicht schlecht. Trotzdem schüttelt der Kommissar den Kopf. «Die Antwort lautet nein.»

«Warum? Der Plan ist gut. Was spricht dagegen?»

«Zum Beispiel, dass er von dir ist», antwortet Holger.

«Ist das wieder so 'n Prinzipien-Ding, oder was?»

«Schon möglich. Vielleicht habe ich ja gerade die Schnauze voll von deinen krummen Touren.»

«Das heißt, wir kriegen Hundt auf dem ordentlichen Dienstweg, oder wir kriegen ihn gar nicht?», stichelt Charlie.

Schweigen.

«Siehst du den Bademantel dahinten in der Ecke?», fragt Charlie.

Holger wirft einen Blick zur Seite. «Mmmmh.»

«Hat mir das Krankenhaus geliehen.»

«Aha.»

«Wenn ich es schaffe, ihn vor dir zu erreichen, dann machen wir es auf meine Weise. Wenn du als Erster dort bist, dann bin ich raus, und du kannst in aller Ruhe deinen Dienstweg beschreiten.»

Holger schaut zum Bademantel, dann zu Charlie. «Mit einem Bauchschuss bin ich viel langsamer als du mit deiner lächerlichen Schulterverletzung.»

«Aber du liegst näher dran», wendet Charlie ein. «Das gleicht sich also wieder aus.»

Holger zögert einen Moment, dann wirft er die Bettdecke zurück.

Charlie springt ebenfalls aus dem Bett, mit nur minimaler Verzögerung. Er ist deutlich beweglicher als sein Bruder.

Womit Charlie allerdings nicht gerechnet hat, ist, dass Holger ihm den Rollwagen, der neben seinem Bett steht, in den Weg schiebt.

Charlie versucht, dem Wagen auszuweichen, stößt dabei heftig mit dem Knie an. Er flucht, während Holger sich siegessicher, aber vor Schmerz ein Bein nachziehend, in Richtung Bademantel schleppt. Fluchend und humpelnd nimmt Charlie die Verfolgung auf.

Es ist ein zähes Kopf-an-Kopf-Rennen – oder besser gesagt ein Kopf-an-Kopf-Kriechen. Mit der Geschwindigkeit eines arthritischen 90-Jährigen zieht Charlie an seinem sich dahinschleppenden Bruder vorbei und greift nach dem Bademantel, kurz bevor der keuchende und stöhnende Holger das Kleidungsstück erreicht.

Es klopft, ein Beamter schaut zur Tür hinein. «Entschuldigen Sie. Ich wollte nur sagen, Ihre Familie ist da. Dürfen die reinkommen?» Er bemerkt, dass Holger und Charlie gerade nach demselben Bademantel greifen. «Soll ich Ihnen vielleicht einen zweiten Bademantel besorgen?»

«Ja, bitte», erwidert Holger. «XXL. Und sagen Sie draußen Bescheid, das wir gleich so weit sind.»

Der Beamte nickt und verschwindet.

Holger und Charlie sehen sich an.

«Das wird klappen», sagt Charlie. «Vertrau mir.»

«Es bleibt unter uns, dass wir diese Sache mit einem Bademantelrennen entschieden haben», erwidert Holger.

Charlie nickt. «Logisch.»

23

«Bökh.»

«Hören Sie mir bitte einfach zu», sagt Holger.

«Alles klar, Chef. Was kann ich für Sie tun?»

«Ich brauche Abhörtechnik für einen großen Lauschangriff, und zwar ...»

«Geht es nur darum, eine Wohnung zu verwanzen, oder soll jemand verkabelt werden?», grätscht die Bökh ihm dazwischen.

Holger fragt sich, wieso sie munter drauflosquatscht, obwohl er sie gerade gebeten hat, einfach zuzuhören. Die Bökh ist ihm manchmal ein Rätsel. Vielleicht hat ihr Gehirn eine unsichtbare Seite, denkt Holger – so wie der Mond.

«Was für ein Zufall», erwidert er. «Wollte ich Ihnen gerade erklären.»

«Super! Dann mal los», frohlockt sie.

«Sie sollen meinen Bruder verkabeln ...»

«Charlie? Aber mit dem allergrößten Vergnügen.»

«Frau Bökh, könnten Sie mich bitte mal ausreden lassen?»

«Kann ich, ist aber nicht nötig. Ich hab verstanden. Ich

besorg uns das große Besteck: unauffälliger Transporter mit Technikern und allem Schnickschnack. Wann soll's losgehen?»

Holger begreift, dass Diplomatie bei der Bökh fehl am Platz ist. «Wir haben keine Genehmigung für die Aktion. Es ist eher so, dass wir meinem Bruder die Technik ... also quasi ... ausleihen.»

Schweigen.

Holger freut sich. Gerade hat er die Bökh zum Schweigen gebracht. Muss ihm erst mal einer nachmachen.

Dauert aber nicht lang, dann ist sie wieder auf Sendung. «Da müsste ich den Typen bequatschen, der sich von mir sexuell belästigt gefühlt hat. Sie wissen ja: wegen meinem T-Shirt.»

«Und ist das ein Problem?», fragt Holger.

Bökh überlegt. «Nö. Ich könnte ihn einfach anlügen und später sagen, dass ich Ihre inoffizielle Anfrage falsch verstanden habe. Das wär dann so ähnlich wie mit meinem T-Shirt, das hat er ja auch falsch verstanden. Tja, die Welt ist leider voll von Missverständnissen.»

«Das klingt gut», sagt Holger. «Danke.»

«Dafür nicht», antwortet die Bökh. «Solange ich mit Klebeband an der nackten Brust von Charlie rumspielen darf, bin ich für alles zu haben.»

Holger muss grinsen. «Soll ich ihm schon mal sagen, dass Sie auch ihn sexuell belästigen wollen?»

«Ach, warum nicht?», antwortet Frau Bökh launig. «Vorfreude ist ja bekanntlich die schönste Freude.»

«Hundt.»

«Hören Sie mir einfach nur zu», sagt Charlie.

«Charlie? Sind Sie das?» Hundt klingt, als wäre ihm der Anruf lästig. «Was wollen Sie? Warum rufen Sie mich an?»

«Es geht um Jenny Bitterling», sagt Charlie und lässt seine Worte nachwirken.

Nach einem kurzen Schweigen erwidert Hundt: «Ich höre.»

«Ich war zufällig für Jenny als Bodyguard tätig, als ein Mann aufgetaucht ist, der versucht hat, sie umzubringen.»

«Und was habe ich damit zu tun?», fragt Hundt.

«Kurz gesagt: Der Mann ist tot, und Jenny befindet sich an einem sicheren Ort.»

Wieder Schweigen. Das hat offenbar gesessen – sind ja auch zwei Neuigkeiten, mit denen keiner so schnell gerechnet hätte: Dein Killer ist tot, und dein Ex-Bodyguard hat die Seiten gewechselt. Schließlich sagt Hundt: «Ich bin noch dran. Reden Sie weiter.»

«Jenny hat mir erzählt, dass Sie ihr eine Viertelmillion schulden, die dieser Killer ihr überbringen sollte. Da das ja leider nicht geklappt hat, soll ich mich jetzt darum kümmern, dass sie das Geld doch noch bekommt.»

«Verstehe. Was schlagen Sie vor?»

«Ich schaue in einer Stunde bei Ihnen vorbei. Sie geben mir das Geld, ich gebe Ihnen den Stick. Sollte Jenny danach etwas zustoßen, gehe ich zur Polizei. Ansonsten sehen wir uns nie wieder.»

«Das ist alles?», fragt Hundt.

«Noch nicht ganz», antwortet Charlie. «Sie übernehmen außerdem Jennys Honorar für mich. Sagen wir fünfzehntausend. Selbstverständlich gebe ich Ihnen dafür eine ordentliche Rechnung.»

«Warum gehen Sie nicht zur Polizei?», fragt Hundt.

«Bei Sandler & Sandler habe ich gelernt, dass ich zuerst meinen Klienten verpflichtet bin und erst dann dem Gesetz und der Moral. Momentan ist Jenny Bitterling meine Klientin, also versuche ich, diese Sache in einer für sie optimalen Weise zu Ende zu bringen. Außerdem hat sie Ihnen ja schon gesagt, dass es ihr wichtiger ist, ihre Familie abzusichern, als Sie im Knast zu sehen.»

«Ich brauche mehr Zeit, um das Geld zu beschaffen», sagt Hundt. «Eine Stunde reicht nicht.»

«Sie haben leider nur eine Stunde», antwortet Charlie. «Wenn der Deal dann nicht unter Dach und Fach ist, maile ich die Datei meinem Bruder.»

Diesmal zögert Hundt keinen Moment. «Na gut. Wir sehen uns in einer Stunde.»

Charlie drückt das Gespräch weg und schaut in die Gesichter von Holger und Melanie Bökh. «Und? Wie war ich?»

«Zu viel Tarantino», antwortet Holger.

«Ach, doch so gut?», erwidert Charlie.

«Also, mir hat's gefallen», sagt Frau Bökh.

Sie stehen an den offenen Hecktüren eines mit Technik vollgestopften Transporters, der hinter dem Rohbau parkt, von dem aus Jenny auf Hundt geschossen hat. Der Bauzaun bildet einen perfekten Sichtschutz, weshalb Frau Bökh und ihr Techniker diesen Standort gewählt haben.

«Dann wollen wir dich mal verkabeln», sagt Melanie Bökh und freut sich offensichtlich schon.

Holger verdreht die Augen.

Eine Stunde später fährt Charlies Gran Torino vor der Hundt'schen Villa vor.

Hundt selbst öffnet die Tür und begrüßt Charlie mit einem freundlichen Händedruck und einem jovialen Lächeln. «Schön, Sie zu sehen, Charlie.»

Gleich hinter Hundt wartet Kutschi.

«Herr Kutscher wird Sie ins Gästezimmer führen und dort überprüfen, ob Sie eine Wanze tragen», erklärt Hundt freundlich. «Nur eine Vorsichtsmaßnahme. Ich hoffe, Sie haben nichts dagegen.»

Holger und Frau Bökh, die im Transporter sitzen und alles mit anhören, tauschen besorgte Blicke.

Charlie sagt: «Nein, kein Problem. Ich hab nichts zu verbergen.»

Dann sind Schritte zu hören, gefolgt von dem Geräusch einer Tür, die geöffnet und wieder geschlossen wird.

«Okay, zieh dich aus», sagt Kutschi. «Unterhose kannste anlassen.»

«Ich soll mich ausziehen bis auf die Unterhose? Seit wann bist du denn so ein Hundertprozentiger?», fragt Charlie.

«Mach hin, Charlie. Ich hab durch dich schon genug Ärger. Immerhin steht der Ruf meiner Firma auf dem Spiel.»

«Die Sache mit Bruce Willis ist nicht auf meinem Mist gewachsen», erwidert Charlie. «Das war ganz allein deine Idee.»

«Na und? Darum geht es doch gar nicht, und das weißt du auch, Charlie. Hundt lässt mich nicht auf deinem Honorar sitzen, weil du ein bisschen geflunkert hast, sondern weil du ihn aushorchen wolltest. Und das verstößt ganz klar gegen die Grundprinzipien unseres Gewerbes.»

«Ich hatte einen guten Grund. Hundt ist ein Mörder. Und er hat versucht, eine Schwangere umbringen zu lassen. Mal ganz abgesehen davon, dass er auch mich aus dem Weg räumen lassen wollte. Der Typ geht über Leichen.»

Ein kurzes Schweigen, dann sagt Kutschi: «Charlie, bitte sag jetzt nicht, dass du hier gerade irgendeine Undercoverscheiße abziehst.»

«Und wenn es so wäre?»

«Dann kann ich dich damit auf gar keinen Fall durchkommen lassen. Zieh jetzt endlich deine Klamotten aus.»

«Nicht nötig», erwidert Charlie. «Ich bin komplett verkabelt. Und draußen wartet die Kavallerie. Mordkommission.»

«Das ist natürlich Gift für die Stimmung», sagt Kutschi genervt. «Scheiße, Charlie. Verdammt. Was denkst du dir dabei?»

«Komm schon. Du willst nicht wirklich einen Polizeieinsatz verhindern, oder? Unser Gespräch wird aufgezeichnet. Die kriegen dich dran wegen Beihilfe. Lass mich jetzt einfach mit Hundt reden. Ich kitzele ein Geständnis aus ihm raus, und wir sagen später der Presse, dass du eingeweiht warst.»

«Das kann ich nicht machen, Charlie. Wenn der Job hier abkracht, dann kostet mich das eine verdammt große Stange Geld.»

«Was hilft dir die Kohle, wenn du wegen Beihilfe verknackt wirst?»

«Charlie, ich bin doch nicht blöd! Wenn ihr Hundt längst am Wickel hättet, dann bräuchtest du von ihm kein Geständnis. Also gibt es keine Mordanklage. Ergo könnt ihr mich auch nicht wegen Beihilfe drankriegen.»

Schweigen, dann sagt Charlie: «Echt, Kutschi? Du willst einen Mörder laufen lassen?»

«Ich bin nur ein Bodyguard, Charlie. Mehr nicht.»

«Aber du könntest ein Held sein. Deine Firma würde so viel Publicity bekommen, dass du den Verlust, den du heute machst, locker wieder reinholst. Ganz nebenbei würdest du das Richtige tun.»

Kutschi scheint zu überlegen.

«Komm schon, Kutschi. Gib dir 'n Ruck», sagt Charlie.

«Zieh dein Hemd aus», erwidert Kutschi.

«Wieso? Ich hab dir doch gesagt, dass ich verkabelt bin.»

«Ich weiß, aber ich will sehen, ob dein Equipment nach professioneller Polizeiarbeit aussieht oder ob dieser Einsatz hier ganz allein auf deinem Mist gewachsen ist. Wenn das der Fall ist, dann kannst du dein Geständnis nämlich vergessen.»

Man hört das Rascheln von Stoff, dann sagt Kutschi: «Okay, Charlie. Das ist nicht nur amtlich, das sieht sogar aus, als hätte sich jemand besonders viel Mühe damit gemacht, dich nach allen Regeln der Kunst zu verkleben.»

Holger und Frau Bökh tauschen einen Blick. Sie lächelt versonnen.

Als Charlie das Büro seines ehemaligen Schützlings betritt, sitzt Hundt nicht wie üblich hinterm Schreibtisch. Er steht am Fenster und betrachtet die Baustelle, hinter deren Zaun sich der Transporter verbirgt.

«Alles in Ordnung», sagt Kutschi.

«Danke, Herr Kutscher», erwidert Hundt. «Lassen Sie uns jetzt bitte allein.»

Kutschi schließt die Tür.

Hundt geht zum Schreibtisch, wo ein schwarzer Pilotenkoffer steht. Er nimmt ihn vom Boden hoch und stellt ihn auf einen der Besucherstühle. «Hier ist, was Sie verlangen.

Eine Viertelmillion. Wenn Sie möchten, können Sie es gern nachzählen.» Er zieht einen Umschlag aus seinem Sakko und legt ihn auf den Koffer. «Und das ist Ihr Honorar. Fünfzehntausend, wie abgemacht.»

Er geht wieder zum Fenster, blickt hinaus. «Den Stick können Sie auf den Schreibtisch legen. Ihre Rechnung ebenfalls.»

Charlie öffnet den Pilotenkoffer und beginnt, stichprobenartig durch die Geldbündel zu blättern.

«Keine Sorge, ich habe nicht vor, Sie zu betrügen», sagt Hundt.

«Nach allem, was passiert ist, werden Sie es mir nachsehen, wenn ich etwas vorsichtig bin», erwidert Charlie.

Hundt nickt. «Kein Problem. Bitte, lassen Sie sich Zeit.»

Eine Weile ist nur das Rascheln der Banknoten zu hören, dann fragt Charlie: «Warum haben Sie Maik Schuster eigentlich nicht einfach das Geld gegeben? Sie haben doch genug davon. Es wäre ein Klacks gewesen. Und unterm Strich auch noch die preiswerteste Lösung.»

«Hinterher ist man immer schlauer», erwidert Hundt. «Das war eine Bauchentscheidung. Ich wurde das Gefühl nicht los, Schuster ging es nicht ums Geld, sondern um Gerechtigkeit. Ich sollte für den Tod seines Freundes büßen. Mir wurde klar, dass er nie vorhatte, mit mir einen Deal zu machen. Er wollte zuerst das Geld für Jenny besorgen, um mich dann trotzdem ans Messer zu liefern.»

«Sie haben ihn umbringen lassen, weil Sie einen vagen Verdacht hatten?»

«Schon etwas mehr als das. Aber im Prinzip haben Sie recht. Ich kann es mir eben nicht erlauben, mich erpressbar zu machen.»

«Wer sagt Ihnen, dass ich Sie nicht auch ans Messer liefern will?», fragt Charlie.

«Niemand. Deshalb habe ich Herrn Kutscher gebeten, Sie zu überprüfen», erwidert Hundt. «Außerdem sind Sie im Gegensatz zu Maik Schuster kein verblendeter Idealist, sondern ein handfester Realist.»

«Damit könnten Sie richtigliegen.» Charlie steckt den Umschlag mit den fünfzehntausend ein. «Wenn es um Mord geht, hört bei mir trotzdem der Spaß auf.»

«Wirklich schade, dass Sie nicht die Seite wechseln wollen», erwidert Hundt. «Einen Mann Ihres Formates könnte ich gut gebrauchen. Immerhin haben Sie Alejandro Garcia die Stirn geboten. Das will was heißen.»

«Wen wollen Sie denn noch alles um die Ecke bringen, dass Sie neuerdings einen festangestellten Auftragskiller brauchen?», fragt Charlie.

«Seien Sie nicht geschmacklos», antwortet Hundt. «Ich hatte nie vor, einen Killer auf diese schwangere Frau anzusetzen. Aber sie wollte mich erpressen. Also hatte ich keine andere Wahl. Außerdem wusste sie, was Maik zugestoßen ist, es hätte ihr also klar sein müssen, dass sie mit dem Feuer spielt.»

«Sie machen es sich sehr einfach», sagt Charlie. «Jenny ist eine verzweifelte Mutter, die praktisch nur zwei Optionen hatte: Entweder sie riskiert es, Geld zu erpressen, das ihr moralisch betrachtet sowieso gehört, oder sie landet mit ihren Kindern auf der Straße.»

«Genau», antwortet Hundt. «Am Ende geht es immer nur darum, ob man frisst oder gefressen wird. Das ist keine Frage des Preises, sondern des Prinzips.»

Die Türklingel ertönt.

«Ah, da kommt bestimmt mein Bruder», sagt Charlie.

Hundt wirkt irritiert. «Ihr Bruder? Was hat das zu bedeuten, Charlie?»

«Es bedeutet, dass Sie jetzt für eine lange Zeit in den Knast gehen werden.»

«Sie haben nichts gegen mich in der Hand», erwidert Hundt.

«Wenn Sie meinen.»

Hundt wirkt skeptisch. Charlie zieht das Hemd hoch. «Herr Kutscher war so freundlich, darüber hinwegzusehen.»

Gequält verzieht Hundt das Gesicht. «Wirklich schade, Charlie. Ich hätte bestimmt was aus Ihnen gemacht.»

Charlie zuckt mit den Schultern. «Da ich weiß, was Sie aus sich selbst gemacht haben, bin ich ohnehin nicht interessiert.»

Hundt lässt sich in einen schweren Ledersessel fallen. Er sieht plötzlich sehr müde aus. «Dann haben Sie also doch die ganze Zeit für Ihren Bruder gearbeitet?»

Charlie schüttelt den Kopf. «Ihre Frau hat mich gebeten, Sie zu observieren.»

Hundt ist erstaunt und bestürzt zugleich. «Kim hat Sie beauftragt, mir nachzuschnüffeln?»

«Vermutlich kennt sie diese Sache mit dem Fressen und Gefressenwerden», antwortet Charlie. «Und sie wollte wohl nicht so gern mit ihnen zusammen gefressen werden.»

Charlie schnappt sich den Pilotenkoffer. «Entschuldigung. Ich würde gern noch weiter mit Ihnen plaudern, aber ich muss los. Eine mittellose Mutter wartet auf den Inhalt dieses Koffers.»

Es klopft. Charlie öffnet die Tür und lässt Kutschi herein, der in Begleitung von Holger und zwei Uniformierten ist.

Während die Beamten sich um Hundt kümmern, schaut

Charlie auf dem Baugrundstück vorbei, um sich von der Verkabelung befreien zu lassen.

Dann macht er sich auf den Weg zu einem alten Bekannten.

24

Dr. Karl-Alfred Ackermann, genannt Aki, ist ein Schlaks mit dünnen Haaren und Schlafzimmerblick. Letzteres kommt vom Kiffen. Aki ist hochbegabt und überzeugt davon, dass er sein hyperaktives Gehirn ab und zu ein wenig betäuben muss, weil es ihm sonst eines Tages um die Ohren fliegt.

Charlie kennt ihn vom Pokern. Akis wache graue Zellen brauchen wenig Schlaf, deshalb zockt er manchmal die Nächte durch, und bei einer dieser Gelegenheiten ist er mit Charlie ins Gespräch gekommen. Seitdem kennen sich die beiden. Könnte man mit ihm befreundet sein, wäre Charlie es bestimmt, aber als typischer Eigenbrötler hat Aki es nicht so mit Sozialkontakten. Dabei schlägt in seiner Brust ein Herz aus Gold.

Mit seinen außergewöhnlichen Fähigkeiten könnte er als Anwalt Millionen scheffeln. Tut er aber nicht, weil er keine Leute ohne moralischen Kompass vertritt, wie er es gern ausdrückt, auch wenn man ihm noch so viel Kohle auf den Schreibtisch schaufelt, was regelmäßig passiert. Lieber kümmert er sich um arme Schlucker und deren Probleme mit Behörden, Institutionen und sonstigen Abzockern.

Allerdings hat Aki auch kein Problem damit, Berliner Halbweltgrößen oder russische Oligarchen rauszuhauen, sofern sie ihn davon überzeugen können, dass ihre Motive moralisch vertretbar sind. Aber es ist schwierig, Akis hohen Ansprüchen gerecht zu werden.

«Du kommst doch nicht etwa, um deine Pokerschulden zu bezahlen, oder?»

«Doch.» Charlie legt zwölf Fünfhunderter auf Akis alten Schreibtisch. «Danke dir. War mir wie immer ein Vergnügen.»

Aki pfeift anerkennend. «Alle Achtung. Hast du eine Bank ausgeraubt?»

«So ähnlich», antwortet Charlie.

«Aber trotzdem bist du nicht nur deshalb hier, oder?»

Charlie muss grinsen. Mag sein, dass der Anwalt mit den müden Augen und dem wachen Geist wie ein totaler Nerd rüberkommt, seine Antennen funktionieren dennoch einwandfrei. «Ich hab zwei Bitten an dich.»

«Klar. Schieß los.» Aki setzt sich hinter seinen Vintage-Schreibtisch und legt die Füße hoch wie ein drittklassiger Schnüffler, der aus einem alten Film noir abgehauen ist.

Charlie hebt den Pilotenkoffer auf den Schreibtisch. «Da sind 250 000 drin, die eine alleinerziehende Mutter bekommen soll. Das Geld stammt aus einer moralisch einwandfreien Erpressung und muss jetzt irgendwie transferiert werden. Diese Frau soll nicht jahrelang mit zu viel Bargeld unterm Kopfkissen schlafen.»

«Wird nach dem Geld gefahndet?»

«Höchstwahrscheinlich nicht.»

«Kannst du das ein bisschen präzisieren?»

«Mit 99-prozentiger Sicherheit existiert dieses Geld überhaupt nicht.»

«Das ist gut. Braucht sie es in einem Rutsch, oder will sie es monatlich?»

«Müsste ich sie fragen.»

«Tu das. Der Weg ist aber sowieso der gleiche: Ich jage die Kohle ein paar Tage um den Erdball und lasse sie dann wieder bei mir aufschlagen. In der Zwischenzeit ist dieses Geld zu einem steuerfreien Versicherungsanspruch zugunsten deiner Klientin geworden. Wenn ich es ihr als Treuhänder offiziell überweise, dann ist es sauberer als ein Lotusblatt.»

«Will ich wissen, wie du das anstellst?», fragt Charlie.

«Willst du wissen, was die Welt im Innersten zusammenhält?», erwidert Aki.

«Ich glaube, eher nicht.»

«Das ist wahrhaft weise. Also, das mit dem Geld ist gebongt. Was kann ich noch für dich tun?»

«Ich wollte dich bitten, einen Unschuldigen zu vertreten. Sein Name ist Manuel Schuster.»

«Was wird ihm vorgeworfen?»

«Ein Anschlag mit einem Gewehr. Er soll auf den ehemaligen Vorstandsvorsitzenden der Air Brandenburg geschossen haben, Dr. Dr. Heiner Hundt.»

«Der Kerl, der diese gigantische Abfindung kassiert, weil er tausend Leute auf die Straße setzt?»

«Genau der. Allerdings ist Hundt gerade wegen Mordes verhaftet worden. Das mit der Abfindung wird also wohl nichts.»

«Interessant. Und du sagst, dieser Angeklagte ist unschuldig?»

«Ja. Er hat nicht geschossen, er deckt den wahren Täter.»

«Warum?»

«Weil es sich dabei um die alleinerziehende Mutter handelt, die dieses Geld bekommen soll. Sie hat auf Hundt geschossen, weil der ihren Mann und dessen besten Freund auf dem Gewissen hat.»

«Ist bei dem Anschlag jemand zu Schaden gekommen?»

«Nur ich. Sie hat mich an der Schulter erwischt. Ich war zu diesem Zeitpunkt für Hundt als Bodyguard tätig.»

Aki muss grinsen. «Geschieht dir recht, wenn du für so einen Dreckskerl die Knochen hinhältst.»

«Ich weiß. War ein Fehler», sagt Charlie. «Aber die Kohle stimmte, und ich fand es eine gute Idee, irgendwann mal meine Pokerschulden zurückzahlen. Außerdem bin ich ja jetzt hier, um die Sache geradezubiegen.»

«Wenn du sagst, dass Manuel Schuster sie deckt, dann heißt das, er hat ein Geständnis abgelegt, richtig?»

Charlie nickt. «Und er wird es auch ganz sicher nicht widerrufen. Das hat er mir schon gesagt. Und genau da liegt das Problem.»

Aki blickt zur Decke und überlegt kurz. Dann sagt er: «Okay. Ich schaue, was ich tun kann. Wird nicht ganz leicht, ihn auf Bewährung rauszuhauen, aber es gibt da jemanden bei der Oberstaatsanwaltschaft, der hat Wettschulden bei einem Buchmacher, den ich gestern beim Pokern abgezogen hab. Mal sehen, ob ich da eine kreative Rundum-Verrechnung anregen kann.»

Charlie muss grinsen. «Wenn man dich so hört, dann könnte man denken, die Welt ist ein einziges Sodom und Gomorrha.»

«Das ist sie ja auch», sagt Aki. «Und wir mittendrin. Ist das nicht toll?»

Charlie zieht vier weitere Fünfhunderter aus der Tasche

und legt sie auf den Schreibtisch. «Reicht das für deine Unkosten?»

«Brauchst du eine Rechnung?»

«Nö.»

Aki schiebt zwei Fünfhunderter zurück. «Dann kannst du die behalten.»

Zwei Wochen nach der Verhaftung von Dr. Dr. Heiner Hundt ist aus der Insolvenz der Air Brandenburg die sogenannte Airline-Affäre geworden. Inzwischen sitzt ein weiteres Vorstandsmitglied in Untersuchungshaft. Dem Finanzchef Werner Burgenhagen werden Untreue, Bilanzmanipulation und Konkursverschleppung vorgeworfen. Auch gegen die übrigen Vorstände laufen Ermittlungsverfahren. Es gilt als wahrscheinlich, dass weitere Verhaftungen folgen werden.

Die meisten Journalisten verurteilen in ihren Leitartikeln das skrupellose Verhalten der Manager aufs schärfste. Ein paar Kommentatoren sehen Hundt und seine Kollegen aber auch als Opfer einer nur noch auf kurzfristige Profite ausgerichteten Unternehmenspolitik. Man fragt, wer schuld an dieser Verrohung der Sitten ist. Die einen sehen eine verlotterte Politik in der Verantwortung, die anderen den nur noch auf Billigpreise schielenden Verbraucher. Wieder andere geißeln die Medien, die Börse, die Globalisierung oder wahlweise die USA oder China als Brandbeschleuniger des Wirtschaftswahnsinns. Kurzum, es geht ein gewaltiges Rascheln durch den Blätterwald, wobei sich immerhin alle Kommentatoren einig sind, dass Mord kein geeignetes Mittel einer modernen Unternehmensführung ist. Zwar gibt es im Geschäftsleben nicht nur strahlende Gewinner, sondern auch elendige Verlierer, aber zumindest der Anschein eines kultivierten und respektvollen Umgangs miteinander sollte trotz allem gewahrt bleiben.

Wie diese Heuchelei in der Praxis funktioniert, zeigen die Anwälte von Waters & Black besonders eindrucksvoll. Offiziell kritisieren sie bei jeder sich bietenden Gelegenheit die Polizei und deren angeblich zweifelhafte Ermittlungsmethoden gegen ihre unschuldige und moralisch integre Klientel.

Aki hat jedoch kürzlich mit Kevin McBannon gesprochen, den er aus einer Zeit kennt, als McBannon sich noch nicht für die dunkle Seite der Macht entschieden hatte. Und bei diesem Gespräch stellte sich heraus, dass die Anwälte bei Waters & Black sich heimlich die Hände reiben. Wenn vermögende Klienten mit einem Bein im Knast stehen, dann zahlen sie beinahe jeden Preis, um das Schlimmste zu verhindern. Ein kompletter Vorstand, der um seine Freiheit kämpft, ist also für Waters & Black so etwas wie die Lizenz zum Gelddrucken. Und im zweiten Schritt wird man dann noch erstreiten, dass die Bonuszahlungen auch dann fällig werden, wenn ihre Empfänger im Knast sitzen. Es handelte sich bei den Millionen nämlich um leistungsunabhängige Zusagen. – Wer hätte das gedacht?

Während Waters & Black somit einen Gewinnsprung erwarten und die kriminellen Strippenzieher der Misere mit allen Mitteln ihre Pfründe verteidigen, geht für jene Normalsterblichen, die das Management auf die Straße gekegelt hat, das Leben weiter. Ohne Bonus, oft ohne berufliche Perspektive – aber immerhin auch ohne eine drohende Gefängnisstrafe.

Im Hause Brinks ist wieder der Alltag eingekehrt. Anita und Jean-Pierre haben das Gartenhaus geräumt, um für

Charlie Platz zu machen. Der hat nicht nur eine Girlande und eine Flasche Chablis zum Wiedereinzug bekommen, sondern auch ein erstklassiges Coq au Vin, gekocht von Jean-Pierre. Inzwischen steht er fast jeden Abend am Herd und zaubert mediterrane Köstlichkeiten. Lange darf das aber nicht so weitergehen, findet Holger, denn er hat schon ein halbes Kilo zugenommen.

Heute gibt es zum Glück etwas Leichtes, eine Bouillabaisse. Jean-Pierre ist seit Stunden damit beschäftigt, unterstützt von Anita und dem Rest der Familie. Holger und Charlie haben festgestellt, dass sie in der Küche ohnehin nur im Weg stehen. Deshalb sitzen sie auf den Stufen des Gartenhauses bei einem Glas Chablis, von dem bereits zwei Flaschen in der Suppe gelandet sind.

«Vielleicht solltest du Jean-Pierre finanziell unterstützen, damit er sein eigenes Restaurant aufmachen kann», überlegt Charlie. «Gutes Essen ist doch dein Ding. Du könntest stiller Teilhaber werden. Mutter und Jean-Pierre hätten dann nicht nur eine Aufgabe, du wärst sie auch los. Außerdem ist in deinem eigenen Restaurant garantiert immer ein Tisch für dich frei. Und wenn du alt und grau bist, kannst du jeden Tag bei Jean-Pierre in deinem eigenen Restaurant abhängen.»

«Bei Jean-Pierre und unserer Mutter», verbessert Holger. «Das ist leider der Haken. Oder glaubst du wirklich, ich will als Rentner in einem Restaurant abhängen, wo ich mir ständig Kommentare von meiner über 90-jährigen Mutter anhören muss?»

Charlie verzieht das Gesicht. So hat er das noch nicht betrachtet.

Sein Handy summt, er zieht es aus der Tasche. Es ist eine Nachricht von Jenny, ein Video. Charlie hält den Bildschirm so, dass auch Holger was sehen kann, und startet die Aufnahme.

Jenny erscheint: *«Hi Charlie. Ich bin's. Ich wollte dir nur kurz sagen, dass ich heute eine größere Summe überwiesen bekommen habe, was mich wahnsinnig freut. Das ist aber noch gar nichts im Vergleich zu folgender Überraschung.»*

Die Handykamera, mit der Jenny den Film aufgenommen hat, schwenkt nach links, und Manu kommt ins Bild. Er hat abgenommen, was ihm nicht schlecht steht, und grinst breit. *«Hi Charlie. Stellen Sie sich vor, ich bin draußen. Ende gut, alles gut. Vielen Dank dafür, dass Sie mir diesen netten Verrückten da geschickt haben.»*

Manu deutet mit einer Kopfbewegung nach links, die Kamera schwenkt in diese Richtung, und nun kommt Aki ins Bild. *«Tja, Charlie. Du hörst es ja: Deine Wünsche sind in Erfüllung gegangen. Man sieht sich.»* Er zwinkert in die Kamera, die sogleich einen Reißschwenk auf Jenny macht. *«Was soll ich sagen? Ich kann mich nur anschließen. Danke, Charlie. Für alles.»*

Das Bild wird schwarz. Charlie kann sich ein Lächeln nicht verkneifen.

Holger hebt sein Glas. «Ich würde sagen, das haben wir gut hinbekommen.»

Charlie nickt. Sie prosten einander zu und trinken.

«Essen ist fertig», hören sie eine vertraute Stimme. Anita erscheint neben dem Gartenhaus.

Holger wundert sich. «Stehst du schon länger da?»

«Und wenn es so wäre?»

Holger winkt ab. «Ach, auch egal. Wir kommen gleich.»

«Nein, ihr kommt jetzt sofort. Jean-Pierre hat sich so viel Mühe mit der Bouillabaisse gegeben. Es wäre eine Schande, wenn wir die lauwarm essen müssten, nur weil ihr wieder mal trödelt.»

Anitas Tonfall macht deutlich, dass sie keinen Widerspruch duldet. Also erheben sich Holger und Charlie, um ihrer Mutter ins Haus zu folgen.

Anita hakt sich bei den beiden ein. «Ich bin übrigens sehr stolz auf euch. Am Ende haben meine beiden Jungs dem Großkapital doch noch ein Schnippchen geschlagen.»

«Du meinst, weil wir Hundt wegen Mordes drangekriegt haben?», fragt Holger.

«Selbstverständlich», erwidert Anita. «Was sollte ich sonst meinen?»

«Nichts», sagt Holger. «Ich wollte nur vermeiden, dass wir uns missverstehen.»

Durch die Terrassentür strömt ein verführerischer Duft in den Garten. Jean-Pierres heutiges Gericht weckt Assoziationen: Frankreich, Sommerferien am Meer ...

«Ich glaube, heute hat Jean-Pierre sich selbst übertroffen», sagt Sandra, während alle Platz nehmen. Selbst Lucas sitzt artig am Tisch, um etwas von der Suppe abzubekommen, obwohl er das Abendessen auch gern mal auf seinem Zimmer, vor dem Computer hockend, in sich reinhaut.

Dann sitzen alle vor ihren dampfenden Tellern. Holger hebt das Glas. «Auf das Glück und darauf, dass es sich verdoppelt, wenn man es teilt.»

Charlie nickt anerkennend, und Sandra wirft ihrem Mann einen verliebten Blick zu.

Nur Anita verpasst dem schönen Moment noch rasch einen kleinen Nackenschlag: «Ach, das hast du aber wirklich schön gesagt! Mein Puffelchen!»

Weitere Titel

88 Dinge, die Sie mit Ihrem Kind gemacht haben sollten, bevor es auszieht

Ein Araber und ein Deutscher müssen reden

Ist das schön hier!

Lustig, lustig, tralalalala

Saufen nur in Zimmerlautstärke

Und Gott sprach: Wir müssen reden! / Der Teufel ist auch nur ein Mensch

Urlaub mit Punkt Punkt Punkt

Die Jakob-Jakobi-Bücher

Und Gott sprach: Wir müssen reden!

Manchmal ist der Teufel auch nur ein Mensch

Und Gott sprach: Du musst mir helfen!

Die Paul-Trilogie

Man tut, was man kann

Da muss man durch

Was will man mehr

Ein Fall für die Bullenbrüder

Bullenbrüder: Tote haben keine Freunde

Bullenbrüder: Tote haben kalte Füße

Bullenbrüder: Tote haben keine Ferien